U0815104

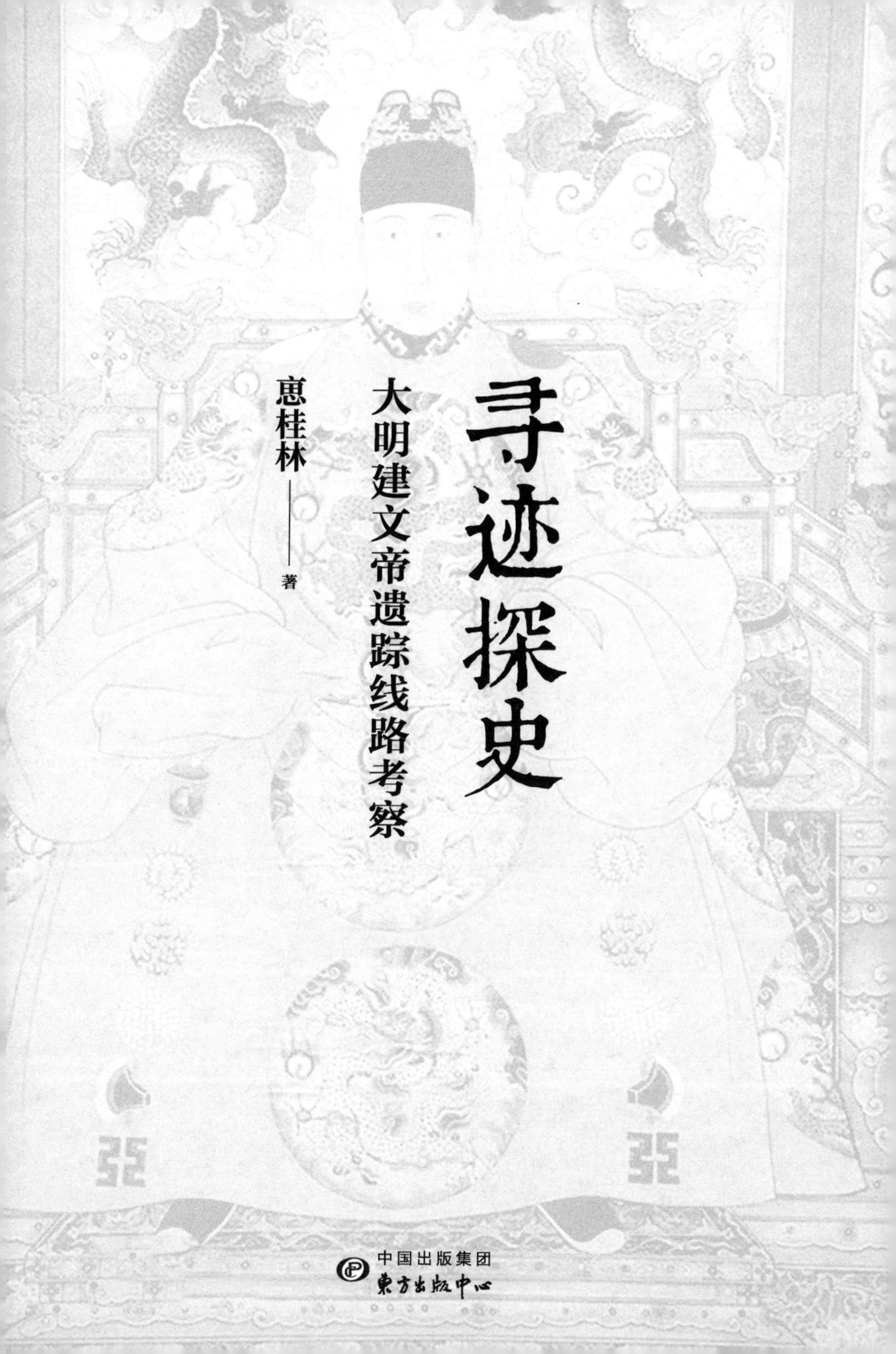

寻迹探史

大明建文帝遗踪线路考察

惠桂林 著

中国出版集团
东方出版中心

序

本书是我读到的有关寻找建文帝下落的作品中，史料最详实并经反复印证、最有价值的一本好书。阅读此书，你将对发生在六百多年前（1402）震惊中外的“靖难之变”及受难者建文帝的下落有一个较清晰的了解。这对一个渴望知道当年建文帝是否逃至国外，如何躲避追杀、死里逃生，怎样生存以及几十年光阴如何度过的人来说，会得到很大程度的满足。阅读此书，你也会为年逾古稀的女作者孤身一人跋山涉水、不辞辛劳，深入许多交通不便的地区，甚至徒步深山老林，寻迹建文帝及其随从的出逃线路、探访知情老人、广泛收集资料、还原历史真相的执着精神所感动。

作者为获取珍贵一手资料，历时五年，寻迹云南、贵州、四川、重庆、广东、广西、湖南、湖北、安徽、江苏、浙江、江西、山西、陕西、河南、甘肃、青海、海南等 18 个省市，与 89 个地方志办联系，查阅县志、资料、刊物近百种，得到所访县志办老师的大力支持，并得到十几位朋友的鼎力协助，获取资料照片 234 张，实地考察建文帝可能的落脚点 40 多个，对每一踪迹都进行考察探究，获得了翔实而生动的资料。

阅读此书时，从作者每次根据所得信息，满怀信心地决策前往考察，到中途受挫失望，再到柳暗花明，奇迹般得到意想不到的收获，你会情不自禁地投入这位70多岁高龄的女学者当时那种忧乐瞬变的心情中。书中字里行间闪烁着作者不屈不挠、一心探明建文帝出亡下落的历史夙愿。功夫不负有心人，经过大量走访调查，实地考证，虽说还没有查到正史记载，但大量民间野史及明朝后期和清朝时期陆续出现的地方志已有许多值得信赖的记述，作者整理出一份建文帝出逃年谱及随从大臣流亡简谱，注明时间、地点、环境、人物、主要情节。据此，作者十分肯定地向读者发出铿锵有力之声：当年明惠帝（即建文帝）没有出逃国外，他就在上述几个省，以和尚身份隐姓埋名，游走四方，他生活清贫，但得到从亡大臣和当地百姓相助，他寿命很长，至少活了74岁；他以平和与无奈的心态看到篡夺了他皇位的叔叔及其以后四代皇位的更迭，感慨万千，或曾亲手作诗曰："牢落西南四十秋，萧萧白发已盈头。乾坤有恨家何在，江汉无情水自流。长乐宫中云气散，朝元阁上雨声收。新蒲细柳年年绿，野老吞声哭未休。"

本书既是对著名历史悬案的调查寻访手记，又是一个祖国大好河山的旅途游记；既有对史料、文物、古迹的考证，又有对沿途风光的抒情描述以及对各地民风、民俗的赞美。

本书以游记的形式带读者一同寻找建文帝下落，它告诉读者，作者怎样捕捉一个个有关建文帝行踪的只言片语，怎样筹划探访路线，给爱好寻迹探索、游山玩水的旅行者一个完整的出行提示。读完此书，就像随作者一路游历南北东西、踏遍祖国大好河山、体验美丽风光一样，真是一举多得。

成书之前，我有幸多次阅读初稿，每次都像跟随作者一起探秘这个旷世之谜，随着作者调研的波澜曲折过程而心潮起伏，与作者一起兴奋、失落、纠结，而后又柳暗花明，继之感觉不虚此行、如释重负，特别开心。

本书文风朴实，行文亲切，考察真实，非常值得一读。

吴宗尧

丁酉年于成都

目　录

导言

我曾经粗略地看过明代地理学家、旅行家、文学家徐弘祖的《徐霞客游记》，书中关于建文帝的故事很吸引我。因此，专程去贵州省广顺县的白云山游玩。在景区看见“跪井”、“天子洞”等遗址，想多了解些建文帝的故事，就向景区卖香烛的师傅请教，师傅简单介绍了一下景点，送我一本名为《发现白云山》的书，并说，明代建文帝真的在这里避过难，他让我向朋友宣传一下，让更多的人来旅游。我接过书，看也没看就答应下来。回家再看这本书时，才知道这本书中只有一小部分是建文帝的故事，其余都是地域性很强的说道，我想这样的书说服不了朋友来白云山旅游。大家都知道，旅游必须有好几个景点串联在一起才好玩。因此我想，不如自己来写一本有关建文帝的书，把关于建文帝的行踪地点全部囊括进去。

着手写这本书的另一个原因是，我编著的《中国历史年代大全》一书，把中国 527 位皇帝的建国地点、登基地点、登基日期、退位原因、退位时间、去世原因、去世时间、去世地点，都载入书中，但是其中还差 3 位皇帝，因其下落不明，后事没有编入书中。这 3 位皇帝是：元天顺帝孛儿只斤阿速吉八；明建文帝朱允炆；小南明武定帝朱本铉。《中国历史年代大全》书已出版，现在我有时间专心研究建文帝失位后的秘密。

建文四年（1402）“靖难之变”，燕王朱棣入金陵登基，篡夺皇位，当年，用明太祖朱元璋“洪武三十五年”换掉“建文”年号。第二年改元“永乐元年”，这是明成祖朱棣的年号。朱棣撒开大网，要找出建文帝“以灭之”。明朝的皇权，自永乐帝之后，一直在朱棣子孙手中。建文帝落难游走国内，正史不明言，野史不敢记，流出许多传说，造成建文帝下落之谜的不断演进。

我的调查发现，建文帝流亡生活的记载，在四川省自贡市《富顺县志》里有一部分，此书是清段玉裁于乾隆四十二年（1777）纂修的，内有建文帝画像。《富顺县志》记载了这位流亡皇帝的生存环境，还有建文帝与从亡大臣程济在金田寺栖身时的诗作留于世：

吴霜点点鬓毛侵，不改惟余匪石心。
作客岁寒应自久，避入崖壑未曾深。
虎龙追逐知心少，鱼雁依然远信沉。
回首金陵悲往事，短筇高岫一登临。

调查还发现，建文帝大臣流亡于国内的最早记载，在甘肃省《永登县志》中，它道出建文帝另一位从亡大臣的事迹，为金人望所传。金人望，江南淮阴人，于康熙四十二年（1703），由副榜任庄浪（今甘肃永登）监屯厅同知，在庄浪监屯厅任职19年。他写的一首诗载入《庄浪县志》，是专门为建文帝的从亡大臣“葛衣先生”写的，写他在甘肃省永登县连城镇的处境。题为《题葛衣先生祠壁》：

东郡先生善著词，两言心事许相知。
地连绝塞秋风里，人对空山暮雨时。

四海无家徒踟蹰，重泉何处可栖迟。

料逢故主吞声拜，尚挂当年葛一丝。

建文帝与从亡大臣们的行迹，多处地方文献做过记载。另外还有许多来自民间的传说和资料。对我而言，有传说也行，有记载更好。我决定用它做线索，按我自己的路线，踏遍祖国大江南北，到有记载的地方，到有传说的地方，到从亡大臣的家乡走一走，查证建文帝之谜与从亡大臣的身世。希望有接近事实乃至见到真相的一天。不编故事，不哗众取宠，实事求是，用最直白的语句、真实的资料，讲述第二历史，故而本书没有注解。希望能与爱好历史的您，分享我探寻建文帝下落之谜的故事。

惪桂林

甲午年秋于成都

建文帝失位始末探讨

明惠帝朱允炆，出生于明洪武十年（1377），是大明王朝第二帝。祖父是明太祖朱元璋；父亲朱标是朱元璋的谪长子，被封为懿文皇太子。朱允炆有二十四个叔叔被封为王，其中四叔朱棣是庶子，被封为“燕王”，驻守北京。燕王长期跟随朱元璋打仗，屡有战功，拥有能打硬仗的军队。明洪武二十五年（1392）四月，朱允炆的父亲朱标病逝。当年九月，明太祖诏立太子朱标的次子朱允炆为皇太孙。燕王很不服气，因为朱允炆从来没有领兵打过仗。

明洪武三十一年（1398）闰五月，朱元璋病逝，宣诏朱允炆继承皇位，并有谕旨：“各王不必来京吊唁。”目的很清楚，主要防范燕王趁机篡权。这年朱允炆 21 岁，第二年改元“建文”，史称“建文帝”。

朱允炆即位后，太常卿黄子澄掌理国政，兵部侍郎齐泰升任兵部尚书兼理军事，大儒学家方孝孺为翰林院侍讲。朱允炆在位期间，除了惩治贪污腐化，还采纳齐泰、黄子澄的削藩建议，裁撤藩王势力，为的是加强中央集权制。削藩没有错，但是，建文朝廷欺软怕硬，先从弱小藩王开刀，给了燕王朱棣时间，朱棣在北京称病，装疯卖傻，暗地里却急着铸造钱币、打造兵器、招兵买马，等待时机成熟时一举起兵。

建文元年（1399），朱允炆密诏北平都司张信与都司谢贵、布政使张昺，策划废燕王。但是，朱允炆做梦也想不到，张信早已投靠燕王朱棣。张信接诏，马上往燕王府泄密于朱棣。朱棣把谢贵、张昺及部分朝臣全杀了，打着“靖难”大旗，叛乱起兵。两军交战，起初，官军多胜仗，但是，朱允炆仍然梦想四叔朱棣会服软，有话在先：“不许杀燕王。”为此，官军一次次失去战机。后来，燕兵一路凯歌，四年后，南下至安徽省灵璧，灵璧齐眉山一战，燕军再次告捷，接连攻下盱眙、扬州，兵到江北时，建文帝才慌了神，请庆成郡主（朱棣的姐姐）去燕王营，想割地议和，朱棣不允；六月初三燕军渡江，六月十三兵抵金川门，谷王朱橞开金川门，李景隆不战而降，金陵失陷。

据说，金川门失守时，朱允炆想到自杀，翰林编修程济谏言：“与其自杀，不如逃走。”少监王钺跪地，献上一个大红箧，他说，高皇帝临终时留下箧，留下话：“如临大难，打开它。”只见箧四周用铁皮固定，两把锁眼被铁水灌注，凝结后封死。朱允炆见是爷爷留下的东西，放声大哭。程济命人打碎箧，里面有袈裟、僧帽、剃刀、十锭白银，内写着应文、应能、应贤三个名字。大臣们当场决定：杨应能为应能和尚、叶希贤为应贤和尚、建文帝为应文和尚。程济为三人削发，自己以道士身份，准备集体逃亡。一切准备好后，命人放火焚烧宫殿，皇帝与近臣从皇宫中消失。

朱允炆失位后，民众多有不舍，一直称他“建文帝”。朱棣的子孙们为掩盖“篡位”这段不光彩历史，就说是建文帝为了解除宫中内战，禅位给燕王朱棣的。万历二十三年（1595）十月，明神宗朱翊钧要编《明史》，曾想恢复建文年号，因多方反对而作罢。一直到了崇祯皇帝自杀、清世祖福临迁都北京，才由小南明福王朱由崧于弘光元年（1644）七月，为建文帝定庙号“惠宗”、谥号“让皇帝”。这时，清朝已建立，不承认小南明政权的存在，所以“惠宗”、“让皇帝”没被正史纳用。又过了 92 年，爱新觉罗·弘历继位，改元“乾隆”，并在这年九月，追封朱允炆为“恭愍惠帝”，正式载入官修史册。从此，朱允炆的皇帝地位才完全恢复，“建文”年号又被载入史册。

永乐初，朱棣得报，有疑似建文帝的可疑人南下，派宦官郑和去云南找寻，无果。永乐三年（1405）六月，朱棣又派 35 岁的郑和从江苏太仓刘家港启航，下西洋，查找建文帝。郑和 7 次下西洋，没有带回建文帝的半点消息；对外都说他的出行是“出海贸易”。永乐三年，朱棣还派了几路锦衣卫，在国内秘密查找建文帝的下落，因为行动绝密，还闹出人命来了：锦衣卫指挥史纪纲与提刑按察使周新，因为其他事情交恶，纪纲诬告按察使周新放走建文帝。这份奏报让朱棣十分为难，他害怕让人知道前任皇帝活着，害怕世人知道自己还在寻找建文帝。这是天大的秘密，大张旗鼓的查证，反而坐实他的篡位行为。所以，这桩案子绝对不能审，后来，朱棣杀鸡给猴看，无辜的周新不知其由地被冤杀了。

永乐五年（1407），朱棣又派礼部尚书胡濙，以寻访张三丰为名，暗中查访建文帝下落。胡濙行遍大江南北，据说曾见到建文帝，因此他不敢回家，一直滞留楚、湘一带十七年之久。胡濙官居二品，且带重兵把守，横在咽喉地，再无人可插手到西南地区侦缉建文帝。无疑，此举给了建文帝在国内的一线生机。一天夜里，胡濙回宫复命，与永乐帝长谈许久，谈话内容世人不知。但是，从此，永乐帝对建文帝的搜查有所放松。有传，胡濙对永乐帝说“人已找到，但知其已无谋反之心”。

《明史纪事本末》卷十七《建文逊国》篇记述：

“建文四年（1402）夏六月乙丑，金川门失守，……程济即为帝祝发。吴王教授杨应能愿祝发随亡。监察御史叶希贤毅然曰：‘臣名贤，应贤无疑。’亦祝发。各易衣披牒。在殿凡五六十人，痛哭仆地，俱矢随亡。帝曰：‘多人不能无生得失，有等任事著名，势必究诘；有等妻子在，心必萦系，宜各从便。’……帝麾诸臣，大恸，引去若干人。九人从帝至鬼门，而一舟舣岸，为神乐观道士王昇，……乃乘舟至太平门，昇导至观，已薄暮矣。俄儿杨应能、叶希贤等十三人同至。……帝曰：‘今后但以师弟相称，不必拘主臣礼也。’诸臣泣诺。……帝曰：‘此处暂不可久，况郊坛所在，明旦必行，何所之?’众拟浦江，而（翰林待诏）郑（洽）亦巨族，且忠孝可居也。……微明，（所镇抚牛）景先与（徐王府宾辅史）彬步至河桥，谋所以载者。有一艇，为吴人，急叩之，则（史）彬家所遣……彬与景先亟迎帝，且至彬家。……取道溧阳，八日，始至吴江之黄溪史彬家。八月十六日，帝同两比丘、一道人行，余俱星散。……帝附舟至京口，过六合，陆行至襄阳。”

建文帝走后，留在南京的三位顾命大臣皆忠贞赴死，且族人被诛，民国十年商务印书馆《中国人名大辞典》中史料记载如下：

“黄子澄：分宜人，名湜。洪武中会试第一，授编修。伴读东宫，累官太学常卿。惠帝即位，兼翰林学士，与齐泰谋削诸王。成祖破京师，被执不屈，磔死。

齐泰：溧水人，初名德，太祖赐今名。洪武进士，历兵部侍郎，太祖器之，临崩，招授顾命，辅皇太孙。建文立，进兵部尚书，建削夺诸王之策。靖难兵起，泰请削燕属籍，声罪致讨。燕师入京，泰被执不屈死，祸及九族。福王时追谥节愍。

方孝孺：宁海人，字希古，从宋濂学，及门知名士，尽出其下。恒以明王道致太平为己任。洪武间除汉中府教授，蜀献王聘为世子师。建文时为侍讲学士。燕师入，召使草诏，孝孺衰绖至，号哭彻殿陛，成祖降榻劳之，顾左右授笔札曰：‘诏非先生草不可。’孝孺书：

‘燕贼篡位。’掷笔于地曰：‘死即死耳，诏不可草。’棣命刀划嘴之耳，不能语，愤气由心发出。要灭十族，缚其弟孝友至，四目泪下，孝友口吟一绝而死。坐死者八百七十三人，流放千人，孝孺磔于市。有《候成集》《希古堂稿》。福王时追谥文正。方孝孺从兄方孝複，洪武间坐事谪戍庆远卫，以军籍获免。后子方琬亦得释为民。”

建文帝和一同出逃的大臣们经历了漫长的流亡生涯。在云南省洱源弥茨河畔，有吴王教授杨应能与监察御史叶希贤化缘建造的大喜庵（潜龙庵），有田地可自足的记载。浪穹大喜庵与鹤庆观音寺，是他们的大本营。为了避开侦捕，他们游移不定，从亡大臣们忙于寻找建文帝的居处，以便供给衣食。当徐府宾辅史仲彬于明宣德二年（1427）冤死吴江狱以后，建文帝衣食无着，日子更加凄凉，只有翰林编修程济一位老臣，朝夕相伴，直至建文帝卒。

现存不同版本的传说，有说建文帝在什么地方当了上门女婿，生了几个孩子，我认为这些说法不应轻信。朱允炆年轻轻失掉皇位；妻子（马皇后）赴火做了他的替死鬼；万般无奈放弃两个幼儿，只身逃亡。这些事足以令他肝肠寸断。况且，他时刻提防着来自永乐帝暗探的侦缉，危亡迫在眉睫，整日心惊胆战。为了处在险境的爱子，建文帝终生以光头和尚的身份颠簸于世，经常食不果腹，靠人接济，住寺庙、吃斋饭，借祭奠亡臣之由恸哭，这是常人无法承受的悲怆。晚年时，大臣们陆续先他而去，只有一位忠心耿耿的老臣程济，贴身保护。这样的人生，应该无法安心重建家庭。

我也很想知道兵部侍郎廖平的妻子，后来怎么样了。这位伟大的女性，为了丈夫一句“保子嗣”的承诺，冒着生命危险，放弃自己的家，带着太子朱文奎东躲西藏，精心照料，把他抚养成人。建文帝多次隐秘地去看儿子，但是，史料没有他们见过面的记载。耐人寻味的是，传说中建文帝的妻子，不是姓何就是姓向。湖南省衡阳县有位老人，说他们家是建文帝的后代，姓何，他家有何氏祖谱；还有，四川省平昌县望京乡八组，疑似建文帝陵墓的“朱大和尚坟”周边也有何姓村民。廖平的妻子是否姓何？建文太子朱文奎是否隐姓埋名改姓何？这些都是问号，需要寻找证据。

本节涉及人物（以下简介摘录自《中国人名大辞典》，商务印书馆民国十年六月版）：

纪纲：临邑人，诸生。燕王起兵，纲请自效，善骑射，便辟诡黠，善钓人意向，先发以为功。燕王即位，为锦衣卫指挥使。日摘臣僚及民间阴事以闻。帝所怒内侍及武臣下纲论死，辄为深情好语，诱取金帛且尽，忽刑于市。后以谋反伏诛。

周新：南海人，洪武中大理寺评事，以善决狱称。成祖即位，为监察御史。多所弹劾，贵戚震惧，目为冷面寒铁。累官浙江按察使。后为奸人所诬，命逮之，新伏陛前抗声辩，帝怒，命戮之。

胡濙：武进人，字源洁，建文进士，授兵科给事中，历礼部尚书，加少傅。濙节俭宽和，喜怒不形于色。历事六朝，垂六十年，中外称耆德焉。卒年八十九，谥忠安。

郑和：云南人，小字三保。初事燕王，从起兵有功，累擢太监，时称“三保太监”。成祖疑惠帝亡海外，欲踪迹之，且欲耀兵异域，示中国富强，乃命和将士卒二万余，多赍金币，造大舶通使西洋。使还，爵赏有差。至宣德间，和已七次奉使。前后所历，凡三十余国，所获宝物，不可胜计。俘三佛齐王、锡兰王，定苏门答腊之乱，尤称伟绩。故俗传三保太监下西洋，为明初盛事。宣德中卒。

建文帝及从亡大臣行踪梳理

建文帝流落于国内的铁证出于治平寺。“治平”是北宋英宗赵曙的年号，只有四年，自治平元年至治平四年（1064—1067）。浙江省松阳史志办的老师发现：史上有把不方便发布的文章藏于治平寺的习惯。

传播治平寺藏书中有建文帝从亡大臣之内容的，还有一位功不可没的明朝人，他就是缙云人郑喜，在浙江宁波找到的《定海县志》《镇海县志》中都有史料记载：“郑喜：明缙云人（1478—1551），《郑喜传·忠贤奇秘录·自序》节选：松阳王诏，治平寺于转轮藏上得书一卷，载建文亡臣二十余人事迹。”

汤光新编著的《松阳历代书目》一书第143页，写王诏“号龙溪，明中期为邑诸生（嘉靖贡生），居丧，躬负土筑父母墓，至白雀苍鸽之应。读书好持论。每见古人节行，辄随笔以志景行。尝游治平寺，闻藏顶嘤嘤有声，缘梯上视，乃抄本一帙，记靖难时从亡诸君事。其字多断烂不可读，止得梁郭十数人，各赞数语，题曰《忠贤奇秘录》，载《语学编》中，……光绪《松阳县志·孝友》、民国《松阳县志·孝友》有传”。这是由建文帝从亡大臣的动向，侧面证实建文帝流落于国内的证据。

但是，是哪里的治平寺？根据我掌握的资料，以下各处均有“治平寺”：

浙江松阳治平寺：松阳原名处州，松阳治平寺即原处州资圣寺。距县郭西一里路，耸然见于山林之间，而溪落其前，出入瓯闽者由之取道而祷祠。

浙江黄岩治平寺：见《黄岩县新志》（民国二十三年黄岩志）卷三十四，人物第五章，烈义，冯濯，传后按：“康熙《台州府志》列冯濯……传采周镳《逊国忠臣纪》，即史仲彬密笔，藏之治平寺转轮，百余年而后发。今因旧本，一字不敢删补，盖以存真也。又附建文年谱……”

江苏吴江治平寺：史仲彬是吴江人，“史仲彬密笔”究竟是藏在什么地方的治平寺？大约是什么时候？没有其他资料印证。

重庆治平寺：现重庆罗汉寺，渝中区民族路，有史料说建文帝到过，无从查对。

海南昌化治平寺：海南省昌江黎族自治县昌化镇新城村，清康熙年间治平寺碑在。

以下是我根据自己收集的资料梳理出的建文帝及从亡大臣行踪概要：

建文帝居住时间最长的地方是浪穹（今云南省洱源县）大喜庵与观音寺，共 21 年。

居浪穹茈碧湖镇（大喜庵）共 12 年：

永乐九年（1411）至永乐十五年（1417）；

宣德四年（1429）从汉中返滇，五月还浪穹；

宣德九年（1434）八月从浙江返大喜庵，至宣德十年（1435）正月往西粤；

正统元年（1436）八月至正统三年（1438）。

建文帝居鹤庆（洱源牛街观音寺），共9年：

永乐十五年（1417）至永乐十六年（1418）春；

永乐十九年（1421）十一月至永乐二十一年（1423）春；

洪熙元年（1425）秋至宣德二年（1427）八月；

宣德四年（1429）六月至宣德六年（1431）二月。

建文帝七入襄阳、汉中与巴蜀地区：

建文帝入襄阳的时间：

建文四年（1402）十月去廖平家；

永乐二年（1404）秋居廖平家6个月；

永乐七年（1409）建文帝从大竹取道襄阳，廖平家已迁，帝回云南永昌白龙寺。

永乐二十年（1422）七月，建文帝留巴蜀大别山；

宣德三年（1428）建文帝从湖北省西陵入陕，十月入汉中；

宣德六年（1431）建文帝与程济游陕西，七月秋返巴蜀；

宣德八年（1433）秋末入巴蜀。

建文帝曾四次去史仲彬（即史彬）家：

建文四年（1402）“靖难之变”，燕王入宫，建文帝与几位大臣暗道出南京城，坐小船取道溧阳，至吴江黄溪史仲彬家；

永乐二年（1404）建文帝离开云南永嘉寺，途经四川、湖北，进入江苏，八月到史仲彬家住三宿，再去浙江省天台地区；

永乐二十二年（1424）二月，建文帝东行，程济跟随。十月，与史仲彬相遇于旅店。即下江南到史仲彬家；

宣德九年（1434）五月，复入史仲彬家，仲彬已死于狱中。建文帝祭祀，后入会稽，八月返滇。

建文帝两次在浙江天台度岁：

永乐二年（1404）八月，到吴江在史仲彬家住三宿，祭祀诸亡臣而别，九月，建文帝离江苏，入浙江游天台山，与十位大臣聚会天台等地，十一月底，与众臣分手。建文帝度岁后踏上返程；

宣德七年（1432）正月，由蜀至公安，五月，到武昌，九月，游杭州吴山，十一月，游天台。宣德八年（1433）在天台赤城度岁。

建文帝两入四川邻水：

永乐三年（1405）建文帝君臣游天台返滇时，到邻水县，中书舍人郭节、侍中黄直在大竹（当时邻水属大竹县）迎接，建文帝居大竹县善庆里松柏滩庵中。

永乐七年（1409）复居大竹县善庆里。当时建文帝身无分文，副都御史王友德变卖家产，供应建文帝的日常所需。

从亡大臣：

浙江省定海五人：

梁田玉：定海干览镇龙头街人，刑部郎中，时奉衣食至萧寺，后不知所终。

梁良玉：梁田玉族人，中书舍人，老死海南。

梁良用：梁田玉族人，中书舍人，投水而死。

梁中节：梁田玉族人，中书舍人，与郭良同出京为道士。

郭良：中书舍人，与梁中节一同出亡为道士，不知所终。

河南省开封四人：

杨应能：吴王教授，葬浪穹。

王资：指挥从偏将，战灵璧、捍凤阳，病死祥符。

刘伸：镇抚，黄冠出亡，老死浙江天台山。

王良：浙江按察使，抱印积薪自焚。

湖北省襄阳二人：

廖平：兵部侍郎，掩建文太子于己妻。

王之臣：钦天监监正，着葛衣于永登为佣，死于永登。

从亡大臣聚集地——夔州萧寺：

黄直、冯灌两人常年驻守，永乐十三年（1415）八月，二人病逝萧寺，就地合葬。

周恕：海州人，建文朝太监，死于萧寺。

刘伸：永乐五年（1407）冬，戴黄冠，到萧寺打探建文帝君臣消息。

梁田玉：刑部郎中，为奉衣食往来萧寺，梁田玉后不知所终。

吴成学：翰林修撰，为奉衣食往来萧寺。

从亡大臣南行最远至海南省：

梁良玉：中书舍人，易姓名，挟微赀踰岭至海南，寓市肆间，以鬻书为业。永乐十四年（1416）夏卒。

从亡大臣西行最远至甘肃永登连城：

王之臣：钦天监监正，京师破，建文帝去至家，事露，被葛衣走金城，后依永登连城鲁吐司家为佣，病死，扬灰永登，无殓棺。

最先去世的从亡大臣：

梁良用：靖难兵抵南京金川门，金陵失陷。梁良用与建文帝及程济出西华门，将小船留给建文帝逃生，梁良用自赴朱雀桥投水而死，时建文四年六月十三日。

最后去世的从亡大臣：

程济：岳池教谕、翰林编修，《岳池县志》评论说："程济追随建文四十载，矢志不渝，委曲全主，终至主归骨。"

建文帝流传最广的诗句是《书浪穹》，相传于明英宗正统二年（1437），在浪穹所作：

牢落西南四十秋，萧萧白发已盈头。
乾坤有恨家何在，江汉无情水自流。
长乐宫中云气散，朝元阁上雨声收。
新蒲细柳年年绿，野老吞声哭未休。

建文帝妻儿的下落

马氏：建文帝的皇后，其父马全，为洪武朝光禄少卿。马氏于洪武二十八年（1395）册为皇太孙妃，建文元年册为皇后。金陵城陷时，马皇后赴火替死。

皇太子朱文奎：建文帝长子，生母马皇后。朱文奎生于洪武二十九年（1936）十月晦日。这个日子在迷信的人看来很不吉利，因此朱元璋很不高兴，不喜欢这个重孙子，说："日月皆终，大凶之象。"建文元年（1399），朱文奎被立为皇太子。建文四年（1402）"靖难之变"，燕兵入南京，建文帝朱允炆带皇太子朱文奎逃出皇宫，众人聚集在南京城外。兵部侍郎廖平说："功莫大于存嗣，臣请保太子。"建文帝就把太子朱文奎托付给廖平先行。廖平匿太子于襄阳家中。燕王官兵侦缉甚紧，廖平便"以妻为妹"，后廖平妻带着皇太子朱文奎逃离襄阳，徙汉中。朱文奎是建文帝最大的牵挂，建文帝多次亲自前往或派大臣从云南或其他地方，绕道去看他。廖平妻子带着皇太子朱文奎隐姓埋名生存下来了。但是，他们居住在何地，死后埋葬在何处，我们再也找不到蛛丝马迹。小南明时期，明安宗朱由崧为朱文奎上谥号：恭愍太子。小南明绍宗朱聿键又上谥号：和简太子。

次子朱文圭：生于建文三年（1401），建文帝封他为润怀王。可惜生不逢时，建文四年（1402）“靖难之变”，建文帝带着太子逃离金陵，2 岁的朱文圭成了朱棣的俘虏。永乐帝初夺皇位，不方便杀死建文帝的幼子，便将孤儿号为“建庶人”，当作人质（或许是当作诱饵），送到安徽凤阳老家。幼小的朱文圭，被幽禁在中都广安宫（明时，凤阳称“明中都”）。后来，被移幽高墙（朱棣为皇室犯人修建的监狱）。明英宗朱祁镇，曾被北元瓦剌部首领也先俘虏，关押在内蒙古一年，后来，弟弟明代宗朱祁钰派使臣与瓦剌部谈判，英宗被释回国，送到南宫软禁了七年。八年囚禁，朱祁镇饱尝了当囚徒的心酸苦楚，为人处事起了很大变化。所以，在“南宫复辟”、重获帝位后，做了一件被人赞颂的事情，就是释放“建庶人”。天顺元年（1457）十月，朱文圭被释出狱，出狱时不识牛马。天顺二年，57 岁的朱文圭病逝于安徽凤阳。这在《凤阳县志》中有所记载。

关于“建文帝逝后葬北京”说的疑惑

传说建文帝逝世后葬于北京西山，不封、不树。在各式各样的说法中，这种说法比较多，但是，建文帝葬于北京的说法时间差异很大。我搜集到八种说法：

一说是正统二年（1437），建文帝回到了宫中，皇帝以孙儿礼拜之，称建文帝为太上老佛。程济则飘然而去，浪迹山水之间。

二说是正统五年（1440）建文帝回云南洱源时，途经贵州金筑司，在罗永庵壁上题诗，遭僧人杨行祥告密，被抓获，先送南京，又转送北京，死于宫内。

三说是僧人杨行祥，从云南到广州，自称建文帝。思恩土知州岑瑛以其诈称建文帝为由，将僧人杨行祥押解回京下狱，约关押了四个月，杨行祥死于狱中（没有提及建文帝与程济）。

四说是抓捕僧人杨行祥时，同屋人一锅端，人群中有建文帝（没有提及翰林编修程济），一齐被押往南京后至北京，建文帝由朝廷供养，卒于宫中。

五说是正统五年（1440）建文帝在广西自首，他对程济说：“我决意东行。”遂去思恩土司府自首。被送往北京，经太监指认，养于宫中，得善终。

六说是明英宗正统八年（1443），建文帝离开白云山，返回京城。

七说是到天顺年间，建文帝已经是八十岁的老人，忽发思亲之念，要从四川什邡“蓥华精舍”去南京紫禁城，后逝于宫中。

八说是建文帝于宪宗成化元年（1465）驾鹤西去，葬北京，享年88岁。

虽然，现有史料记载的建文帝活动在民间的年限，到正统五年（1440）就戛然而止了；建文帝死后的埋葬地，说法也不统一，好几个地方说发现建文帝的墓葬。然而，四川省平昌县望京乡“和尚坟”（当地俗称“朱大和尚坟”）碑塔上的纪事诗道出一种可能：建文帝在人世间的时间，超过了明英宗正统五年（1440）。

四川平昌县望京小学有一位语文老师白中禹先生，曾着手“和尚坟碑塔诗”的研究。他用古地名、地名别称、隐语、五行说等角度分析，发现纪事诗与现实事件吻合。原先四川省平昌县望京乡的“和尚坟碑塔”为四方柱形，四个面上四首诗。我把其中两首诗句中与时间有关的内容摘取出来，供历史学者分析研究：

“未济卦中断，水马太岁乱。”“北燕南回石中穴，辰游戍冲四十秋。”

“未济”是六十四卦最后一卦，用此卦断建文帝江山难保。“北燕”，燕王朱棣打回金陵，占了建文帝的皇宫。“辰游”，辰在十二生肖中属龙，暗指建文帝，自逊位，建文帝行游在民间整整四十年。说明公元1442年建文帝还活动在民间。

“和尚坟碑塔”另一首诗，其中有一句：“笑看日月四帝君”。“日”“月”合为“明”字，建文帝逊位后的皇帝有：明成祖朱棣、明仁宗朱高炽、明宣宗朱瞻基、明英宗朱祁镇。在明英宗正统十四年（1449）出了件大事，当朝皇帝被北元瓦剌部首领也先俘虏，他被蒙古人押解到北方去了。建文帝得知朱棣的重孙子朱祁镇被北元俘虏，这是明朝史上的污点。这句纪事诗，明确地告诉我们，至少在公元 1449 年建文帝还活动在民间。但是，作诗者不知道“南宫复辟”（1457）后的事，留于平昌望京的诗，只是四帝君的负面。也就是说，如果作诗的人真是建文帝，那么他应该没活过 80 岁。

总括这些，只作为故事听听。我个人认为，建文帝葬于北京的说法确实不可信。因为，建文帝与朝臣出亡时，他还有两个幼小的儿子在人世间。6 岁的皇太子被人带着从南京逃到襄阳，又从襄阳逃到汉中一带；除了被兵部侍郎廖平的妻子精心照料外，当地老百姓冒着杀头的死罪，把朱文奎隐藏得严严实实。建文帝终其一生过着流亡生涯，小儿子被明成祖幽禁着，没有办法见到；他常去襄阳、汉中、巴山一带看皇长子朱文奎。永乐十九年（1421）正月，明朝已迁都北京，自永乐帝以后的皇胄，都是朱棣的后代。试问，建文帝丢下自己孩子不顾，去金陵、北京干什么？他能依靠谁？

还有一件值得注意的事，有史料记载说：明神宗万历二年（1574）十月，12 岁的小皇帝曾问起建文帝的下落，张居正回答：“国史不载此事，但先朝故者相传，言建文帝当靖难师入城，即削发披缁，从间道出，后云游四方，人无知者。”大家都知道，历朝历代皇宫的银两开支，账目清晰详实，如果建文帝最后回到宫中了，就会有记录。口说无凭，正因为明朝财政账目里，没有这两笔银子支出的记载，小皇帝那么问，宰相张居正才这么回答。这说明明朝廷没有供养过建文帝，也没有埋葬过建文帝。

建文帝的下落倍受后人关注，研究发现，明朝地理学家、旅行家徐霞客也在找建文帝的遗迹。游记中他到过的地方，与建文帝出亡时所到之处高度重叠。但是他缺少建文帝行踪的确切线索。徐霞客能在游历过程中发现贵州白云山等几处建文帝居住遗址、发现广西横州建文帝亲题“万山第一”四字匾额，是多么了不起的事！

我很想依循着徐霞客的足迹重走一遍，但是，他曾在广西游玩过许多地方，他的游记大多数直截了当地描写景色，我没办法查到那些明朝景点的具体位置。我分析：广西北部地理位置，对建文帝很重要。北部的通道侗族自治县，虽然位于湖南版图，但是，它离桂林市很近，又有河流经过，通道河连接渠江，是古水道。我决定，只身从徐霞客到过的广西出发，从龙胜侗族自治县入湖南省，经过湖南省通道侗族自治县、湖南省洪江市，由湖南省怀化市乘火车入贵州、云南。

寻找建文帝遗迹并没把握，许多线索都是一句话、一个地名而已。但是，这是解开建文帝余生谜团、解惑历史最有效的方法之一，也是费时、费力、费钱的大课题。希望在我的努力下，建文帝的下落能够变得清晰。

本节涉及人物（以下简介摘录自《中国人名大辞典》，商务印书馆民国十年六月版）：

岑瑛：思恩人，为本地土知州，谋略过人，正统中常奉征调，屡著功勋，遂晋州为府秩，加都指挥使。

杨行祥：僧，应能，钧州人。正统中自云南至广西。自称建文皇帝。思恩知府岑瑛以闻于朝，下狱，阅四月死。（此本明史，按：明高僧传，据《国朝典故》《皇明通载》《宪章录》《思恩志》等书，谓应能实建文帝，伪姓杨氏。又谓取入西内供养，卒于宫中。与史异。）

桂林、通道、靖州、洪江古城

从徐霞客的游记路线中，我总结：广西北部在地理位置上对建文帝很重要。北部的通道侗族自治县，离桂林市很近，通道河连接渠江，是古水道，建文帝如果逃往西部，很有可能在这里留下行踪。

2014 年 4 月 16 日，我第一次出行，在没有具体线索的情况下，先从桂林出发，经过通道县（全称是通道侗族自治县），没有查到与建文帝相关的资料，倒是在当地举办的“侗族大戊梁歌会”上听到一个地名：“皇都”。细问一番了解到，通道侗族自治县有个黄土村，又叫“皇都”“皇村”，就因为这一个字，我兴冲冲地赶去黄土村，可惜也没有找到任何线索。

接着，我自通道县出发，乘坐汽车，3 个多钟头车程到达靖州县。靖州县属于湖南省怀化市管辖，全称是靖州苗族侗族自治县，距广西不远，离贵州也近，山高林密，通南北、贯东西，是古代逃亡的绝佳渠道。我分析，建文帝有可能从这里出入湘、桂、黔、滇。

从靖州县城乘坐汽车，可到洪江市。洪江市属于湖南省怀化市管辖。渠水、沅江在此交汇，洪江市水线、陆路四通八达，按建文帝去过的地方设想路线，洪江这地方，南可下广西，东行可达娄底市、涟源、涠江，又可以从娄底向湖南省扩散，建文帝如果向西行，最为直接，因为洪江市有沅江经过，与贵州的清水江连通，入黔到凯里、贵阳，再从贵阳走四方。我从桂林、龙胜、靖州、洪江市，一路走来，摸索着寻找建文帝遗迹，注意着沿途的传说、故事、民风民俗。

洪江市位于湖南省西南部的雪峰山区，处在层峰叠嶂之中，地势比较高，物产丰富，早在唐朝就很有名气。洪江市在五代十国时期，称为“蛮”，地理位置极其重要，在广西、贵州、湖南向北方去的通商渠道上；自古洪江就是非常繁忙的驿站，是七省通衢的商业重镇，素有“西南大都会”“小重庆”“小南京”之美称。

陆路畅通，河流如织，这对古时候以船代步的人有多重要？此处离南京、北京那么远，又在大自然的屏障之中，便于躲藏，建文帝应该来过吧？

但是，我查洪江市有关资料得知，佛教是明神宗万历四年（1576）才传入洪江的，洪江市嵩云山大佛寺是清朝扩建的。现嵩云山大佛寺内未必有建文帝遗迹。虽然，云南省洱源县的《浪穹县志略》中有载：“永乐十一年，建文行至蛮甸”，蛮甸也未必指的是洪江市，但也不排除建文帝先在嵩云山以僧人身份躲藏，后人在这块热土上建起佛寺的可能。但我并未查到实据，这几处地点都没有关于建文帝的资料。

既然来到洪江，“洪江古商城”就不可不游了。这座古城现在属于国家级名胜古迹，遗存极其丰富，有一大批风格迥异，建于明、清等不同时期的寺院、古庙、会馆、钱庄、银行、客栈、茶楼、报社、青楼、烟馆、店铺的遗址，这些遗址就在青石铺就的“七冲八巷九条街”之中。我想独自进去寻踪探迹，当地人说：“不跟着导游进去会迷路的！”

巷子里的道路不宽，略有起伏，只能行人，不能走车。一眼就看到古商城入口处，一幢房屋的房檐下，横里伸出六根旗杆，挑着宁波帮、龙游帮、福建帮、徽州帮、广东帮、湖南帮六面彩色旗帜，巷口五颜六色，十分引人注目；古商城小巷的另一侧，有扇朱红色的木门，匾额上书“盛业木行”，看过墙上的介绍得知：这家店铺，曾经是洪江商业的中流砥柱，后来改为黄洲会馆。如今只是遗址，没有商人活动的迹象。同样，也在屋檐下横着伸出六根旗杆，上面挑着新安会馆、长沙会馆、黄州会馆、七属会馆、衡州会馆等六面彩旗。巷子里的建筑，外墙多半年久失修，墙上鼓起许多包，砖石也多处剥落。

走出弯道，忽然看见侧面的坡路上，有一处西洋式老宅，上书“淮盐缉私局”，门口钉着一块精致的牌子，应该是“淮盐缉私局”的简介，但是，长时间的风吹雨打，已使牌子上的字迹模糊，分辨不清上面说些什么。

找不到新线索，无奈，我继续往前走。又见一处西式洋房，高高在上，大门上的匾额写着“湖南银行”，要想看仔细，需要上二十几级“之”字形的台阶。又往前走了一段路，看到有间大屋子，双开的大门紧闭，匾额是“美孚洋行”，有一幅过春节印金粉的红纸对联，贴在灰蒙蒙的墙皮上。这是洪江四大巨商之一的梁湘帆开的，是为洋人推销洋货、采办商品的贸易商行，主要为洋人销售煤油，同时，也为洋人收购中国的丝绸、茶叶等土特产。

此行虽然没有查访到建文帝的踪迹，但是在这古城的一游，收获不少，洪江市对历史文物、老建筑等，保护得非常好。

贵州白云山“跪井”话建文

因为白云山有关于建文帝的传说，所以我接着辗转去往贵州。

途中经过福泉，在福泉地方志办，没找到官方文献；又乘坐列车自福泉至贵阳，再从贵阳火车站换乘公交车到惠水。到惠水县时，政府机关还不到下班时间，于是我直奔惠水县委找地方志办公室。

惠水县方志办的全称是“惠水县档案史志局地方志股”，一位很帅气的黄姓老师给我许多帮助，他记得《惠水县志》里没有记载过建文帝、白云山。他查了好几份资料，终于在《广顺州志》第二本中查到有关建文帝在白云山的传说，是《徐霞客游记·黔游日记》中所写的：“白云山初名螺拥山，以建文君望白云而登，开山之祖，遂以‘白云’名之。”徐霞客称白云山佛寺为“白云寺”，认为白云寺是建文帝“所开山也”。《广顺州志》直接引用了徐霞客讲的这段故事。

这次，在惠水县档案史志局，还查到另一处叫“卍华禅寺”（万华禅院）的禅院，在贵州省安顺市平坝县（按：今平坝区）高峰山上，那儿也有关于建文帝的传说，我原先不知道，这是意外收获，真是喜出望外。

去贵州省白云山景区，最方便乘车的地方是惠水县，往广顺方向坐车，在一个叫改尧的小镇下车。

第二天一早，我带着行李，步行到市区的金三角车站等公交车。坐上一辆前挡风玻璃上写着“惠水县—改尧镇—广顺镇”的汽车，行驶1个多小时就到改尧。从改尧到白云山还有约6公里山路。我9年前来过一次，现在仍旧和当年一样，这段路不通公交车，上山需要自己找代步工具。

我先慢慢走着。脚下是通往贵阳的公路，两边都是山，上坡时，路右侧靠山，山体上有明显的开挖痕。左面视线比较开阔，水泥路面很平整，只是坡度有点陡。在大山里修一条公路多不容易！山风飕飕，寒气彻骨，不过，空气异常清新，公路周边没有庄稼，也没人家，静悄悄的，听不到鸟语、鸡鸣、狗吠。忽然，隐隐约约听见机动车的“突突”声，转身看见从山下上来一辆农用四轮车，见我要乘车，驾驶员停车和我谈价钱，讲好25元到白云山脚下。车上拉的是农用薄膜，他妻子和两个小孩子也在，坐在薄膜卷上，我欣然看着这一家人其乐融融的生活，不知不觉地到了目的地。

下车的地方，是名叫茶团站的候车亭（长顺县农村公路客运招呼站），这是登白云山的候车亭，专为去白云山的游客设的点，如今，贵阳市到改尧的专线班车从这里经过，就是说，贵阳到白云山景区有班车了，但是车次很少，每天只有一班。贵阳市到改尧镇的距离有50公里。从改尧站到茶团站，算上刚才我自己走的，加上坐农用车的行程，一共4公里。从茶团村去往白云山景区全是山路，官方数据说这一段山路长2.3公里。

坡下面大概就是茶团村，也就是送我来的那家人住的地方。村庄很大，山清水秀，小块土地被侍候得平平整整，庄稼绿油油的，非常喜人，可惜太远了，看不清楚种的是什么。村民的住宅式样各异，有老式木板房，也有新式的砖混小楼，新房子数量比老屋子多一倍都不止，人口不会少，私家农用车也多，看上去很富足。大概没有学校，我见到小学生们沿公路向贵阳方向步行，不知道他们去什么学校？一群学童，在靠村子那一边的道路上追逐嬉戏。公路上有 80 厘米高的护栏伸向远方，直到大山挡住我的视线，看不见路为止。这条蓝色防护栏，在村庄那面的公路边，给了活泼好动的孩子们一条安全行走的通道，不让行人上公路，把危险隔离在外，真好！我心里也暖暖的。

有必要提醒想要来这里寻踪旅游的人，去白云山很容易坐错车、下错站。今天我乘班车到改尧镇，售票员却叫："白云山下车!"其实，那是改尧镇站。茶团村站才真正是白云山景区。附近还有一个叫"白云山站"的地方，离白云山景区远着呢，那是另外一个地方。我也曾遇到过售票厅的售票员不熟悉地名，卖错票的事。买车票时，一定要说清楚所到景点的全称。

茶团村站公路左边的山坡有个豁口，游客从小路登山，直达景区。上山时，看见白云山的第一景，是一潭清澈的泉水，自然形成不规则的圆形，潭的直径大约 1.5 米左右，潭水不深，像个圆形浴缸，潭底有少量淤泥。它在半山坡上，名为"紫荆潭"，靠山那边醒目处，有块向游人展示的牌子，介绍说这是建文帝在白云山上沐浴的地方。

北大门是"大雄宝殿"，在宝殿建筑群台阶左侧，有一口井，用青石条从井边上向外镶砌一圈，青石条基本与地一样平，这口井就是赫赫有名的"跪井"。井水晶莹剔透，水面上没有飘浮的杂物，清澈见底。介绍说，此井"不溢不涸"。这口井在山顶上，这么高的山上，井水永不溢出，这完全可能，可是"不涸"真是有点奇怪呢！说"跪井"是建文帝饮用过的，老百姓想要饮用，得跪着。

其实，井水比较深，没有井沿，我目测地平线与井水大约距离 70—80 厘米，在井旁平地摆放着一块棉布垫，井口上方写着"跪井"两个大字，寺庙还给游客准备了一只水瓢，这种情形暗示你：想喝井水必须下跪，像拉萨大昭寺门前的藏胞磕长头的姿势也行，只有跪下

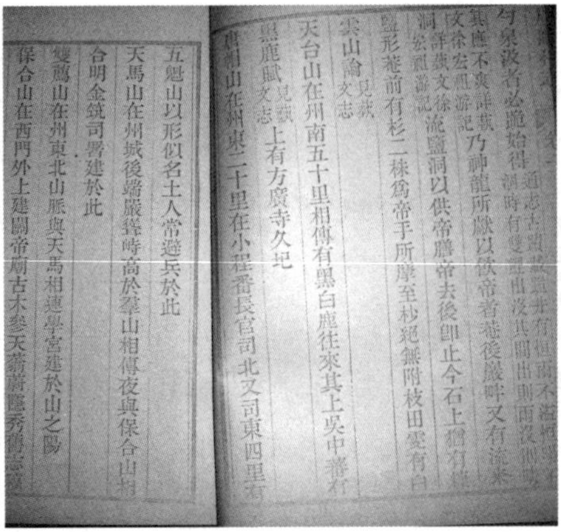
黑鹿賦見藝文志上有方廣寺久圮
天台山在州南五十里相傳有黑白鹿往來其上
雲山見藝文志
合明金筑司署建於此
天馬山在州城後端嚴聳峙高於羣山相傳夜與保合山相
五魁山以形似名土人常避兵於此
雙鳳山在州東北山脈與天馬相連學宮建於山之陽
保合山在西門外上建關帝廟古木參天

《广顺州志》中关于建文帝的记载

白云山“跪井”

或趴在地上，用特定的水瓢，伸长手臂，才能舀上“跪井”之水。只因为它是当年建文帝落难时的生命水，虽然不渴，我也虔诚地跪在棉垫上，舀了半瓢水，一口气全喝掉。井水清凉甘甜。

在惠水县档案史志局查阅《广顺州志》第二本，有记载建文帝“跪井”的章句，这书是老版本，我认为可信。

附近有一间叫作“潜龙阁”的屋子，也是白云山上的著名景点，屋里屋外布置成庙宇式样，屋檐下，门楣上方写着“潜龙阁”三个大字，里面供奉着一尊“建文帝像”。

潜龙阁旁边有一个天然洞穴，洞口形状不规则，最宽处大约 1 米，最高处超过 2 米，两旁拐角处的门洞较矮，稍微不注意，头就碰到石头上。洞口上方刻有“天子硐”字样，洞内的石壁凹凸不平，洞顶（天花板）高矮不等，洞穴高度估计在 2.5 米以上；洞里有一块石板，架空于地面，高低大小就像一张 1.2 米宽的床铺，这个床铺正面的石板比较光滑平整，床铺底面的石板则是坑坑洼洼的，也就是厚薄不均，厚的部分约三十几厘米，薄处也有二十几厘米，谓之“石榻”。

9 年前我来白云山时，师父讲解说，相传这石榻是当年建文帝避难时歇息、打坐的地方；石榻下是建文帝储藏粮食、堆放杂物的地方。今天我才注意到，石板底下的空间容积真不小，确实可以存放不少东西呢。

进入天子洞里面，从右面登石阶往上看，上面有一个天然孔洞，名叫“望天洞”，从孔眼里撒下一缕光来，洞内不失光明，这孔洞也有传说，相传建文帝能从这个小天窗看见南京。

走出天子洞后，顺着山石绕到天子洞后面，小屋外墙一侧，有一块本色木板制作的牌子，用白油漆写着“南京坪”，木牌不大，但是是用中文和英文写的，钉在树上，没写介绍，只画了一个长长的箭头，指向一片树林。我顺着箭头的指向走了过去。那里没有建筑物，是一片地势平坦且广阔的林区，山风吹得野草一浪一浪，起伏不定，四月的山风很冷。

我胡乱猜想着，建文帝自小生长在皇宫里，过着饭来张口、衣来伸手的日子，他在避难的这些年里，曾亲手种过地吗？他是否曾在这块土地上种马铃薯充饥？或者种些瓜、豆之类作物？失位时朱允炆年纪不大，他能相信谁？谁敢被相信？谁是依靠？谁敢被依靠？他站在这高高的白云山上，不知道往哪里去，人们也不知道他从哪里来。年轻的建文帝需要多大的勇气，来承受这许多艰辛和无奈？

我站在“南京坪”野地上，遐想建文帝当年的处境时，感觉寒风彻骨，不由得鼻子一阵酸，心里很不好受。

上白云山顶后，台阶边的地上有一块刻有“遗”字的断碑，上刻：“牢落西南四十秋，萧萧白发已盈头。乾坤有恨家何在，江汉无声水自流。长乐宫中云气散，朝元阁上雨声收。青蒲嫩柳年年绿，野老吞声哭未休。”这首诗广为流传，但其中几字各处记载略有不同。

史料记载，明英宗正统三年（1438），建文帝的弟子应知和尚，

白云山景区“遗”字断碑

从云南省浪穹（今洱源）寺庙出逃，建文帝怕他告密，就毁掉浪穹大喜庵，与翰林编修程济逃往广西。明英宗正统五年（1440），建文帝与程济返回洱源，途经贵州金筑司，建文帝在罗永庵（白云山）壁上题过诗。不知道是哪一首？明代徐霞客曾为白云山写过游记，专门写了白云山与建文帝的传说，但是，没有提到建文帝在白云山写过这首诗。

途经明朝古镇天龙屯堡

前文提到，有资料说安顺市平坝县的高峰山上有一座“卍华禅寺”（万华禅院），有建文帝遗迹，惠水县距高峰山不远，我打算去寻访。可是，惠水县没有通高峰山的直达车，必须转四次（先到贵阳市，转车去平坝县城，然后从平坝县城乘途经车到高峰山，高峰山下还要步行很长一段路）。路程比较繁琐，因此行前我再去惠水县档案史志局麻烦那位黄老师，尽量把路线问仔细。

虽然白云山、高峰山两个景点都不属惠水县管辖，但是，惠水县档案史志局的几位老师在收集惠水县地方志资料时，也留心周边兄弟县的人文、地理方面的知识，并且把零零星星的史料整理得井井有条、清清楚楚，把遗存的历史文献整理保留了下来。他们做了一件极其有益于后人的大事，同时也给了我很多帮助。

谢别惠水县档案史志局的几位老师，转了两次车才到达平坝县客运中心，出车站时犯了愁，这是一个新建的客运中心，离县城远，我人生地不熟，一时找不到开往县城的车，也不知哪里可以住宿。忽然看见车站工地围墙外有人走动，只得远远地大声询问，还好，当地人很热心，他停下告诉我，这附近都无住宿，建议我去天龙，又告诉我说：“天龙车多，6 点钟早班车回平坝，在东门桥坐过路车可以到高峰山。”我这才“把心放到肚子里”，连连道谢，立刻转身飞也似的去找开往天龙的班车。

这是一辆中巴车，要等乘客坐满才开。我注意观察着车上的乘客，同车坐着两位衣着特别的中年妇女。我好奇地问她们：“你们是什么民族？”回答说：“堡人！”她俩说的方言，我理解成“濮人”，好惊讶，濮人是我国古老的一个民族，现在还有濮人？我接着问：“你们那里人多不多？”她们说：“我们都是，是明朝洪武年间来军屯的，天龙屯的人，多数都是明朝时候迁过来的，有江西人、安徽人……”我恍然大悟，原来并不是少数民族“濮人”，而是“堡人”。她们的衣着有点像上海浦东本地人老太太的传统装束，头帕折叠成条形把脑门和后脑勺围住，露出头顶，阴丹士林蓝布的斜襟宽大上衣，领口、袖口都绣有花饰，一块布围裙扎在腰间。只是她们在装饰上有所改进，围裙的裙摆和腰带上绣着色泽很鲜艳的蝴蝶和花朵，很好看，我问她们：“平时就穿这种衣服吗？”她们说：“现在穿新衣服去寨子唱歌，在家穿旧衣服，好干活。”

约半小时车程，到达天龙屯堡，路边买包子充饥，顺便和女老板聊聊天。得知这位女老板祖籍江西，她的祖上是第一批奉明太祖朱元璋旨意来这里的军屯明军。这个乡，基本都是明朝军队带来的家属，数百年来在此繁衍生息。他们仍保留继承着明代的生活习俗、文化习俗。屯堡人的屯堡二字，“屯”是指军屯，是军队传递书信、接待来往官员和部队家属居住的地方，“堡”是指商人和普通老百姓居住的地方。数百年来，更朝迭代，世事变换，而屯堡人却坚守着他们祖先的传统，保持着大明朝文化。他们的服饰被称为明代服饰的活标本。难怪刚才在车上我问那两位妇女是哪个民族，显然她们能听懂，却不回答“汉族”，而很自豪地说“堡人”。

有史料记载，洪武十四年（1381）九月，明太祖派征南将军颍川侯傅友德为主将，左副将军永昌侯蓝玉，右副将军西平侯沐英，率步骑三十万，大举出兵入云、贵。洪武十五年（1382），明军初平云南，消灭大理段氏政权，年内又平定贵州。当地少数民族并不服气汉人统治，时不时有武装暴乱。因此洪武十六年（1383）三月，明军再次平息叛乱后，朱元璋派西平侯沐英，领数万精兵留下镇守云南，傅友德、蓝玉凯旋。自此明朝开始屯兵，也就有了这一举足轻重的江南人填云、贵、川、湘的大迁移。

天龙屯堡古镇地处西进云南的咽喉之地，在元代这里就是有名的顺元古驿道，原名叫饭笼驿。由于军事地理位置重要，从明代开始就在这里及周边大量屯兵，时至今日，这里仍是驻军重地。清朝康熙年间，云贵总督范承勋奉旨实行“改土归流”后，屯堡人由军户转变为普通百姓。

既然来到天龙屯堡，那么天龙村、天龙屯堡古镇、天台山“伍龙寺”，是必须去看一看的。走不远就望见一架高高的牌坊，匾额上书“天龙屯堡”，牌坊左侧写着“将出江淮六百年耕戍田陇”，右侧写着“枝发云贵三千里守望家山”，落款“壬午冬”。进入牌坊就算是进堡子了，屯堡村庄，大多沿袭了具有江南水乡风韵的石头村落建筑形式。走过天龙村人民调解委员会的院子时，见院子里聚集着许多人，绝大多数是村民，着装果然都与我在车上见过的两位妇女相类，于我甚是新奇。见我站在院子门口瞧热闹，一位先生招呼我，邀我上楼唱歌，我笑着谢绝了。

信步而去，便是古镇景区，这个古镇保留着明朝的风貌，又加上了近年的规划修建而成，小店铺一个挨一个，很紧凑，与江南古镇相似。

拐弯出了古镇，顺着公路再往里走，可通往天台山伍龙寺。傍晚，公路上没有汽车，偶有农用机动车经过；路左侧有一大片民居，白墙绿瓦，其中一座门楣上用红字写着“延平郡王祠”，双开的大门被铁链锁住，紧邻着的是一长遛色泽鲜艳无比、古今混搭的建筑，沿坡就势，一直伸出村外。这些房屋的基础墙全是用不规则的石料砌筑而成的，足有两米多高。抬头往上看，有平房、二层楼和三层楼，山坡上还有更高的房子。

沿着墙往前，又有一幢二层楼的高宅大院，与邻近的其他建筑一样的白、红、黄三色墙面，雕梁画栋。墙壁上、门楣上满是横幅、条幅，二楼的横幅写着“祖治世家”，房子正中间是六摺大门，门楣上一块大匾额与门的宽度一样，黑底金字写着“郑成功纪念馆”。黄墙上红字写着“弘扬祖德”、“华夏世家”，墙壁下段是彩色画幅，因为是外墙，经过风吹雨打，已经色迹斑驳。

我跟在几位放学回家的学生身后，一直往郊外走，骑自行车的学生把我远远落下，沿途不断有学生离开公路，他们到家了。最后剩下两个步行回家的女学生与我为伍，谈谈说说间，来到山脚下，山不高，接下来要走的是绕山公路。这时，我才开口问两个女生，天台山伍龙寺怎么走。她们说左边山路走 2 公里就到，大家又同行一段路，我才和两个女孩分道扬镳。

路上就我一个行人，脚下的水泥路，不知道什么时间变成沙石路了，路很宽阔，老远就望见高高的山上有一群灰白色的房子。公路右侧靠山处，有一堵 3 米高的砖墙，顶上插着一根旗杆，一面蓝布白边、绣有“明”字的彩旗，被风吹得不停翻卷，猎猎作响。再走了不久，到达景区门口，已是傍晚。一般情况下，景区大门应该关了，但我运气不错，今天的值班员尚未下班。为了天台山伍龙寺的景点修缮事宜，县领导与建筑商要来景区评估工程量，所以，他正在等他们。见我大老远前来参观，他便带我到山边，开了上山道路的小铁门。

我一步两台阶地往山上走，石板台阶上绿茵茵的全是苔藓，很滑，也没有别的路可走，只能顺石阶绕着山体，螺旋往高处升。山高坡陡，怪石嶙峋，危崖耸峙。总觉得这儿有瀑布下泄才合乎常景。天色越来越昏暗，不知到顶还有多少台阶。伍龙寺高高在上，山谷两边石崖参天面立，十分狭窄，两面崖壁前突，皆巨石撑霄，拔壑而起，气势逼人，自下望若凌空。寺庙下部是由石头砌的墙，石墙根基就有五层楼房那么高，抬头只见石头不见寺，好一个考验体力的地方！天渐渐黑了，我扶着山墙，小心翼翼地下了山。

伍龙寺确有来历。史料记载，明神宗万历十八年（1590），一位僧人来天台山，看上这地方，想利用山形地势，要把寺庙布局在一块突兀的天台之巅上。工程一开始，先使用大块石头垒砌墙基，他灵施巧布，几经努力，终于建成这座古刹，纳释、儒、道三教共居。伍龙寺也是明朝屯兵的军事要塞。清康熙年间，平西王吴三桂龙屯堡驻兵，指挥部就在山顶古寺；兵败离寺时，留下朝笏、朝服、腰刀，现存于天台山伍龙寺内。但是，这一带依旧没有关于建文帝的信息。

“西来面壁”高峰山

第二天，我要从平坝县城转车去高峰山，早晨五六点摸黑出门，一位热心的环卫工人为我指路，领我到一条大路的三岔口等。六点半，同时来了两辆车，两车售票员都向我招手，我就近上了一辆有座位的车。到平坝客运站转车进城，在东门桥站下车，问好了去高峰山乘车的地方、开车时间、路程，吃过早餐，乘公交车返回县城正街，去找平坝县政府史志办公室。

平坝县城不大，公交车路过县档案局，门前有站，我便先去档案局问一问。这时档案局刚上班，按平坝县档案局规定，要查看他们的资料，除了身份证，还要单位介绍信，我没有单位介绍信，但诚恳地说：“你们平坝与清镇之间，有一座高峰山，寺旁有一巨石，上书‘西来面壁’四个大字，是明朝建文帝落难在此、坐禅时写的。我是从宁波远道来的，想要查找有关建文帝在高峰山的史料，看一下遗迹。”几位老师看过我的身份证，认为情况属实，特殊照顾，登记过信息后，让我坐下等。

很快，一本《平坝县志》送来了，那位女老师已经把书翻到第一章，佛教篇。我赶紧接过书说：“谢谢！谢谢!”很快，我就找到所需要的内容。

《平坝县志》记载：“佛教自明初传入，最早，有江苏高邮籍僧人于秀峰，于洪武初年到平坝，与苦尼刘都姑买谷陇山（高峰山）修寺，此后，佛教在县内渐兴。佛教寺庙，平坝有十多处，到民国时期，寺庙多有所增建，香火不断。县内佛教场所，以高峰山最负盛名，相传明建文帝朱允炆避难留住高峰山。”就这么短短几行字，但很有用，经档案局老师允许，我抄写了这部分内容，还拍了两张照。之后，就匆匆赶车去高峰山。

循着来路乘公交车到平坝县东门桥，再乘去高峰山方向的车，约行驶30分钟，就能从车窗看见高峰山。高峰山的模样与邻近山峰差不多，有日本富士山的外形。从飞驶的车上看过去，这些山峰神采飞扬，各自互不干扰，又互不相让；高峰山在群山中，并不是最高，但是，此山因有佛教寺庙，又因相传有建文帝来住过，所以名气最大。

公交车在离高峰山最近的公路边停下，上山的一段路没有公交车，需步行前往。起初大约一公里的进山道路比较平坦、宽阔，可以行驶汽车，路两边种了许多葡萄，种植面积很大。我四下里环望，真是好地方，这儿有许多大冠树，树荫连成片，开着或白或紫的花，向下垂吊成一长串，为翠绿的山庄增色不少。有聚生在重重山峦中各种颜色的花花草草，也有傲然屹立在绝壁之上的木本植物，还有重发枝叶的新枝老树。乡村郁郁葱葱，民居家舍鳞次栉比，排列在道路两旁，真真是如画一般的美景。欣赏这迷人景色的同时，我不停向民居屋檐下张望，我是在关心，哪户有老人在家，好去聊聊天。因此这段路我走得很慢。

快走出葡萄园时，迎面驶过来一位骑摩托车的青年妇女，我赶紧打招呼，得知这里是烂坝村大陇组。我想起《平坝县志》中把高峰山称作“谷陇山”，这下容易记住它的地名了。

我一个人沿着公路不停地往前走，面前一座大山，山脚下的公路越来越窄，在三岔路口一分为二。我该向左还是向右？呆立半天，还是决定问人。看见远处的工地上有几个人影，我慢慢走过去，想找工人师傅问一声，看他们知道不知道从哪儿能上高峰山。原来师傅们早就注意到我了，我还没问完，几位师傅都抢着说："那就是！往那边走。"原来，面前突耸而出挡路的就是高峰山。

我原路回到刚刚离开的三岔路口，踏上左边的山路径直走，急匆匆地走完 2 公里山路，只用了 25 分钟。还以为终于到了呢，谁知到了坡上才看清楚，这里不是尽头，还早着呢。

这是一条"之"字形的公路，拐个弯，山坳在右，山坡在左，接着走。渐渐觉得体力有点不支，走不了刚才那么快。不过，山路崖壁上渐渐开始有雕凿的诗词，有早期的也有现代的，不管是谁的大作，题刻指引前程，这段路不寂寞。

爬山又用了 1 小时，终于登顶了。我歇口气，再拐弯，眼前景色豁然开朗。峡谷氤氲的雾气，笼罩周遭的山脉，山色若有若无，若即若离。在这儿，已经能看见高峰山上卍华禅寺（万华禅院）的轮廓，被苍翠的群山环绕。这时再俯视山下的村庄，只见民宅点缀在一大片绿色树丛中，公路细细的好似一根绳子，蜿蜒伸向远方，真体会到天大地大，自我异常地渺小。

走到禅院外，有块刻着《卍华禅院简介》的石碑，我最关心的是建文帝来这里的时间。看见有一段写着："明建文四年（1402）失位。永乐十八年（1402）来到高峰山与住持论禅甚投结，香火社，留下'西来面壁'四字。"我发现简介写错了，永乐十八年是公元 1420 年，而不是 1402 年。

刚才我站住看简介时，有位穿僧衣的年轻师傅主动和我打招呼，他说："吃饭时间，我带你先去吃饭！"我当时专心看简介，谢绝他了。等我想起他来，环顾四周，没看见那位师傅的身影，心中想着，给谁说说这个错误？应该尽快改正才对呀！

想着这件事，不由自主地进了寺院大门，遇见一位穿僧衣的膳房女师傅，她也热心地叫我去吃饭。现在正是吃中饭的时间，早就饿了，我笑眯眯跟进膳房。可以吃到的斋饭是：米饭、凉拌野菜、水煮野菜，还有像四川火锅一样，麻辣味的土豆、豆腐、小白菜大烩锅。这时，走进来一对中年夫妻，她们手里提着炒菜用的食油，还有蔬菜之类的食物，不用别人指点，把食物放在炉灶旁的地上，自己盛好饭，坐在我这张桌子，开始用餐，膳房女师傅又给我们送来一份酸泡菜。从她那里了解到，禅院每天都多做些饭菜，方便香客、游客吃饭。

吃毕出门，正要去找“西来面壁”石，倒恰恰在《卍华禅院简介》牌子跟前遇到了先前那位师傅。我指给他出错的内容和刻错的位置，他说：“以前从来没有人发现，太感谢了！”我连忙说：“不客气！就这么点小事。”我们算是认识了，他说可以带我找“西来面壁”的石刻，我满心欢喜地跟着这位师傅，越过几道高低不平的山路，来到“西来面壁”的摩崖石刻处。

刻在山崖上的四个字并不小，但是位置很高，目测与地面的距离最少在 9 米以上。“西来面壁”四个字，字面上已经长满苔藓，字迹模糊不清，在知道内容的前提下，我只能辨识出“面”与“壁”两个字，另外两个字，怎么也认不出来了。禅院的僧人在崖壁下设置了简单的祭坛：一张圆形的石质台子，算是供桌，今天供桌上没有供品，只虔诚地供奉着高高在上的“西来面壁”建文帝亲笔遗迹；祭台背后，崖壁上用红色油漆写着“建文皇帝禅坐”几个字。石壁前面 3 米左右，是个大下坡，石壁太近，能站人的地方窄小，照相拉不开间距，照不成全幅，只能拍了几张局部照。站在原地，远望对面山崖，平整而且面积很大，崖壁上正在施工，已经有些题刻与半浮雕人像，

师傅站在“西来面壁”石刻下方

据说，一共要雕刻十幅画面，目前还不知道刻的是什么故事。

建文帝来过高峰山一事，当地有文字记载，又有寺庙的“西来面壁”遗迹存在，我认为资料很可靠。至于上面说“建文帝在高峰山住了九年”，这种说法有误。因为有史料记载：建文帝在贵州的时间是永乐十六年至永乐十八年十月（1418—1420）。只有两年多，够不上九年。因为永乐十五年以前建文帝不在贵州，永乐十五年之后有如下史料：

永乐十五年（1417），建文帝在洱源牛街观音寺，这年，史仲彬来给建文帝献钱、物，建文帝见到史仲彬，很悲恸，因为之前，他的爱臣杨应能与叶希贤相继病逝，埋葬在浪穹茈碧湖镇大喜庵侧。建文帝命史仲彬至浪穹奠于应能、应贤墓。史仲彬在洱源住了一个多月，才回江苏吴江。史仲彬走了以后，中书舍人郭节的弟子了空和尚来，住鹤庆（洱源县牛街龙门坝子观音山），他报告建文帝：郭节已卒。

永乐十六年（1418），建文帝在贵州没有固定住所，史料说：往来于镇南、广顺之间。还记载他曾到清镇市的灵永寺、华盖洞、龙场驿，具体哪一年没有记载。

永乐十七年（1419），建文帝在贵州，没有史料记载他的活动、居住地。

永乐十八年（1420），建文帝在贵州，据《卍华禅院简介》与《平坝县志》佛教篇中说："相传明建文帝朱允炆避难留住高峰山。"这年十月，已经有了建文帝入蜀、登峨眉的记载。说明永乐十八年十月之前，建文帝很有可能在高峰山上这座禅院住过。有史料证明，两年之后，建文帝又出现在四川省。

永乐十九年（1421），建文帝在四川，具体在四川什么地方没有记载；同年，他又离开四川，有记载说他"去蜀入粤"。

永乐十九年（1421）十一月，建文帝回到洱源，仍旧住在洱源牛街观音寺，再没有他去过高峰山的记载。

今天，我还要赶去贵阳市修文县，再从修文县回到贵阳市，乘晚上的火车去昆明。因此急匆匆地往山谷外面走。这时，一辆卧车从后面驶过来停住，原来，同桌吃饭的夫妻是开车来的，邀我乘他们的车下山，并直接把我送到平坝县城汽车站，说什么也不肯收钱，真是令人感动！我得以顺利从容地乘上从平坝县开往贵阳西客站的车。下午从贵阳的金阳车站乘车往修文县城。

按理说，建文帝应该来过修文县。我推测的依据如下：永乐帝篡夺皇位后，对不为他效力、不听话的建文旧臣下毒手，永乐五年（1407），大肆杀戮忠于建文帝的大臣。当时，少部分幸存者逃到今天修文县的息峰一带躲藏。这些臣民大多是从南京逃出来的，他们自称"南京人"，与当地居民结成联盟，将36个姓氏合为"赵""谢"两个姓，以防御官兵的追杀。建文帝颠沛流离时，有可能到修文县见旧臣。

转车到达修文县政府门侧，凭身份证拜访地方志办公室。《修文县志》里没有关于建文帝的记载，但我意外地从史料中发现了建文帝的锦衣卫，隐姓埋名、世代生活于此的记载：建文帝的锦衣卫指挥，原名叫俞翊，江西人，因怕遭追杀，改姓"于"，潜入贵州宣慰司，隐居于贵竹长官司，北部边缘长田地区，耕田种地，没再问世事。他是“靖难之变”事件中臣民逃亡的一位代表人物。这是意外收获，记录在这里供研究者参考。

修文还有一位名人，就是王阳明。修文旧名“龙场驿”。明武宗正德年间，王阳明被贬谪至贵州龙场驿，为驿丞。三年到任，王守仁在龙场驿写书，在龙冈山创办“龙冈书院”，聚徒讲学。这些文化历史遗迹，也是修文县值得一游的地方。

云南武定狮子山正续禅寺

晚间抵达昆明，又从昆明转车到禄劝住一宿。第二天早晨，我从禄劝乘中巴车抵达武定县。武定县城距禄劝县城很近，但是，禄劝县属于云南省昆明市管辖，武定县隶属云南省楚雄彝族自治州管辖。要去狮子山景区，有七八辆专线车可达，就在客运站右侧的斜坡上等车即可。

狮子山景区在武定县西3公里处，景区的“正续禅寺”石牌坊建于清康熙四十八年（1709），坊高5.8米，很是气派，禅寺建筑也很别致。宣传建文帝曾到此处的大型彩绘，就在正续禅寺院内的墙壁上，题目叫“建文帝芒鞋徒步隐狮山”，以彩绘的形式，配上文字，讲了一个与建文帝相关的神话故事。大意说，牡丹是建文帝大臣的女儿，建文帝失位，牡丹的父亲自刎，牡丹随建文帝等十一人逃出来，长途跋涉，她双脚溃烂不能行走，恐怕自己拖累建文帝，撞石身亡，并变为一株牡丹花，建文帝很伤心，随身带着这株牡丹，到云南武定狮子山，把牡丹植入土中，建文帝也削发为僧，数年后，这株牡丹已是嫣红一片，传至今天。彩绘墙右侧，是景区的牡丹园。

大雄宝殿的背后是藏经阁，楼下供奉着建文帝的塑像。称其为“惠帝祠阁”“建文阁”，惠帝祠阁高达14.8米，重檐歇山顶式的两层

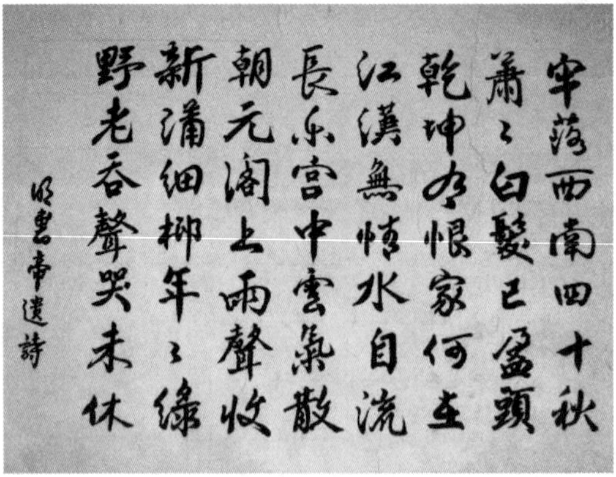

狮子山景区所书诗句

建筑；两边的斜廊里，塑造的人物，形态各异，栩栩如生，服饰与背景色泽都极其艳丽，对峙排列，两排之间相差不过10米。

狮子山景区白墙上黑字，写着“牢落西南四十秋，萧萧白发已盈头。乾坤有恨家何在，江汉无情水自流。长乐宫中云气散，朝元阁上雨声收。新蒲细柳年年绿，野老吞声哭未休。”这首诗，我在其他有建文帝故事的地方也见过，有两处略有差别。

云南省大理州洱源县《浪穹县志略》记载建文帝的行踪说：永乐元年（1403），建文帝、杨应能、叶希贤、程济入云南居狮山永嘉寺。永乐二年（1404），建文帝离开云南、到四川，又从四川去湖北，再去浙江天台山。

杨知秋的文章《建文帝出亡云南新证》（载于《云南民族大学学报（哲学社会科学版）》2004年04期）中说：“永乐元年（1403）正月，抵滇，见沐英之子沐晟于书室，求苟安之地，沐老夫人，谒建文帝于后厅；李浩（明洪武间云南总兵府隶天威径镇抚使，沐英结义兄弟）劝建文帝到大理点苍山栖身。建文帝认为那里容易暴露，不安全。沐老夫人就叫他们到武定狮山永嘉寺栖身。建文帝、杨应能、叶希贤住三个月。郑和父亲马五梭侦知建文帝下落，派人去南京告密，朱棣派户部给事中胡濙带人入滇擒拿，得乡人报，建文帝一行取道姚安、越九鼎山至德胜驿投奔李浩。”

结合几年来的调查研究，我终于弄明白建文帝一行来狮子山的始末：永乐元年（1403），建文帝来昆明是找沐晟的，因为沐晟的父亲沐英与建文帝的父亲朱标是发小，关系非同一般。燕王朱棣篡位后，明王朝西南地区的少数民族，经常反抗，多处发生骚动。为了稳定大后方，永乐帝需要沐晟继续镇守西南。但是，他不相信沐晟，因此，一方面下委任诏给沐晟，另一方面让弟弟岷王朱楩监视沐晟。西平侯沐晟整日里战战兢兢，提心吊胆的，日子很不好过。所以他只能把建文帝送出昆明，藏到武定狮子山永嘉寺。

建文帝来找沐晟是试图寻求西平侯沐晟在军事上的帮助的，但见沐晟言辞含糊，目光闪烁，连个应付的承诺都没有。这时，建文帝心中有数了，看来想依靠沐晟积蓄力量、反戈一击、讨伐朱棣、夺回皇位是不可能的事。建文帝满心惆怅，为了保全性命，他与几位大臣，只能听从安排，避出昆明，暂时上武定狮子山住下。

永乐帝知道朱允炆与西平侯沐家的关系不一般，早料到他会去云南，第一时间派郑和入滇查找。因此建文帝他们在狮子山永嘉寺只住了 3 个月。

永乐二年（1404），永乐帝派郑和来过云南，郑和没在云南找到建文帝，当时，传出建文帝已出海的消息，所以，有了郑和下西洋的大动作。

永乐五年（1407），永乐帝又派礼部尚书胡濙来云、贵等处找建文帝。

永乐八年（1410），永乐帝派云南人、工部尚书严震，来昆明一带侦缉；再加上锦衣卫，打着各种各样的旗号，秘密进行搜查，侦捕建文帝“以灭之”。

朱惠荣《徐霞客游记校注》云：“狮子山在武定城西郊，如屏风高插天际，被誉为‘西南第一山’。在接近山顶的地方，有一平台，元朝时建为‘正续寺’。传说明代建文帝曾到狮子山正续寺为僧，手植孔雀杉二株，茶花一株。今孔雀杉挺直高耸达二十五米，四人才能合抱；茶花已死，尚遗花台，皆在大雄宝殿前。殿后的藏经楼，规模甚大，下层正中有建文塑像，白发，穿蓝色袈裟，坐龙椅，匾额题‘明惠帝’。寺内楹联甚多，皆与建文帝事迹有关。”

本节涉及人物（以下简介摘录自《中国人名大辞典》，商务印书馆民国十年六月版）：

沐英：凤阳定远人，字文英。初为太祖养子。积功至大都督府同知，以破吐番功，封西平侯。寻从傅友德平云南，战功最著，留镇其地，宣布恩惠，招怀番酋，得其欢心。先后镇云南十年，垦田至百余万亩，疏节阔目，民以便安。卒于镇，军民巷哭，追封黔宁王，谥昭靖，配享太庙。

沐春：沐英之子，字景春，袭父爵，镇云南。先后讨平维摩十一寨、越巂蛮阿资、宁远酋力拜烂等。刀干孟逐麓川宣慰使思伦发叛，帝命沐春总滇黔蜀兵攻之，未发而卒。谥惠襄。

沐晟：沐英之子，沐春弟，字景茂。继春爵，镇云南，抚夷人有恩惠，远近化服。永乐中以交阯有功，进封黔国公。在镇四十年，地方宁谧，卒赠定远王，谥忠敬。晟用兵非所长，善事朝贵，以故得中外声。

四川平昌望京寺、“和尚坟”

建文帝病逝地点有好多说法，病逝北京的说法最流行，但这不可信。有人说建文帝由云南、贵州漂泊流落到四川，病死在巴州麻石佛罗寺（即今四川省平昌县望京寺），葬于寺后。虽然，这里所说的望京寺、建文帝墓，均已毁损不存。但是，病死在巴州麻石佛罗寺之说独特。我要认真对待此说法，值得去验证一下。

2014 年 6 月 2 日，我从成都出发去平昌县，在达州转车。正巧端午时节来到达州，很有兴致地在车站周围逛逛，不如我想象的那么热闹，店铺门口没有摆摊卖粽子的，没看见家门上悬挂艾叶的，也听不到沿街叫卖声。市郊或周边地区是否有端午节吃粽子的习俗？是否喝雄黄酒？小孩子是否佩戴妈妈亲手做的香包？是否有划龙船的习俗？我今天都没看见。虽说少了些过节的热闹气氛，但是，城市干净、有序，是个景象万千的美丽城市，比起其他新型城镇，她静雅、绰约多姿。游览一圈后，我找到去平昌的客运站，下午乘大巴车抵达平昌。

平昌县属于四川省巴中市，在巴中市东南面，达州市西北，古属巴州地区。平昌县有好几个地名与朱允炆有关系，如望京乡、金龙台、望京寺等，名气都很大。据说，建文帝晚年居于平昌麻石佛罗寺（望京寺），圆寂后葬于此，“望京寺”这个寺名，是因为建文帝隐居麻石佛罗寺时，每天登上寺院外的一块大石头，遥望南京。因此，人们将这块石头命名为望京石，麻石佛罗寺的僧人自愿把寺名改为望京寺。

关于望京石，有文章描述道："石纹离披叠痕，街子横盘两峡云，有庵前当其中，西有金龙寺绝顶前突，为东仰望京石，西仰金龙石，在悬峡中，中路坦而大，金龙石高缀层崖之上，屏霞亘壁。"

望京寺在平昌县南坝村 8 社，据说，当年建文帝经过该寺时，佛光四射，寺院住持见状，便请他留笔，建文帝题联："佛殿常留金殿客，玉女捧茶白海星。"我奔着这些传说而来。

傍晚抵达平昌县，找到县政府所在后，我接着去找平昌东站（老汽车站），有人说，所有朝东方向的郊区班车都在那个停车场，明天去望京寺就从那里出发。东客站在通江河大桥的边上。我从县政府门前步行过去，走一个来回需要 45 分钟，记下了这个数据，以备路线规划参考。

第二天上午，我直奔昌平县史志办公室，说明来意，想要求证一下明朝逊位皇帝朱允炆葬于平昌县望京乡的传说。

史志办方主任说他手头没有原始材料，《望京乡志》有记载，他拨通电话，与望京乡的乡干部取得联系。方主任还说，我来得正是时候，这些日子，镇政府准备开发旅游项目，重点是建文帝墓茔（此地称"和尚坟"，也称"朱大和尚坟"），他们已经收集到些资料。不一会，应邀前来的是望京乡旅游项目开发办的白中禹先生。白老师介绍了疑似建文帝墓的情况，听来颇有见解，他用"和尚坟碑塔诗"上的信息，结合古地名、地名别称、隐语、五行说等不被大众熟悉的资料着手研究，从建文帝失位到得知明英宗朱祁镇被北元首领也先俘虏，证明建文帝这时还活在世上。

据说，原先望京乡"和尚坟"上，有个四方柱体的碑塔，每面一首诗，底座还有一首，总共五首。有几位老村民清楚地记得其中四首诗，白中禹老师收集并作了注解，起名“偈语诗”，写过题为《石街寺和尚坟碑塔偈语诗与建文帝的关系》的论文。他研读说，诗句皆与建文帝事相合。

坟碑塔侧面四首诗曰：

（一）

未济卦中断，水马太岁乱。

北燕南回石中穴，辰游戌冲四十秋。

白先生解读：诗句中“未济”是六十四卦最后一卦。“水马”火在水上，水火相克。公元1402年是壬午年，“壬”在五行属水，“午”在生肖中属马，太岁值年，与建文相冲克。此卦断出建文帝皇位不保，江山必失。朱棣发起“靖难之变”，从北京打回石头城（南京），建立永乐朝。“辰”，十二生肖属龙，龙是古代帝王的尊称。建文帝逊位流亡，至此时已经整整四十年了，点出这首诗的写作时间是公元1442年。

（二）

望京伏金龙，石街似金街。

三元三应过，盛世乐开怀。

诗句中“望京”“金龙”“石街”是四川省平昌的三个寺庙，建文帝熟悉这里。他在这段诗作中。用双关语述说自己的命运，述说这段不堪回首的过往。望京寺原名佛罗寺，因建文帝出亡至此，离开皇宫生活，远离社稷江山，潜龙时时遥望京城应天府，为此，佛罗寺改名为望京寺；“石街寺”也是建文帝隐匿之处，他说石街似金街，又是双关语，南京古称石头城，金街说的是京街，是建文帝的自我安慰。“三元三应过”是说前世、今世、来世，这时的建文帝已是暮年，他觉得人世的一切，如他失去皇权、失去亲人、流亡至此，都是命运安排的，会随着时间的流逝而渐渐消失。“盛世乐开怀”，建文帝顺其自然，来到望京、石街这地方，他已经很满足了。这首诗也许是说老年的建文帝没有非分之想，知足常乐吧。

（三）

木克土，土不生，二十二载换新君。

木蛇一春冬永眠，笑看日月四帝君。

因“靖难之变”而失位，建文帝认为是命中注定的。建文帝生于公元1377年，是丁巳年，五行属土，公元1402年，是壬戌年，五行说法是木年。木克土土不生，这一年，建文帝失去皇位，流落在民间，从燕王起，明朝四任皇帝更迭频繁：

第一任皇帝是明成祖朱棣，他篡权夺得皇位，改元“永乐”。永乐二十二年（1424），朱棣第五次亲征，病逝榆木川，在位22年。明朝换新君。

第二任皇帝是朱棣的儿子朱高炽，明仁宗，他改元“洪熙”，朱高炽在位不到一年就结束了。朱高炽即位是公元1424年8月丁巳日，“丁”五行属木，“巳”生肖属蛇。此时继位称帝，实在不吉利，有祸患。果然不出所料，明仁宗朱高炽洪熙元年（1425）五月病逝，木蛇一春冬永眠。

第三任皇帝是朱棣的孙子朱瞻基，称明宣宗，他改元“宣德”，宣德十年（1435）正月，明宣宗朱瞻基病逝。

第四任皇帝是朱棣的重孙子朱祁镇，称明英宗，年号“正统”，他的经历最坎坷：明英宗正统十四年（1449）春，瓦剌部首领也先多次对大明朝边境挑衅，也先又让他儿子向明朝要求通婚，被拒绝。以此为由，也先率领瓦剌部骑，于当年七月，大举进攻山西省大同，大同守将战败。明英宗非常生气，他心浮气躁，不听众臣劝阻，决心亲征。命令弟弟（郕王）朱祁钰与大臣于谦留守北京。自己带着100多名官员、50万大军，从北京出发，北上山西省，找也先打仗去了。路途太长，粮草殆尽，饿死很多士兵，军心动摇，难以收复。明军前锋部队被瓦剌部打得溃不成军，撤退时，人困马乏拖延了时间，瓦剌军乘胜追来，明军败退至土木堡（今河北省怀来县）。八月十四日，瓦剌兵围困土木堡，明军将士两天没喝水，这时，也先以饮水为诱饵，设下陷阱，故意留出破绽，引诱官兵出营取水，明军将士顾不上那么多，冒险移营取水，这时瓦剌军从四面冲杀出来，埋伏圈内的官兵夺路逃命，奋力拼杀，突围终不成功，皇帝朱祁镇也未能逃出。大明陨兵折将，随行出征的英国公张辅、兵部尚书邝埜、户部尚书王佐、内阁学士曹鼐、张益、侍郎丁铭、王永等50多名官员，全部战死。朱祁镇率领的50万大军，全部被葬送。

瓦剌军意外地把大明皇帝给俘虏了，他们兴奋得大摆庆功宴。随后，押着大明皇帝凯旋，回北漠。有明朝皇帝在手里，瓦剌也先变本加厉，利用朱祁镇来要挟大明朝廷，提出许多无理要求，这年，“土木之变”算得上是明朝出的天大的事，可以说是明朝转向衰败的转折点。

同年九月，为使明英宗朱祁镇在瓦剌部手中失去作用，太皇太后，与大臣们立朱祁镇的弟弟朱祁钰监国，称朱祁镇为太上皇。十月，瓦剌部也先挟持着朱祁镇，打到北京城下，大臣于谦分派将领，带兵出城迎战，在北京城九门外摆开战场，大臣于谦亲自率领一支人马守德胜门，他命令城里守将关闭城门，表示有进无退，死死守住北京城，并传令："临阵先退者斩将，兵士脱逃者由后队将官督斩。"各地明军纷纷赶来支援北京守城之战；城外百姓竭尽全力配合，他们上到房顶，爬上墙头，用砖头石块投掷敌人；军民共勉，激战 5 天，瓦剌军惨败，带着太上皇朱祁镇撤退，不再来战。

景泰元年（1450）八月，明代宗派人与也先讲和，接回太上皇，直接被送入南宫（今日北京南池子），成为弟弟的"囚徒"，住南宫 7 年。

从"和尚坟"上的纪事诗分析研究，建文帝在民间了解到，大明朝官兵在土木堡，打不过小小北元的瓦剌部，明朝皇帝坐在地上待俘，这一幕，是大明开朝以来最大的丑事。建文帝看在眼里，讥笑、气愤，为大明担忧。自朱棣篡位，明朝四位皇帝更迭皇位的原因与时间，建文帝历历在目，写在他的记实诗作里。

（四）

天上五祥，人间思相。

有人识破，千了百当。

建文帝流亡至此，人已至垂暮之年，自觉凄凉，但又不敢暴露身份。可是他希望自己的心声被关心他的人们听到，因此把这些诗句留存下来，想让后人知道，他的前半生并无过错，后半生却坎坷凄凉。

四川平昌望京人说，建文帝死后埋在寺后左侧山里，墓前有块"犀牛石"，上面立着一块正方形石碑，上书"和尚坟"三个字，当时人称"朱大和尚坟"，就是建文帝朱允炆的坟墓。为纪念他修缮麻石佛罗寺、含泪望京，人们将"佛罗寺"命名为"望京寺"，乡场也叫"望京"，至今未变。还有故事说，建文帝来望京村 8 社麻石佛罗寺之前，先到 8 社 4 里外的另一村落，但因为那附近有一座温家山，建文帝姓朱，朱遇温不吉利，所以，建文帝很快离开那个村子，到了麻石佛罗寺。

只凭这些资料不敢下定论，我决定去望京村 8 社，看看传说中的望京寺、望京石、木鱼石、石街寺，主要去看“和尚坟”。

这天正巧，平昌县与望京乡几位领导为编纂“白氏族谱”、开发旅游项目，在平昌县城开碰头会，我应邀一起吃中饭，他们对开发望京寺旅游谈了初步设想。饭后，由白中禹老师带领我们下现场，送我们去望京乡。

望京乡早先属四川省达县管辖，1993 年划归四川省巴中。望京乡政府距平昌县城汽车东站 74 公里，距平昌县镇龙关 20 公里，属高寒山区，平均海拔 1100 多米。进村的公路比较宽阔，路面很平整，大约 1 小时车程到乡政府，王能才乡长带队，我们换车上山，先去石街寺看“和尚坟”。

甫入石街寺境，我一眼就看见那座没有墓碑的坟茔。“和尚坟”坟场身后是青翠的大山，中间山脉比较高，它连接着两边的矮山，形状像一把大圈椅，山脉酷似椅背与扶手。山峰拔地而起，逶迤缠绵，又像一条金龙腾空，这便是金龙台。金龙台对面，直线距离约 1500 米处，有一座两面敞开且平整的山体，早先在上面坐落着一院两进式的佛庵，那就是麻石佛罗寺（望京寺）。坝子里的“和尚坟”在两山之间的平地上。我见到的这座“和尚坟”与其他僧俗丘墓区别很大：

1.“和尚坟”墓门坐西向东，而附近僧俗丘墓与普通人一样，墓碑皆坐北朝南。

2.“和尚坟”在最显眼的位置，而当地僧俗丘墓多在山脚下或山坡上。

和尚坟

3. “和尚坟”建造规格比较高，要比当地僧俗丘墓气派很多，棺材外有石棺椁。

石棺椁面朝东方的部位，敞着个大窟窿，走近细看：破洞上部呈半圆拱形。洞内杂草丛生，很昏暗，看不出深浅。白老师事先掌握的资料说：穴深 2.7 米，穴内净高 1.9 米左右，穴宽 1.3 米，下有防潮层。石棺椁雕凿工艺精美，但见破洞开口处的石壁被打磨平整，雕工细腻。“和尚坟”起初应该是造得很大的，只见周边梯田的田坎，全都是用有雕花的石条垒在田边上，许多都是从“和尚坟”外圈拆下来的。从前，农民想种粮食糊口，只有填土造田一条路，因地势所限，只有造梯田一种办法。村民把古坟碑塔拆毁，利用“和尚坟”与附近一座老庙上拆下来的石条垒墙，挡土种庄稼；包括古坟碑塔有诗的那块底座。目前，望京乡政府正在寻找那块正方形的刻诗底座。我们到田边地头细细查看一遍，有几条石条已经断裂，尽管石条上长满青苔，还是遮盖不住精美的雕刻。

听说石街村有两位见证“和尚坟”被毁时的村民尚健在，都是本村的，住得不远，我跟随王乡长和白老师，去住宅登门拜访两位先生。

先邀访到一位何祥维先生，今年 71 岁；另一位见证人何兆仁先生，今年 74 岁，都是石街村本地人。何兆仁先生思维敏捷，回忆起不少往事，他说，早先“朱大和尚坟”大得很，上面的封土层很厚实，起初，他们都不知道下面是石头坟。土堆上面是一个四方碑塔，碑塔四个面上都有字，一共刻着四首诗，塔身高 4 米多，顶上有塔尖。靠山的后湾村民，认为“和尚坟”碑塔，有碍后湾村的住宅风水，很不满意。在 1952 年的一天夜晚，他悄悄地打塔尖，偷着把塔顶拆毁了。后来，大搞水利，开荒种地，村民觉得那个有四方碑的土堆有用，那么多土，填坑造田很好，一商量，把四方碑塔拆掉了，石条用来砌墙。挑下土，平整后种庄稼。等厚厚的封土运走之后，露出一块巨石。村民们懵了，这是啥？百思不得其解。村民们识字不多，但认识四方碑塔诗中的“金”字，大家纷纷议论说：石头下面埋有金子。于是，大家顺着石头往下挖。可是，铲掉好多土，挖了很深一圈槽子，都没有找到缝，开口在哪里？一位村民取来造田用的铁锤，想把石头打碎，没想到，几下就把巨石砸开一个窟窿，人们惊呼：这是啥？又砸几下，洞大到可以钻进人为止，大家指着何祥维，说他胆子大，让他钻进去看看。何祥维钻入洞穴，不一会他递出来一只金杯子、一个银碗、两个瓷碗、一双银筷子、一段禅杖（何兆仁先生用手比划了约 60 厘米长）、几粒白色佛珠，他还摸到尸骨。当时只把禅杖（禅杖头）、佛珠都放回“和尚坟”洞里。那个砸开的石头窟窿堵不住，大嘴一直张到现在。这事轰动全村，人人皆知。待风平浪静后，乡里书记想验金杯的真假，有人说：“真金不怕火炼！”大家把金杯子拿到铁匠铺，放到化铁炉中，拉风箱吹火。眼睁睁地看着金杯子熔化不见了，大家慌作一团，手忙脚乱地，只勾出把子上一点残金。

后来大家都觉得把朱大和尚的坟给人家砸个洞，做法不对，对不住朱家人，又没办法把石头窟窿堵住，只好请了几位村民，把墓洞中的尸骨、禅杖头、佛珠收拢起来，拿到村委会保管一段时间。最后，派一名社员，把那些物件连同尸骨，提到附近的坟园里，好好埋葬了。

何兆仁先生带着我们去找那个墓葬，在坟园里转悠了好长时间，没找到。因当时村民们不知道是谁的尸骨，所以没立墓碑。这是48年前的往事，坟堆与地面一样平，想找到它太难了。

何兆仁先生愿意一起去望京寺，我们谢过何祥维先生，三人乘汽车上山。望京寺属于望京村8社管辖，从乡政府到望京寺的路不算长。村民从石街寺到望京寺，抄小路上山更近。

我们上山后，说明来意，望京村8社社长张春安先生放下手中活计，给我们带路。先到望京寺遗址。寺庙已被毁得几无形迹，现在只剩下一少部分从老庙上拆下来的各种各样的构件。从山上的公路边到山脚下，居民房前屋后，遍地都有。大小石件凿痕犹存，雕刻的图案非常精美，制工细腻。残存规模依然壮观，可知当年望京寺的盛景。

张社长与我们同行，从望京寺遗址出来，向着山边小路走，首先经过一块一人多高的名叫“木鱼石”的山石，张社长介绍说：早在明

“和尚坟”附近老庙遗址

作者本人站在木鱼石前

朝时，佛罗寺僧人上课、吃饭、休息、诵经时要把木鱼敲得“笃！笃！”响，就像学校上课敲钟一样，木鱼声传到这块神奇的大石头上，它就像喇叭一样，能把声音放大。建文帝坐在山边的望京石上，闻声，就起身回寺院。因此，僧人称这大石头为“木鱼石”。

绕过木鱼石，继续往山边走，麻石佛罗寺最前面的山，伸出一块约 80 平方米的山体，上有一块一人多高的大石头，就是望京石，整个乡村因它改名“望京”。我们来这儿的时候，只见这块巨石石纹离披，瘢痕累累，石缝中长满小草，还有几株杯口一般粗的树。

这块大石头并不起眼，只因明朝落难皇帝朱允炆每天坐在上面遥望故都南京而得名。据说建文帝圆寂的当夜，下了一场瓢泼大雨，电闪雷鸣，一个惊雷把望京石劈裂。裂开后的望京石，历经风吹、雨淋、日晒，一些植物的种子在石缝中安营扎寨，根茎不断扩张，不断有石块脱离。当年建文帝盘腿坐在上面的望京石，如今早已面目全非。

望京寺还有一个传说：建文帝活着的时候，经常去抚摸一棵高大无比的桫椤树，1987 年，这株桫椤树被雷劈倒了，一直到现在，再也没有小桫椤树长出来。

接下来我们去找“佛罗寺”改名为“望京寺”的证据。证据是一块古碑，在半山腰上。

这是一座 2 米多高的碑塔，也是四方形立柱，碑塔比较宽厚，四面石壁上都有阴刻文字，其中两个面上现在还隐约可以看见痕迹，年代太久，大家用手掌、用树叶擦磨，还全然看不清楚文字的内容。我用数码相机拍了几张照，回家在电脑上放大，这下看得清清楚楚，正面石壁上的文字：正中间是“第二十四派沙门上玄下元……”，左边另起一行“洪德绍隆宗正师妙觉容玄……”，再往左另起一行“祥吉庆安……”，因为下半截埋在土里，文字不全，不解其意。

碑塔的另一个面，颜色呈紫砂红，也是阴刻文字，岁月时光把它磨平了，但是，这面碑壁上的字比较大，肉眼就可以看出“望京”两个字，用树叶擦磨之后，非常清楚。这就是证据！太可贵了。其他文字刻得比较浅，一片模糊，没有看懂，等待当地今后整理出清晰拓片帮忙解释吧。

回程路上，我想到石街村两位何先生描述“大和尚”墓主人的遗物，多次提到“白色佛珠”。根据现在许多佛寺的用品来推测，数百年依旧呈白色的珠子多半是用牛骨刻磨成的，十八九粒穿成一串，是僧人手里拿的念珠，不是套在脖子上的佛珠。

我认为，上面这些人证、物证，可以相互印证，建文帝来过四川平昌望京。但是“和尚坟”（“朱大和尚坟”）是不是属于建文帝朱允炆？只能说：极有可能，有待当地进一步开发历史文献资料来验证。

华蓥山下“御临桥”

传说，建文帝曾经到过四川省邻水县的许多地方，如善庆里（今么滩镇）、无粮寺、御临河、御临峡、御临桥等。这些故事极有吸引力，我决心去一次邻水。

从成都出发去邻水县的汽车上，我坐在车里看风景，忽然想起，有文记载说：建文帝的老师杜景贤把他送去高登山避难……我查过高登山的位置，它是华蓥山的寺庙所在地，因此我临时决定先去高登山。

匆匆在一个路口下车，临时转乘广安市到华蓥市的车，路程只有 24 公里，不久就到了。但想要从华蓥市去华蓥山景区，可不容易，在老汽车站转乘，等待两个多小时才发车，好在沿途风景秀丽，稍感慰藉。

华蓥山位于四川盆地东部，它的最高峰是高登峰（高登山），海拔 1720 米。历代不少诗人如：李白、杜甫、陆游等，都游至此地，写下诗作。从唐朝起，华蓥山已经是川东北地区佛教圣地。我来的目的，是寻找建文帝在高登山的遗迹。高登山被圈入华蓥山景区，观光车 45 元可以乘一个来回。到华蓥山上时，车里只剩下几位游客，看见景区工作人员收拾东西，准备下班。只有我一人乘观光车，小司机

相传建文帝在高登山每天经过的御临桥

很高兴，兼做导游，他一面开车一面为我讲解，能去的景点尽量都带我看一下。

他带我找到了“御临桥”，传说建文帝居住在高登山寺时，每天从这架桥上走。因此，大家把这座桥叫做“御临桥”。山门左侧往坡下走，从桥上过到河的那边，河堤岸的树林里有一块“御临桥”石碑。不过，这石碑是现代作品。

山下地势较低，天空晴朗，能看很远。可是，乘观光车向高登峰行驶到了山上，竟然大雾弥漫，什么也看不见。驾驶员说：“现在海拔 1700 米，观光车上不了高登宝顶。”路遥遥，需步行。

爬上山顶后，我了解到：高登山寺原名叫高登古刹，始建于唐朝，唐朝之前叫“海宝山”。由于高登法师来此劈山立寺、设坛讲经而名声远扬，高登法师圆寂以后，该寺庙就用法师名字命名为“高登古刹”。寺院经历多次毁建，最近一次修葺是 2003 年，分为上院、中院、下院三部分，在逐步修缮开放中。因此，我此行未能看到全貌。询问了一下，并无关于建文帝的文字记载，只有传说。

君臣度岁四川邻水善庆里

在高登山没有找到太多建文帝遗迹，第二天，我直奔华蓥市市委史志办公室，说明要来找些有关建文帝的历史资料，史志办的老师们找来《华蓥今古》一书（主编李廷文），书中记载了这样一个故事：

明永乐三年（1405）五月的一天，一只乌篷船，在华蓥山麓的邻水河中逆水而行，在红色的山岩之间，回荡着低沉的川江号子。乌篷船在华蓥山下，邻水境内的善庆里渡口停泊，从船上下来一群疲惫不堪的人，有建文帝、叶希贤、杨应能、程济。这就是建文帝来到此处的第一天。因为善庆里地处邻水河与白水河的交汇处，自古为邻水县要津，传说建文帝与老师杜景贤常在此乘坐小舟游览，邻水人民对建文帝的遭遇非常同情。多年后，当地把邻水河改名为“御临河”，把白龙洞峡改名为“御临峡”，这里还有“无粮寺”“御临桥”等遗迹。

在《华蓥今古》一书中，还讲了叶希贤的故事，说现在粮站处原先有个观音寺，当年，叶希贤自称“雪庵和尚”，在寺中做住持。明代宗景泰六年（1455），信众集资铸了一口铁钟，纪念寺中开山老祖雪庵和尚叶希贤。

这本书中还写了许多民间流传的关于建文帝的神话故事；还描绘了永乐七年（1409）建文帝云游他乡，启程之日，老师杜景贤送行百里之外的情景。

与华蓥史志办老师们道别，到华蓥市客运站坐大巴去邻水县，全程 24 公里，车程半小时。

当天下午 3 点，我到达邻水县委史志办公室，借阅《邻水县志》。在古墓篇中，有关于建文帝老师杜景贤墓的记载，说："在么滩乡钟家湾背后，有明洪武主事杜景贤之墓，现墓身已夷为土丘，碑刻荡然无存，仅有图案精致的石香炉一座尚存。"

在《邻水县志》的"文物古迹"篇中，记载着有关于御临桥石刻的事："么滩街南场口，御临桥柱上刻有于右任所题'御临桥'3 个字。1983 年 7 月，洪水冲毁桥柱，'临'字刻石落水流失。"

邻水县的正史，没有提及建文帝朱允炆。

邻水县有关部门于 1986 年 12 月 30 日编写的一本杂志《邻水县教育文化志》，其中讲述了皇帝井、冒火山、松柏滩、乌木菜板等关于建文帝的神话故事，这些资料虽然不是出自正史，但是我认为建文帝一定来过。

另外，云南省洱源县有一本《浪穹县志略》，其中记载说建文帝去过善庆里两次：第一次是永乐三年（1405），郭节、黄直迎建文帝居大竹善庆里，居住一年多；记载得很明白，是广东连州的中书舍人郭节与江苏武进的侍中黄直在大竹迎建文帝居善庆里的，不是老师杜景贤。这留待以后讨论。第二次是永乐七年（1409），建文帝从云南入四川，居善庆里，停留约 10 个月，度岁后返回云南永昌的白龙山。也没有提及杜景贤。

邻水的地名在历史上曾变更：元世祖忽必烈至元二十年（1283）邻水入大竹县，明宪宗朱见深成化元年（1465）复置邻水县。因此，资料中"大竹""邻水"都对。

上文有资料提到雪庵和尚叶希贤，作者有话要说："靖难之变"

时监察御史叶希贤在宫中剃度，僧名“应贤和尚”，为从亡大臣之一，永乐十年（1412）四月，叶希贤病逝云南省洱源潜龙庵（大喜庵），葬于当地。建文帝另一位从亡大臣，翰林编撰吴成学，也是浙江松阳人，人称“雪庵”。我借阅到一本《明人传记资料索引》一书，写有这样一句话：“成学亦尝走滇谒帝。后秘迹以终。”近期有人说“茂县顾家”是叶希贤的后裔，这是误解吧，是否与吴成学有关联？

另外，青川县有野史说：“甲午夏有一禅衲，讳净行，号灵止者，半神起异，气静扬然，游此山，而觅此静修，奇哉！”当地人确信是建文帝隐跸于此。这也有误：逊位后的甲午年，是永乐十二年(1412)，这一年和前后两年，建文帝先在云南洱源，后到湖南衡山。一定另有奇人隐居于广元青川大山中。我认为极有可能是吴成学，后来我为此去过青川，未查到文字证据。

隐居宝轮寺　避难龙兴镇

离开邻水县后，到重庆住一宿，第二天从重庆汽车北站乘大巴去龙兴镇。这条路线很方便，下车后步行数分钟就可到达龙兴镇景区。

这是一座古镇，只有一条正街，没有汽车，应是被保护的“步行街”。古旧的道路弯弯曲曲，两端伸出去与公路连通。建筑与石板路都很古朴，商铺、诊所、居民住宅等，都不是现代的。瞥见这里民宅进门就是床铺、饭桌等，因此我断定古镇的老式民房面积不大。

史料记载说，建文帝在重庆渝北一古镇活动，露迹，永乐帝派官兵来捉拿，幸亏建文帝发现得早，立即闪入一个小寺庙躲藏，官兵没找到他，撤了。我在古镇里随走随看，集中精力寻找建文帝藏身的寺庙。

在我的想象中应该是一座高大恢弘的建筑，结果出乎意料，第一次路过时竟没注意到，在古镇正街边有一堵黄色、稍微凹进去的墙，不起眼，定神再看，“龍藏宫”三个繁体字赫然在目。虽说是小建筑，但其结构严谨，布局有序，廊檐曲折，雕梁画栋，十分耐看。

从寺庙外的简介了解到：“龙藏寺”现名“龙藏宫”，建于明代，现在是道教信众活动的地方。明建文四年（1402），燕王入金陵篡夺皇位。为防后患，四处侦缉建文帝下落，明成祖朱棣永乐四年

（1406），建文帝取道太洪江（御临河）奔邻水么滩途中，夜宿江北隆兴场小庙，黎明起身，行至隆兴场外桥边时，察觉追兵至，立即返回小庙，藏于神龛下的石洞中，得以脱险。后世就将建文帝藏身脱险的小庙加以培修，命名为“龙藏寺”；隆兴场外的小桥更名为“回龙桥”，隆兴场也因此更名为“龙兴场”，太洪江更名为“御临河”，沿用至今。

既然已知历史故事，现在是道教信众活动场所，我没有进去打扰，而是到龙兴镇镇政府，想看看有没有历史资料。镇政府工作人员说，他们没有，旅游局可能有，我决定还是去渝北区区政府找。在龙兴区车站有一条去重庆市渝北区政府的专线车，使我很顺利地找到了渝北区地方志办公室。

在楼道里，遇上一位从方志办出来的女老师。我迎上去说明来意，她饭也没吃，立刻回办公室帮我找资料；并从电脑上打印了去磁器口、南温泉的公交线路，还告诉我，去贵阳，要从重庆菜元坝火车站上车。这位李光娟科长细致入微的工作作风着实感动了我。经她帮助，我得以查到，《江北县志》《江北厅志》两本书中都有建文帝来龙兴镇避难的记载。

龙藏宫（龙藏寺）

《江北县志》传说篇中载有建文帝的故事，但文章里建文帝被神化了。结尾也说建文帝脱险后，去邻水么滩，在旧臣杜景贤处隐居。《江北厅志》是清道光二十四年（1844）编写的，只点到一句建文帝来龙兴镇避难：“俗传明建文帝

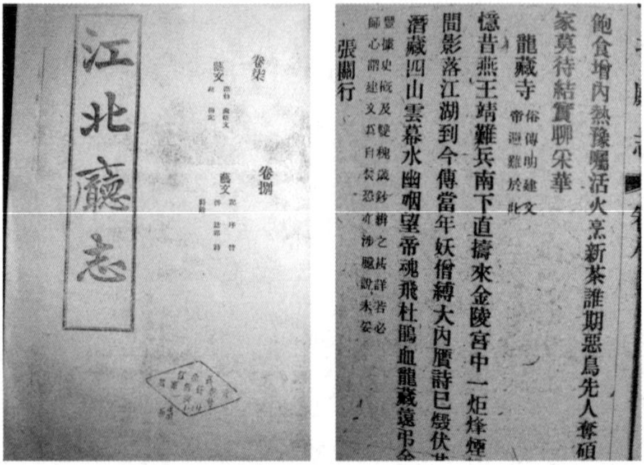

江北廳志

卷柒 藝文

卷捌 藝文

飽食增內熱豫囑活火烹新茶誰期惡鳥先人奪碩

家莫待結實聊采華

龍藏寺 俗傳明建文帝避難於此

憶昔燕王靖難兵南下直擣來金陵宮中一炬烽煙

間影落江湖到今傳當年妖僧縛大內贋詩已餒伏

潛藏四山雲幕水幽咽望帝魂飛杜鵑血龍藏遠弔

《江北厅志》载“龙藏寺”内容

避难于此”，没记载建文帝避难的时间、过程。书中还记录，清朝知县王尔鉴不认可这种说法。

出了区政府，乘坐公交车到“两路口”站下车，换乘地铁 1 号线，在“磁器口”站下地铁。地铁站与磁器口古镇有段距离，可乘坐公交车，我为领略当地风情，选择步行。在古镇外吃了一顿饭后，又散步去磁器口码头。将至江边码头时，道路变得曲折，港口显得格外喧嚣和繁华。用不着走到江边，码头路口就一目了然，我站定欣赏着往来的人群，岸边有不少游客在拍照留影。转身往回，进入石板路老街，这里就是磁器口古镇了。

我睁大眼睛寻找建文帝住过的宝轮寺、建文帝雕像、僧水井等遗迹。磁器口小街古风犹存，清一色石板台阶、老式院墙、旧式房屋，古朴淳厚，是一个极富诗意的美丽地方，历来受文人墨客喜爱，留下不少佳作。

磁器口建镇，始于北宋真宗咸平年间（998—1003），因此地有古刹“白崖寺”，初取名“白崖场”。传说，明朝失位皇帝朱允炆曾隐修于该镇宝轮寺，故此地又名“龙隐镇”。清朝初年盛产瓷器，外地瓷器在这个港口集散中转，水陆联运，进行交易，因而此地得名“瓷器口”，又因为“瓷”与“磁”同音，后来就叫“磁器口”。它是古重庆的北大门，得嘉陵江水运之便，在明朝时已经是水陆交汇的商业码头，名声远播。

宝轮寺山门上有“龙隐禅院”四字

我先找到宝轮寺（白崖寺），这座寺庙始建于西魏年间（535—555），是重庆市最负盛名的佛教名刹之一，比磁器口建镇还要早。历史悠久，明朝时不断翻修。宝轮寺内的“大雄宝殿”就是明宣宗宣德七年（1432）的建筑，保存完好，非常漂亮。宝轮寺天王殿墙上有“龙隐禅院”四个字，引人注目。

在重庆市渝北地区流传着一个说法：建文帝在巴蜀宝轮寺为僧，叶希贤陪同。一日，明太祖朱元璋托梦给建文帝，建文帝看见山下人喊马嘶，来不及叫雪庵和尚，马不停蹄顺着李子坝，转过峨岭，过了罗汉寺，来到两江交界的朝天门码头，过牛心山，下了槽巴口，就到一小场（前文提到的隆兴场）躲避。

还有一个故事，说在古镇石板老街上，有一处叫“深水井”的名胜古迹，是建文帝避难时躲藏过的地方。几经打听，我才找到一块写有“深水井”字样的石碑。碑立在古街一家店铺门旁，只是50至60厘米高的一块石头，很不起眼，上面刻着简介说：“民间代代相传，明建文帝兵败南京，辗转四方，直到渝州，为逃避官家搜寻，曾暂避此口枯井，饥渴难忍时，有清水涌出。后为农妇所救，并投身白崖寺为僧，故俗名‘生水井’‘僧水井’，六百年来泉水不枯，冬暖夏凉。”

这里还有一尊现代塑的建文帝雕像。需离开正街，进入一条叫金碧街的小巷子，沿巷子向前，到金碧正街 33 号拐弯，金碧巷 48 号再次拐弯，继续前行。视野渐渐开阔，经过一座石栏杆、石条铺就的桥，叫做金碧桥，过桥后有三条路：最左边，往山脚下的一条路是通往“凤凰廊”景点的；最右边的路，一直通往江边大道，人流量最大。建文帝雕像在山上，要走中间这条路。

从“巴渝民居馆”大门口经过，顺石条路上山，出了“文昌宫寨门”，就能看见建文帝雕像。这尊像是近期的作品，伫立在高高的山上，可以俯视嘉陵江，江水从他身旁的山下流淌。磁器口这尊建文帝雕像，是经过加工、再创作的艺术作品，雕像中，建文帝身边多出一位小书童，小书童右手拽着建文帝的衣服，左手指向东方，似乎在说“我们回南京”。这尊建文帝雕像有两米多高，塑造得清瘦，蓄着发，着长衫，从正面看，是位满目忧愁、凝神沉思的僧人；侧面看，却是风骨绝佳的文人、长者。

重庆巴南“建文峰”

“建文峰景区”又称“建文遗迹”，是重庆市巴南十二景之一，每年3至5月，是登建文峰的最佳时机。建文峰的海拔只有507米，但在南温泉地域是最高的。山脚下是南温泉休闲度假村，所以，此处公交车站名叫“南温泉公园站”。

上山的过程中，路过了安静老旧的孔祥熙官邸。前半段小路湿滑难走，越往上越好走，开始有宽石板了。见几位工人师傅在山坡的树林中挖排水沟、整理土石、铺设石条台阶，向师傅打听上山路，明确地答复：“这条就是到建文峰的路，建文峰在山顶上。”看来新的石板是从山上往下铺的。

拾级而上，大约半小时，望见挡在上山台阶上紫红色的“建文阁”，是一座土墙牌坊，整个牌坊颜色几乎褪净，门楣上阴刻“建文阁”三个字，牌坊门洞两旁有字，右侧写着“文帝深山隐”，左侧写着“峰顶留遗迹”。

再往上走一小段路，路边有一处叫做“建文峰度假村”的院子，门口写着“每人一票每票叁元”，从字的颜色、新旧程度与3元钱票价可以断定，是老早写下的。我在门口站了一会，只见墙皮斑驳，原本的红色已不再鲜艳，不由得移步入院，院子里空荡荡的，大树、小木、野草连成片，不知多长时间没修剪过了，植物铺天盖地。虽然建筑已经破败，但是很高大，看得出曾经的雄浑。

抽身出来，上山的路更宽了，新修的石板路蜿蜒曲折，这座山的坡度比较陡峭，步游行道已经设计成“S”形，坡度还是大，约 20 至 30 度。走完全程，累得满头大汗。在山顶俯视群山，只见远处重峦叠嶂，云雾缭绕，树木郁郁葱葱，真是美不胜收，令人神清气爽。

山巅没有平整的土地可以耕种，阳光撒在地上，斑斑驳驳。在高低不平的山坡上，有三座小庙宇：正中间一座地势最高的小庙，里面主奉着建文帝塑像，建文帝被称为“建文帝真神”（在佛像下边的座子上如此写着），建文帝塑像左边是观音菩萨塑像，再左边是一尊关羽塑像；建文帝塑像的右边，是太上老君塑像。这座小庙叫“让皇殿”，也称“龙隐阁”“建文殿”，名字委实热闹。庙宇不大，供信众烧香磕头的场地更是小得可怜。当地人说，早些年，来这里求神拜佛的信徒络绎不绝，香火不断。

从主殿往下走 10 来级台阶，有两处小庙，一边是“仙女殿”，另外一边是“村姑殿”。相传建文帝来到此地，每天有一位村姑，将采摘的鲜桃供奉给建文帝享用，她从不言语，后来，建文帝尾随其后，

建文阁牌坊

建文峰龙隐阁

见村姑进了一个山洞，建文帝便自语道“此女可成仙也”。此村姑受了建文帝的赐封，不久，果然成仙。后来，人们把村姑住的山洞取名为“仙女洞”；再往后，人们又把仙女采摘鲜桃的地方取名为“桃子沟”。当地老百姓就在建文阁附近修造了“仙女殿”和“村姑殿”两座小庙，说的其实是同一个人，其用意亦在于说明，建文帝失位后得到过本地村民的帮助。

山巅上还有一眼干涸老井，简介牌子上写着“玉泉”。传说建文帝曾用此泉水煮茶，故而又称其为“建文井”。

山上还有几处提及建文帝名字的景点，如刻有“建文遗迹”的一块孤零零的石头，旁边无任何建筑、说明可佐证。我在建文峰景区里所见实情只有这些。

必须去找建文峰的文字记载，才能印证。我匆匆下山乘公交车到巴南区委站，来到区委史志办，老师说：“我们这的正史里没记载建文帝，史志不记载传说。”他从电脑上下载了一些建文帝传说的文章送给我。下午，我又到沙坪坝区政府，史志办的老师也说，传说虽多，但他们的正史中，没有关于建文帝的任何记载。

道别后，归途中，我回忆起《巴县志》记载的一段文章，说：明成化初年（1466）间，当地有一个传说，巴县郊区来了个游方老和尚，自称“雪庵”，带有两名弟子，在当地结庐而居。他终日在庵内参禅打坐，不问外事，只是在每天傍晚时携酒外出，邀请过往山民、樵夫共饮，但绝口不谈自己的身世。数年后老和尚染病，过了不久圆寂了。临终时他对身边的人说：“我本是处州（浙江省松阳县）九都人氏。”但始终未说出真实姓名。又过了许多年，在正德末年前后，巴县人贾琦到松阳县去教书，和当地父老谈及此事，得知“靖难之役”时，建文朝有位御史叶希贤是松阳人，他和皇帝一起失踪，不知下落。又据《明通鉴》载：“建文逊国后，御史叶希贤奉帝为僧，号雪庵和尚，壮年落发，云游滇、蜀间，走重庆……”

根据以上资料和传说，我认为来巴蜀结庐的和尚应该是御史叶希贤，他带来的两个“徒弟”，可能其中就有建文帝，建文峰因此而得名，其峰曾为师徒结茅庐栖身之处。但是叶希贤应该不是在这里圆寂的，根据我掌握的资料，叶希贤圆寂地应是在云南省洱源县小新村。

竹王城外手书“天削芙蓉”

我要去福泉市的“竹王城”寻找建文帝书写的“天削芙蓉”石刻。因此，从重庆坐火车，一觉睡醒，抵达贵阳。贵阳市交通很便利，去福泉（马场坪）乘火车或高速大巴均可达。大巴在马场坪站停，福泉火车站也是马场坪站，上下车乘客很多，在马场坪停车场大院，我坐上了去凤山镇的中巴，13 公里，全是土路，弯弯的山路一直下坡。

我查到的资料显示，“天削芙蓉”石刻在福泉市凤山镇杨老村（竹王城），上车后，就向司机打听应该在哪下。开车 30 分钟时，有知情村民让我赶紧下车，说山坡下是杨老村，过了杨老桥走 2 公里，那座山就是竹王城遗址。

按他说的路线，我急行军式地走了 1 个多小时，还没看到杨老桥。干脆放慢脚步欣赏风景：沿途树木葱茏，绿油油的庄稼泛起层层波浪；村民的住宅散落在面对面两座大山上。越往前走，视线越开阔，一条平缓蜿蜒的大河，穿过广袤的田野，许多壮硕的大树，静静呵护着大片庄稼。不知不觉，总算走到杨老桥前。

杨老桥又名皋阳桥。《贵州通志》记载：“杨老桥在平越卫治东二十里之杨老堡东。明孝宗朱佑樘弘治十四年（1501），郡御史邓廷锴建。”

杨老桥横跨杨老河，为三孔石拱桥，全长 38 米，宽 5.5 米，桥高约 12 米，桥拱由巨大的石块支撑，桥两侧边缘有低矮的石护栏，这是一架平面桥。已经 514 岁了，依然雄伟壮观。数百年来车马穿梭，熙来攘往，建桥的石条，被磨得光滑可鉴。然而，年久失修，桥面石板多数已断裂，有些斜栽在相邻石板缝隙里，有些高高翘起一角，桥面七高八低的，洼处积水、牛粪坨坨，护栏又矮又破。这样破破的一座桥，却是见证历史的遗迹。

刚才让我下车的那位村民说过：下到杨老村再上对面的山，就是竹王城。我已经到杨老桥，可是竹王城在哪？河对岸是座山，可是古驿道在哪？

过河走了一段路，迎面一条红底白字的横幅在高处，是“竹王城社区便民服务站”。再往前走，先后看见：“竹王城村民委员会”“福泉市凤山县竹王村村务监督站”“福泉市凤山县竹王城村民委员会老年活动中心”。我眼前一亮，快步走到办公室门口，见屋里没人，另外几间房子也空无一人。这时，竹王城村委会里有位年轻村官在听村民说事，我站在一旁，静静等待，村民说完事要走时，小村官转身问我：“有什么事情？”我说：“我想找建文帝写的‘天削芙蓉’题刻，村里有没有早先写的《竹王城村志》之类的书？查一下，有没有关于建文帝的记载？”小村官说没听说过，也没见此类书。我赶紧提醒他：“网上有没有呀？”小伙子很熟练地在电脑上查了一会儿，果不其然，有！他用 A4 纸打印三页短文，自己留下一份，送给我一份。我接着问“天削芙蓉”题刻怎么走，他起身出门带我到房头，指了指山墙说：“上山 700 米。”想必，山墙背后肯定有一条石子铺的、宽宽的古老驿道通到山外。

可是，走过山墙，我却傻眼了，全不是那么回事！眼前是一条沟口大、沟底小，很深的喇叭形泄洪沟，坡度大小不等，最陡处的坡有60度。别无他路，我站在沟渠里，满心疑惑，想确认一下路对不对，便扯着嗓子大声问路，有人答话说："对的！"只闻其声，不见其人。村民证实没错，就是这条路，这也叫路？

行人只能在这条被雨水冲刷到露出树根的石头沟里，往山上爬。我低着头，弯着腰，两臂张开，一瘸一拐地往上走，时不时两手撑在地上，才不往下滑。脚使不上劲，一不小心把石头蹬松，唧里咕噜的一长串沙石落下去了。山坡上住户的房子、菜园子、窝棚、墙篱笆、污水、垃圾等杂物占据着道路两旁，都在我头顶上方。我总觉得路走错了，不时驻足，留心找其他好点的山路，见到人影就问路，听见动静又问路。后来，想明白了，以我现在的处境，就是另有出路，这会子我也爬不出沟。村官说的是700米，可我走了40多分钟，累得满头大汗，还没走出山沟。

费了好大劲，才走到沟的尽头，从沟里冒出来，就见一位村民在住房墙边择菜，她很好奇地望着我，愣愣的，半天不说一句话。我先开口说："姑娘，我要去'天削芙蓉'石刻，怎么走？"这时，她才缓过神来，笑着说："这里是竹王城东门遗址。"

"是吗？"我猛然想起书上的记载："竹王城是古且兰的都邑，位于贵州省福泉古城东南23里，凤山镇杨老驿东隅的小山上，依山傍水。"刚才，我从村委会房头的沟里爬上山的这条路，直通竹王城东门？

她见我搞不清方向，主动带着我来到"竹王城东门遗址"，指给我看，竹王城东门外有两块横碑立在城墙边上，一块叫"杨老古城"碑，另外一块是"竹王城遗址"碑，落款写着：贵州省人民政府一九八五年十一月公布，一九九一年九月立碑。这里确确实实是古代的竹王城残存的东城门。我乐了，真是意料之外的收获。

竹王城东门遗址

“天削芙蓉”题刻遗迹

仔细打量竹王城东门遗址：浑厚的城墙、高大的城门、筑城用的大块石头，打磨平整后错缝堆砌，很牢固。石块有些松动了，城墙缝中长出许多杂草，但，它还是称得上雄宏巍峨。石碑上记载：“竹王城古城墙原长 4500 米，宽 3 米，高 4.5 米，毁于清朝咸丰、同治年间的战乱。古城墙虽被毁，现有 3000 米长的古城墙的墙基犹存。”这是杨老古驿道，明清时期，是湘、黔的咽喉要道。据说当年有不少名胜呢！

趁我抄碑文、拍照的空隙，她回家安排家务后，走出来，热情地请我去她家吃中饭，我婉言谢绝。她又怕我找不到建文帝的“天削芙蓉”题刻，饭也顾不上吃，领着我，从古驿道东门口出发，重新折返向西走，正是我上山的方向，她说，要返回去大约一半路程。我们现在走的是村民自己踩出来的另一条路，好走多了。很顺利地找到“天削芙蓉”题刻，这里也是竹王城中的“莲花岩”遗迹。

传说，这里是竹王休息的后花园，建文帝避乱时隐身于长顺县白云山，曾经云游来此，亲笔在一形如莲花的石峰上挥毫写下了“天削芙蓉”四个大字。当时是写在石头群中的一个条形石柱上，高度约3米，今天看见的“天削芙蓉”四个字是题刻，被后人用朱笔描过，老远就能看见。

在半山坡一片平坦的草坪上，有三组石堆，其实就是三块巨大的石头，从上往下纵向裂开，一裂到底，越往下开度越小，看上去就像几根竹笋紧靠在一起，稳稳地站在地上。石缝中长着阔叶树、茅竹与小草，周边的土地很平整，远看像盆景一样精致；其中一根耸立的石柱，表面比较光滑，竖直刻写着“天削芙蓉”。当地人对此题刻奉若神明，在“天削芙蓉”遗迹的石壁上天然形成的小窝窝里献供品，地上有一块长方形石板供村民跪拜。

当地官网和近代一些杂文都记载说，建文帝曾云游来此，写下“天削芙蓉”四字而去。传说故事大致如下：

明朝皇帝朱允炆落难后，一行人从清平驿（贵州省凯里清平）往竹王城，看到城内莲花岩生得可爱，遂下马观看，道童把建文帝的坐骑牵去南门竹林边拴着吃草，二人一同进入观音寺小憩。突然，凌空一声霹雳，枣红马长啸一声，化作一道红云飞天而去。没了马，建文帝和小道童就只得住在观音寺里。莲花岩有个“梭米洞”，每天梭出来的米恰恰够他俩人吃。后来，建文帝收了十几个徒弟入寺，修建了禅院书库，每天教徒弟们读书念经。慢慢地，一传十，十传百，进香的人增多，禅院的香火旺盛起来。那梭米洞，梭下来的米也够寺里人吃。但是，没多久，有个贪心和尚，想要梭米洞多梭点米，就私自用錾子把梭米洞凿大了。从此，梭米洞一粒米也不梭了，寺里的和尚渐渐散去。一天清早，只见天空降下一团红云，现出一匹神驹，那匹枣红马又回来了。建文帝与他的道童收拾行装，骑着那匹神马，向西方去了。

传说只能是传说，建文帝不可能久居此地，也不可能高调亮相。

这里毕竟是明朝永乐、洪熙、宣德、正统几位皇帝统治的地方，杨老古城是湘、黔要道，竹王城很小，太显眼，不方便长期隐匿。

再说，“靖难之变”的事发魁首、北平都司张信就是贵州平越（福泉）人，就是他背叛建文帝、密告于燕王朱棣。永乐帝登基后，以张信献建文密诏为首功，论功升授张信为都督佥事、封隆平侯、俸禄千石、赐世伯券，称其“恩张”。张信官历洪武、建文、永乐、洪熙、宣德、正统六朝，其子孙世袭侯爵长达200多年。他被称为“平越公侯第一人”。所以，建文帝出亡不可能在这里长期藏匿，就算来过贵州福泉，也只能是路过，匆匆离开。而且，此时建文帝的随行，有监察御史叶希贤、吴王教授杨应能、翰林编修程济。杨、叶病逝后，只有程济跟随，无其他随从。

女村民一直陪着我游览，我要回去时，她带着我原路返回，到竹王城东门遗址，她说：“当地村民就从这儿向东下山去村外，这段山路近，一直通到公路上。”我们穿过公路，站到对面等着，不一会，她就拦下途经车，让我上去，我谢过她，两人挥手道别。行车20分钟，就到马场坪车站。此前听说贵州省清镇市有两处建文帝遗迹，所以我接着去贵阳转车往清镇。

贵州清镇灵永寺残碑

清镇古称“威清”，在贵阳市西南30公里，山岭盘纡。我没来过清镇市，不知建文帝遗迹在清镇市的哪个方位，正想从当地政府史志办或者市档案馆里，找正规的历史文献，却在广场被热心市民们团团围住打听清楚了，建文帝遗碑在清镇市郊的灵永寺，坐车的话，往“百花湖”方向既可。

在公交车上，我一打听线路，售票员就说：“不用转车，就在‘三屯村’的山坡上。”一路上，她和驾驶员还各自讲着建文帝的神话故事。

车停下的地方，是一个进村的三岔口，从旁边小路上山，就见山坡上有个寺庙。我迈进寺庙大院，一眼就看见一楼过道里有壁画、诗作、书法作品，多与建文帝的传说有关。赶路的疲惫顿时烟消云散，兴奋地凑近了细细看介绍（文章的字已残破，认不全）：“建文帝寄宿云峰山，时日不可考，但他的莅临，历代相传，现在，山顶墙角的一块残碑上刻着‘……名尖山庙，后经建文帝游越……后更名为云峰山……’字样。”还有介绍说，建文帝曾给这座小寺庙赐名为“青龙禅院”；这里也记述了建文帝到过华盖洞的传说；还有一首写着“牢落西南四十秋，萧萧白发已盈头。乾坤有恨家何在……”的书法作品，裱糊后装在镜框内展出，署名为汤震瑞先生，他明确地写上：“本诗据传明代建文帝所作，庚寅年之秋月。”

壁画里，讲了建文帝在清镇的四个传奇故事：

“踩桥”，故事说，建文帝刚到猫跳河时，他上到一座新建的桥上，一群人追来，说新桥要贵人踩过才能走。见人们不知道自己的身份，建文帝只好退回去，不久，新桥垮塌，剩下一部分桥身，恰好是建文帝踩过的。

“妃子墓”，故事说，建文帝带着妃子来到猫跳河暂住，因一路颠沛，舟车劳顿加上水土不服，妃子病死了。在随同的帮助下，妃子被安葬在九龙山上。建文帝时时前往吊唁，很久之后，在建文帝即将离开时，来到妃子墓前，立了块木碑，才离开猫跳河。人们看见墓碑，才知道建文帝和他的妃子曾到过此地。

“无蚊子”，故事的大意说，一天夜晚，建文帝在中七玉皇阁借宿，辗转反侧不能入睡，只好起床坐着，在微弱的油灯下，蚊子嗡嗡地飞，建文帝伸手拍蚊子，拍得自己到处是血，忍无可忍，建文帝气愤地说：“畜生！我都落难到这个地步了，你们还要这样欺负我?”刹那间，蚊子全都飞走了，从此以后，中七这个地方，再也没有看见过蚊子的踪迹。

“抬神像”，故事的大意说，五显庙里供奉着一尊神像，名叫黑菩萨，每年的大年初三，黑菩萨神像被抬送到中七观音庙，由女僧徒烧香点烛、敲钟、击鼓参拜。第二年，又迎回到五显庙，由男僧烧香点烛、敲钟、击鼓膜拜。有一年，众人商议，抬上黑菩萨神像，改道从中七灵永寺过，增加节日气氛，众人抬着黑菩萨神像，向灵永寺方向走，才走了几步，感觉神像奇重无比，无法前进，只好停下休息一会，再抬时，无法上肩，找不出原因，其中一人说：是不是神像因为灵永寺有建文帝居寝，需要避讳呀，我们从原路去吧。他们抬起神像，掉转头返回原路，便顺利到达目的地。

这些神神鬼鬼的故事不可全信。我想找寺院里的僧人或者居士、信徒，只要是知情人都可以，讨教一下，能买些有关建文帝的历史资料更好。于是我转身上楼，先到女信徒宿舍里。里面有两个人正在谈话，我问她们，此处有没有关于建文帝的真实记载，她们说："我们不知道，释师傅知道。"我请他们帮个忙，赶快请释师傅来一下，等会有车路过，我要赶车回城里，时间来不及。她们很热心地答应了，立刻帮忙去找释师傅。

而我抓紧时间下楼去寺庙里面查看。在楼梯角下，拐个弯就进入灵永寺正殿。简介说，"灵永禅寺"位于贵州省清镇市百花湖乡三屯村中十组，距清镇市 12 公里，距百花湖乡政府 4 公里；禅寺始建于明初，早年禅寺名叫"墨石"，到了清康熙二十二年（1683）修复扩建。几十年之后，因寺庙毁损严重，在清嘉庆二十年（1815），中十组的众百姓捐资再修，于丁丑嘉庆二十二年（1817）修缮竣工，改名"灵永寺"。寺由正殿，左、右厢房及山门组成，占地 200 平方米，正殿面积 113 平方米。1925 年又修一次，2006 年 8 月，由贵阳市文化局投资，进行仿古修复。

我在正殿右侧的墙根下找到了残碑，赶紧凑上前去，仔细端详，辨识这尊残碑的真实身份。上面阴刻有许多文字，因为残碑放置在墙根光线最昏暗的地方，没有电灯，碑上的文字实在是看不清楚，正着急上火、抓耳挠腮时，释师傅应邀急匆匆地赶来。释师傅指着残碑说，这些都是她一块一块地找回来，并把找到的残片全都按原来部位黏好，后来立成碑的。我数一数，果然这块碑是由八块断片黏在一起的，碑中间靠上部位空白处与残碑左肩缺口处，是因为缺件还没有找到所致。现在，释师傅还在继续寻找缺失的碎片。

此碑正是灵永寺的镇寺之宝、鼎鼎大名的《建文避难此间》碑。

女师傅很认真地给我讲述残碑的故事，她说："真不凑巧，灵永寺正殿的电灯坏了。"我从包里摸出手电筒，递给释师傅，请她用手电筒的亮光，指一下关键部位的词句。

残碑记载的内容很丰富，文字不少。碑文一开头就道："皇太孙建文帝"，看见这七个字，我已经高兴得忘乎所以。在碑文快结束的位置又找到"嘉庆二十二年二月立"的字样。这是公元1817年的老碑，当时，由贵州省清镇市百花湖乡三屯村中十组众百姓捐资，把"墨石禅寺"改名"灵永寺"，于清嘉庆二十年开工，嘉庆二十二年完工，应是竣工时候立下此碑的。以前的人，不像现在为了私利而造假，这块《建文避难此间》残碑可以说是建文帝来过此处的确凿证据。

我在别处的史料里已经查到，永乐十六年（1418），建文帝往来于镇西、广顺之间；永乐十七年（1419），建文帝在黔；永乐十八年（1420）十月以前，建文帝确实在贵州。这两年多的时间段，建文帝是不是来过清镇？清镇与镇西是否有关系？我问释师傅："灵永寺里有没有碑文拓片？"她说："有，存在市旅游局。"她手里拿着一些资料，其中就有建文帝的神话故事。我太想看一看这些故事，那些神话故事里，说不定真有所需要的信息呢！可是，返回市里的车要开走了，谢过释师傅，一口气跑到公路边上，没多久，从百花湖集市回来的班车就来了。

灵永寺《建文避难此间》残碑与收集者释师傅

带着遗憾回到县城，换车去了清镇市旅

游局，想看一下灵永寺《建文避难此间》碑文拓片。可惜没有赶上上班时间，失之交臂。希望今后有人查找建文帝遗踪时，可以看到整理好的碑文拓片详细内容。

我只好又赶到清镇市委史志办，想借阅民国时期出版的《清镇县志稿》，主管老师在办公室各书柜里都没找到。后来，女老师打电话联系上清镇市政协学习宣传文史资料委员会程主任，约好下午两点到政协办公室找他。吃过午饭后，我赶到政协办公楼前等着，这之前，程主任已经准备了一本《清镇文物古迹专辑》。

这是一本杂志，清镇文史资料选辑第十四辑，是政协清镇市委员会学习宣传文史资料委员会 2004 年 12 月编纂出版的。内容极为丰富、详实，其中记述：

建文帝一行化装为僧人逃离南京，逃往云南省时，贵州是必经之路。相传建文帝避难于凉伞洞（华盖洞），住了相当长一段时间。华盖洞是清镇县城外的西山之麓的天然洞窟，开阔平整，右边石头突起，顶上石灰岩岩溜凝聚，形同盖子，起先称凉伞洞，后名华盖洞。相传，明建文帝蒙尘时曾住在这里，早就引起人们关注，洞内曾留有许多文人的诗文题刻，洞中有题诗的遗迹，后来洞中长满苔藓，加之昏暗潮湿，已经找不到古时题诗的痕迹。20 世纪 30 年代初，日本侵略中国，中国人民在抢建清镇飞机场时，选择了清镇市凉伞洞存放军火，抗日战争时期，堆放打仗用的炸药；解放后，这个洞还是炸药库，不过，是存放开山筑路、建设新中国时用的炸药；后来，清镇市政府认为炸药放在那里不安全，搬走了。但是，为时已晚，繁盛三百多年的“洞天一品”华盖洞已遭破坏。

文章断断续续，把我弄糊涂了：华盖洞到底毁了没有？那些题诗遗迹真的都没了吗？我越看越好奇，特别想去看个究竟。

华盖洞就在清镇市近郊，不通公交车。我问过好几个人，都说不远，不用乘车，也有人说那是个空洞子，啥都没有。那是有落难皇帝故事的地方，我觉得，即便是空洞子也值得去。我试探性地走了一段路，时至黄昏，不免有些茫然，走到一家面对华盖洞方向的小饭店吃饭，与我在同桌吃饭的一位师傅引起我的注意，得知他是当地施工队的工人时，我问："附近有个华盖洞很有名噢！明朝建文帝来过吧?"他开口便说："现在华盖洞里，没有建文帝遗迹，最早有几幅清朝、民国时期游客为建文帝写的诗，刻在山洞石壁上，现在，山洞里石壁上一个字都没有。"我说："我想进去看一眼!"他说："太晚了，不要去！那里是建筑工地，一不小心掉坑里，连拉你上来的人都没有。"去洞中一探的事情只得作罢，但是今天获得的材料可以推断：建文帝到过"华盖洞"。

我另找到一些有关华盖洞的文学作品，有散文与诗歌两类，摘录如下，请后来者共同研究：

张绍銮《重修华盖洞记》：

"县城外西山之麓有洞焉，开朗宽平，为吾黔所罕见。右隅石凸成坐，其上则岩溜攒凝，形同张盖，藓痕斑驳，色俨增华，华盖之名，由斯以起。左方有石微起，扣之隆隆然作革声者，鼓也；又一石倒垂如瓠，击之铿铿然作金声者，钟也；然则造物殆将辟此境，以为安禅地乎。相传建文帝蒙尘时曾驻此。虽然久无证，而署名一碣，实万历时李御史本固所立，则其得名固以久矣。洞口巨石秀耸，屏翳天然。"

又有《清镇风物诗词集》，其中数首摘录如下：

《华盖洞题壁》　姚文光

禅林寂寂乱栖鸦，洞口云封冷翠华。

钟鼓生成开帝座，幢幡依旧护昙花。

蒙尘已抱千秋憾，顾义争教一着差。
古刹荒凉遗迹杳，西风几度夕阳斜。

《华盖洞》　熊人惠

洞边日月淹无光，多难君臣走夜郎。
威武已能加海内，羽书那不到黔疆。
左钟右鼓如仙境，皂盖朱幡落上方。
留得胄骸当故国，慢将残暴怨燕王。

《前题》　刘钫

烟霞归去白云封，即有人栖物外踪。
何事君臣留古迹，竟将师弟寄禅宗。
洞悬法鼓谁敲鼓，帘挂晨钟自语钟。
回首金陵山万垒，攀藤直上最高峰。

当晚，我离开清镇市，到贵阳乘火车前往昆明，再转往大理。

云南洱源“眠龙洞”

夜宿大理古城，打算第二天去三营镇看建文帝遗址。这个路线要从大理北站出发，三营古城离大理北站很远，所以我不到5点就起床，在大理古城南门外，乘公交车到下关区。去三营镇只有路过车，我坐的是下关——剑川专线车，首班车8点。行至“大理古城公路段”时，停了很久，如果我昨晚在这里投宿，今天9点半在这里等车就可以了。但当时并不知道。

由于自己路线设计不合理，浪费了时间，我的情绪不高，坐在副驾驶座上，头也不回，话也不说，驾驶员杨师傅先找话与我说，渐渐地，我跟他说到了一块，我说要到三营镇找一处叫“眠龙洞”的小庙，他说：“不知道在哪，凭感觉眠龙洞不在三营镇。”车到三营镇，他说：“别下。”过了牛街高速收费站，才停车说：“下吧！去山上那个庙子问一下。”还千叮咛万嘱咐，叫我不要横穿马路，之前已经说过三遍了，看我不太在意，他说：“高速公路车虽然不多，可是速度很快，出门在外安全第一。”临别，还送我一张名片，说：“一个人到这么偏僻的地方，遇到困难打个电话给我，我是云南本地人，朋友多，我自己没时间，可以让朋友来帮忙。”挥挥手，车开远了，我不由得看一下手里攥着的名片，记下了车牌号。荒郊野岭被人关心，非常感动。

车远去了，按杨师傅说的，我往半山坡那院房子走去，其实，那不是庙，是一户独家大院，院墙背对着公路，我绕过去敲门，没人应答，也听不见狗叫。忽然，看见远处有两个人在地里，我唤了两嗓子，一人直起身看了一会儿，又低头干他的农活了。干脆下山，往他们干活的地里走，原来他们不是山上那家的，他们住在山下太平村，爷孙俩在这里开荒。真幸运，他知道“眠龙洞”，并答应带我开车走一趟。他放下地里活，领着孙子，我们仨一起下山。

交谈后得知，原先这里全是良田，修高速公路征用土地，田地主人移居别处。这段是高架路，几个桥墩只占用了一小块地，大桥建成后，周边被视为荒地，山下的农民——就像我今天遇上的爷孙俩——就近来大桥边的平整土地种庄稼。我们从高速公路桥墩间穿行过来，从开荒的地方往返村庄必须经过这儿，坡陡路险。山坡小径是村民们自己踩出来的，雨水冲刷后，露出原来肥沃松软的土层，乱七八糟的野草，绿油油的，漫无边际，被踩踏过的地方草少，可以行走。刚下过雨，爷孙俩走在前面，他们穿雨鞋，走汤汤水水的路不在话下，我穿着编带皮凉鞋，在草比较矮的水沟底上，哧溜哧溜地滑着走，怕崴脚，时不时坐在地上。没到坡底，鞋带已经扭断了。

下到平地，距他家还有 1 公里乡村公路，路口可以看见洱源县公路局制作的路牌，高耸在 214 国道上。赵师傅家在 214 国道与牛街乡太平村的丁字路口。乡村街道很繁华，几家小卖店，顾客进进出出；街本来就很窄，机动车要从这儿行驶，已经习惯多摁几声喇叭，请村民们、牛、羊、猪、狗、小鸡们让一下路。我瞪大眼睛看着，反而觉得这小街人与动物相处得很和谐，很温馨。

赵师傅说回家把车开来，让我等一会儿。街边有一间熏得漆黑、只有三堵墙的房子，我走到门口好奇的张望，四条矮脚长凳，摆放在三堵墙边，地中间一个坑，刚烧过的木柴没火焰，红红的，一壶开水，壶盖直冒蒸汽，屋里很暖和。坐着几位老者，他们挪出一点位子，叫我进屋坐坐，我慢吞吞地走进去，老者们又重新让出门口的位子，我便坐下来，点点头与大家打招呼。赵师傅在路上说，40 年前他爹有一本书，讲建文帝的事，他瞧过那本书，后来再也没看见过。现在，我开门见山地问："知道建文帝吧？"他们都知道，都说建文帝来他们这里住过。七嘴八舌地有许多故事讲，全说一口地道的滇西北话，很难听懂。但是，建文帝住在眠龙洞，离这 6 公里；40 年前洱源县里有位学者，写过一本有关建文帝的书，自己瞧见过……这些话我能听懂。我说："那本书谁家有？我愿意出高价钱买一本。"老者们都摇头，说早就没有了，现在要开发旅游，想把历史名人与自己家乡的故事告诉天下人，可惜没证据。

听他们重述 40 年前书上看来的故事，虽说神神鬼鬼的，但是，抛开神鬼部分，确有真事在。这么多年追索，我确认，有建文帝遗迹之说的地方，总是在偏远的山上，在有僧人、佛寺的地方。

我更相信建文帝没有逃到海外，他就在国内游走。所以，明成祖朱棣派郑和下西洋一无所获，在国外找不到建文帝。今天虽然打听到了许多有用的消息，但是没亲眼看见那本 40 年前的书，满满的失望写在我脸上。

我急着要去"眠龙洞"，大老远就见赵师傅站在自家门口，他的农用车右前胎爆了，车轮瘪塌塌地陷到泥巴里，车身歪斜着，鼓捣了很长时间，去修理铺补胎，才得以上路。在平坦宽阔的水泥路上，向山上行驶。这条公路一直延伸到龙门村，我们驶过新登村、双龙村、龙门村，在龙门村一居民家的山墙边，空地上停车。赵师傅说："找个人开门。"他遇到每个人都打招呼，与这里的村民很熟。

不一会儿，请来寺庙管理员，是一位老妇人，她拿着"眠龙洞"

大门钥匙。“眠龙洞”在村后的山坡上，路比较远，没有公路，要步行。

沿途的植被特别繁茂，除了野生植物，还有一大片农作物。龙门村土地肥沃，人也勤劳，去眠龙洞的小路右边，庄稼绿油油的真喜人，除了种玉米外，大多种烟叶、种大蒜等经济作物。还有沙漠植物仙人掌，在这里漫山遍野地疯长，有几丛长得比房子还要高。

我们走的是一条人踩出来的小道，弯弯曲曲的，延伸到远处的山上，路旁边有一处废弃的水磨房，墙体裂开了好几个大口子，手掌都能伸进去，房顶塌陷一角，河沟干得一滴水都没有，没水做动力，水磨房自然废弃了。两片巨大的石磨盘，斜靠在磨房外墙上。

进山门再往上，就是寺庙门，“眠龙洞”门平时上锁，有人要烧香，才找老妇人来开门。寺庙院墙是什么材质砌的不好猜，白墙壁上写着几首说建文帝的诗词，横楣上的毛笔字“眠龙风光”，应该是近代人写的，写着公元一九八二年立；另一块横匾写着民国乙丑年立。寺庙的具体位置，在洱源县牛街乡龙门舍坝子北面的观音山上。

赵师傅的小孙孙站在眠龙洞山门前

法云洞山门

老妇人打开山门的锁，推门可见“法云洞”，门两侧墙壁上两块黑底烫金的木头牌子，钉在石灰墙上，右联：“七百里燕子归来叔不以父命为尊侄唯知天伦弥重”，左联“四十年龙潜勿用君竟得骸归故土臣长此魄落他乡”，署名“班城举人杨金和”，一九九八年八月朱吉云重立。但是，另有资料说，明末，白族学者杨葛庐，有感于追随建文帝从亡大臣“随故主而来，不随故主而去”的结局，撰写了一幅悲哀婉转耐人寻味的挽联，杨葛庐这一幅据记载是这样写的：上联“七百里燕子归来叔不以父命为尊侄唯知天伦弥重”，下联“四十年龙眠无用君竟得入归故土臣不幸魂落他乡”。

法云洞内，乳石嶙峋、神态各异，佛像的布局有点奇怪，我分析法云洞内主奉的应该是弥勒佛。后来，在弥勒佛前面偏左的位置上，加了一尊释迦牟尼佛像，为什么说释迦佛像是后来加的呢？因为，释迦佛像比弥勒佛像小了许多；而且，释迦佛像不在中轴线上，他没有遮挡弥勒佛像。弥勒洞除了这两尊大佛，洞内还有十七尊小佛，分别塑在山洞的岩壁上，全是立体塑像，有的站着，有的盘腿打坐，很是生动；建文帝塑像在主奉弥勒佛像的左上部岩壁上，在最高、最远的地方，把他与众佛同置一庭，显示尊贵。朱允炆塑像是中年人模样，一表人才，署名“建文帝”。弥勒佛底座右侧写着“碧海无限观鱼跃”，左侧写“青山有洞待龙眠”。据说，这是明代进士李重伦凭吊眠龙洞建文帝遗址后，挥笔题留的挽联。

几年前，我来过洱源县牛街乡，当时有一位李书记，带我去了牛街乡一处“弥勒洞”，又叫“兰若寺”，那次，我们是乘汽车走公路过去的。我以为从前去的“弥勒洞”与今天到的“眠龙洞”是两个寺庙，赵师傅也说还有一个，他知道地名和寺庙名称，也知道路线，可是，没时间带我去（后来想，他说的可能是“潜龙庵”）。

当时牛街乡属鹤庆管辖，地方志《康熙鹤庆府志》中，有这样的记载：“洞深五丈阔十丈，岩幛岑蔚，清气袭人，建文帝往来宿此者十年，故名。”另外清周沆编纂的《浪穹县志略》中说：“十五年别筑室于鹤庆山中。”

下山后，乡政府值班的李灿环老师提醒我说，洱源县西北角茈碧湖镇，废弃的洱源水泥厂，原先有“潜龙庵”，到那去看看吧。同时，为我下载了介绍潜龙庵的文章。这是我从来不知道的信息，又增加一处探求建文帝遗迹的渠道，我大喜过望！准备立即乘车去洱源县城。

事后，经洱源县地方志办副编审杨国培老师查证，我两次去的是同一个寺庙，都是洱源县牛街龙门村“眠龙洞”。有两条路线通往那里，上次从山路边走的，这次是从海西海湖边进去的，时过境迁，周边环境变化很大，所以没认出来；还有一个原因，就是同一个洞，两种叫法，滇西北口音“弥勒洞”与普通话“眠龙洞”听上去差不多。

云南洱源“潜龙庵”

当地人都说，建文帝曾经藏身的“潜龙庵”（即大喜庵）在废弃的“洱源水泥厂”附近。从我住的宾馆附近的三岔口往水泥厂走，路面年久失修，坑坑洼洼，车来车往，泥水四溅；我提着裤腿，踮着脚尖，鞋袜、裤脚全是烂泥浆。抬头看见路牌上写着“小洱线”，想当年，这条路也鼎鼎有名呢。正面有一架石拱桥叫“运亨桥”，由洱源县地方公路管理段养护管理。我坚定地在泥泞公路上走了500多米，直到望见路左边“茈碧湖水库管理处”，大院不设门卫，于是我进去看一看，一院屋子，有间房门开着，里面有位着汉族普通衣服的男子，坐在小凳上，手里拿着一根又粗又长的烟管，直触到地上，正在吸云烟。我站在门口打招呼，值班师傅很礼貌，他起身示意我进屋说话。当我提到“建文帝”三个字，他立刻把烟管靠到墙脚，脸朝我，详细地讲建文帝朱允炆的故事。话一出口，便知有没有，相信水泥厂遗址有戏！门卫师傅见我要走，送出院门，为我指路说：“往后一直走是乡村水泥路，再4公里是老水泥厂。”

出“茈碧湖水库管理处”大院，往左拐是一条长长的弯路。公路左面是“运亨小学”、“洱源县运亨文化活动中心”。今天行人不多，迎面走来一位老妇人，衣着与汉人老太太不一样，她头戴一顶无檐白色帽子，身穿印丹士林蓝布上衣，扎一条腰带，披白色披肩，脖颈围一条深咖啡色的毛线长围巾，脚上穿旅游鞋；遇见另一位老妇人，头戴有沿帽子，身穿格子布上衣，套件左开襟蓝色马甲，领圈和衣服边子都锈上花，腰间白边围裙，七分裤裤腿也一圈花边，脚上穿布鞋。也不知道她们是啥民族？

看见灰蒙蒙的一群房子，除了一幢楼房，其余全是平房，有长廊和圆柱形建筑，那就是水泥厂。走近便知当年的辉煌。水泥厂大门迎着214国道，公路上的桥梁叫“水泥厂桥”，它横跨弥茨河、贯通214国道，一直到小新村的那一端，看不见为止。

顺着弥茨河的走向，在山坡边上，有一院不起眼的破房子；门前沿河的老路，扩宽成了简易公路，可以跑大型货车。这里比较荒凉，看不见住家，也没有行人，哪里有建文帝遗址呢？刚才路过水泥厂大门时，我已经问过看厂的女师傅，她说：“不知道建文帝是谁。”现在，没有其他人可求助，只得再去找她；这次，我不问遗址，也不问皇帝，请她想想，谁知道水泥厂以前的事情，她说：“去村里问问。”我问：“哪个村？”然后朝着她指的方向走去。

女工指的是小新村。我鼓足勇气，向着房子最密的地方走。忽听得有人说话，但是，不见门在哪里，我赶紧喊话，出来两男一女，循声找到我。我说：“请问潜龙庵在什么地方？”一位先生惊讶地抢着问：“谁叫你来找我的？”我不知道哪里冒犯了他，一时语塞；边上两人热情地说：“屋里坐坐，喝杯茶。”见我不肯进屋，就对那位先生说：“这里说不清楚，带她去一趟！”难道要带我去找建文帝遗址？我眼前一亮，还有这么巧的事？别提我有多高兴了。他自我介绍说：“我叫王滇生，小新村1队本地村民。”握握手，算是认识了。

我们直奔水泥厂丁字路口，冲着山坡底下那一院破房子去。刚才我来过呀！破房子太不起眼，根本没把它和明朝皇帝联系在一起。王

潜龙庵（大喜庵）遗迹

先生停下，指着那院老屋说："这就是潜龙庵！后来，建文帝的徒弟跑掉了，建文帝他们怕他去告密，引来官兵追杀，商量决定烧掉寺庙，平掉'二忠墓'，然后他们都逃走了。"

史料记载，明英宗正统三年（1438），建文帝在浪穹大喜庵的主庵弟子应知和尚，不明原因地逃跑了，建文帝很惊恐，大家都怕应知和尚暴露建文帝的行迹，编修程济焚庵平墓以泯其踪，他们急行入广西，居广西横县（横州镇）山寺中。

永乐九年（1411），建文帝从云南来，住在这紫红色素土、夯实筑建而成的叫"干打垒"的一院房子里。由于建文帝住过，后来人们就把这里叫做"潜龙庵"，现在，潜龙庵的建筑看不见瓦脊，房顶上搭着干草，寺庙门顶上是木质横梁，木梁上砌的砖掉落好几块。门楼的墙，有早先用红砖修过的痕迹，要比现在的标准砖短一些，用三合土黏接；门楼两边的翘檐，高高翘起，雕刻精美的垂花还在，但早已皲裂，略显苍凉。外墙屋檐下一字排开的窗户，只有四格开着，其余十来格闭着，窗门是木板做的，木板上均有黄、红颜色的字迹，书写的文字工整流畅，但是，位置过高，年代过远，看不清，也猜不出写的是什么。墙皮有好几处成片成片地脱落了，寺庙已经破旧不堪，但还是能看出用心呵护、修饰过的痕迹，可以想见当时落魄君臣对新家的喜爱。

王先生说："潜龙庵右边是石龙寺，原先杨应能和叶希贤，是被建文帝他们合葬的，就埋在潜龙庵山墙旁边，收过几个徒弟，住了好些年，顺着弥茨河种菜自己吃。”又说，“起先山上有关帝庙、石龙寺、花山，还有一座叫‘耳朵神’的小山。1958 年，这些地方变成劳改农场。劳改队在石龙寺周边开荒种地，潜龙庵的头道门和二道门之间的门庭作为牛栏，是农场养牛的地方。那时，寺庙充作劳改队的办公室，房子还是好的。后来，县政府知道山上的石头可以烧水泥，水泥能修路、盖房子，就出资架桥、铺路、盖房子，建成那个水泥厂。取石头放炮时，把潜龙庵四合院震塌了。没人敢拆，也没人修缮，就成了今天这个模样。”

我问他：“‘二忠墓’呢？我带纸笔了，想去抄一点墓志铭。”王先生满脸愁容地说：“才奇怪呢，起先二忠有墓、有碑，我见过，碑有 80 厘米高，50 厘米宽，就在潜龙庵东面的山墙那里，杨应能葬在北面，叶希贤葬在南面。这还是清朝时，两个有钱人出资重新修建的。咸丰年间，打仗又遭破坏，当地僧人们又修过。我也不知道是啥时候，‘二忠墓’被挖了个 10 平米左右的大坑。墓地表面那么厚的封土也不知道去哪里了。当时，有人认为明代皇帝和大臣住过，一定有金银财宝，派村民进一步挖掘，里面空无一物。后来扩大范围，我们把这么大一块地，挖地 3 尺，啥也没有找到，后来，我们回忆挖掘过程，没有发现建房子的砖石，也没找到杨应能和叶希贤的遗骸。是不是两人的遗骸被人悄无声息地转移了？”

潜龙庵曾是丹漆门壁，庵墙环堵，当初必是左钟右鼓，皂盖幢幡高高悬，耕渔足了君臣存。如今，古刹荒凉，禅林寂寂乱草生，潜龙庵遗迹破败不堪，院子里的野草，自生自灭。据说，当时有几株树是君臣与和尚们种下的，如今当有六百岁了。今何在？四周只有碗口、杯子口、拖把一样粗的几棵树。王先生说：“谁会在这里种这么几棵树？可能是老死的枯木新发出来的。”

现场仅遗存潜龙庵主殿的砖石基墙，以及清朝后期修缮时用土砖

潜龙庵内部残存的木梁柱上留存有精美的雕花

砌的墙。除门框、窗框和几根顶梁柱外，原先使用的木质建材荡然无存。抬头望见正殿和左右厢房，屋顶大窟窿连着小窟窿，茅草凌乱地盖着，一撮一撮从屋顶窟窿探出来。

我一边往回走，一边听王滇生先生讲故事。王先生除了介绍潜龙庵遗迹外，还给我讲了好几个建文帝在当地的故事，其中一个，我记住大概，故事说：建文帝学问高深，人很文弱，很少下地干活。一年秋天，建文帝进村收租，听见有人家结婚办喜事，他想，怎么今天嫁娶？这天忌讳呀！建文帝把收租带的斗扣在地上，本来想扒到墙头看一眼就走，没站稳，把斗踩翻了，弄出很大响动，主人家出来，请他进屋喝杯喜酒，建文帝推辞不肯进去，一位姓花的村民看出端倪，替建文帝解围。建文帝非常感激这位花姓男子为自己保密。两个人年龄差不多，建文帝在村子里没有其他熟人，花先生就成了建文帝最要好的朋友，他也是忠实的佛教徒，建文帝给他讲佛、咏经。建文帝想报答守密之恩，问过花信徒："你想要财富，还是想要后人发达？"花信徒思索后说："那就后人发达吧！"果然，花姓人家多学者，多地方官，直到现在花家都很发达。

怕去晚了买不上票，回程我走得飞快。快到中午12点时，赶到洱源县政府地方志办公室，气喘吁吁，满头大汗，一进门，就直接说："借阅地方志，不带走，就在这里看一看。"男老师先后找来《浪穹县志略》、《洱源文史资料》第四辑、《洱源县志》。踏破铁鞋无觅处，简直不敢相信，今天能有这么多资料。我抓紧时间，尽量给两位老师讲清楚事情的来龙去脉；同时一刻不停地，连抄写带拍照，在借阅的这几本书里惊喜地发现，全都记载有建文帝的行踪。

我根据所见史料，按年份整理了建文帝失位后发生的事，记录一部分建文帝及从亡大臣出亡年谱于本篇章：

建文四年（1402）六月，燕兵犯京，至金川门，谷王穗启门纳之，须臾，宫中火起，皇后马氏崩，帝仓卒间，忽内臣舁一箧至，上述高帝遗命曰："后有急，即出此。"启之，得度牒三。建文帝化名应文和尚、监察御史叶希贤化名应贤和尚、吴王教授杨应能化名应能和尚、翰林编修程济以道人身份从宫出。同出宫的大臣有：御史牛景先、徐府宾辅史仲彬，中书舍人梁良玉、中书舍人郭节、工部司务冯濯、兵部侍郎廖平、刑部侍郎金焦、侍中黄直、指挥从偏将王资，自秦水道出。先至镇江史仲彬家，再至襄阳廖平家，遂行。

永乐元年（1403），建文帝入云南楚雄，居狮山永嘉寺，只有（应贤和尚）叶希贤、（应能和尚）杨应能、（道人）程济跟随。

永乐二年（1404），建文帝离开云南永嘉寺，途径苏州吴江，到史仲彬家住三宿，后来去浙江省天台地区。

永乐三年（1405），建文帝返回时，到四川省邻水县，中书舍人郭节、侍中黄直在大竹（邻水）迎接，建文帝居大竹县善庆里。

永乐四年（1406）三月，建文帝入滇，在昆明西平侯沐晟家住一天。

永乐五年（1407），有人举报建文帝藏匿在昆明西平侯沐晟家，

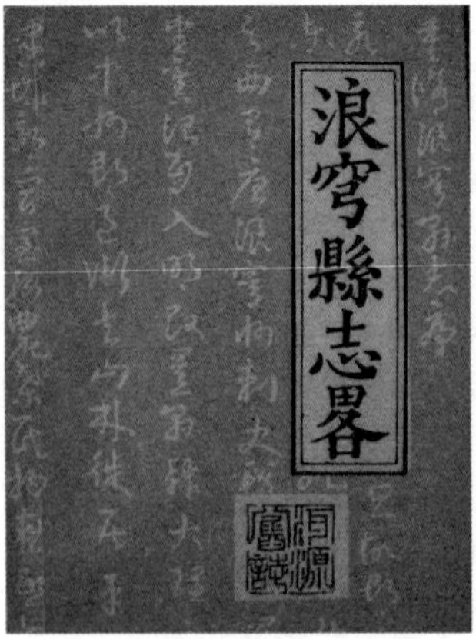

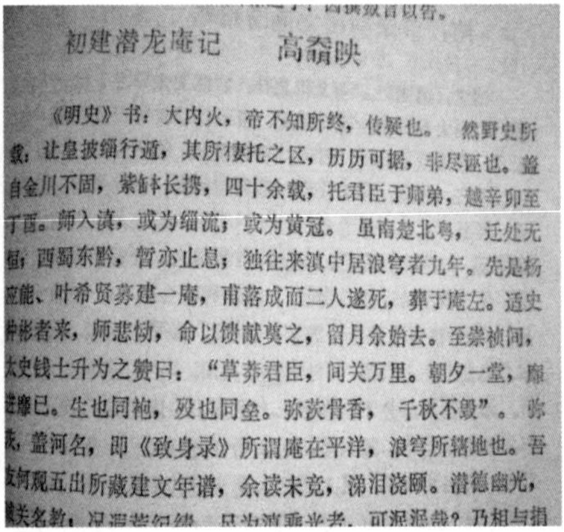
初建潜龙庵记　高翥映

《明史》书：大内火，帝不知所终，传疑也。然野史所载：让皇披缁行遁，其所栖托之区，历历可据，非尽诬也。盖自金川不固，紫钵长携，四十余载，托君臣于师弟，越辛卯至丁酉。师入滇，或为缁流，或为黄冠。虽南楚北粤，迁处无恒；西蜀东黔，暂亦止息；独往来滇中居浪穹者九年。先是杨应能、叶希贤募建一庵，甫落成而二人遂死，葬于庵左。适史仲彬者来，师悲恸，命以馈献奠之，留月余始去。至崇祯间，太史钱士升为之赞曰："草莽君臣，间关万里。朝夕一堂，靡从靡已。生也同袍，殁也同垒。弥茨骨香，千秋不毁"。弥茨，盖河名，即《致身录》所谓庵在平洋，浪穹所辖地也。吾友何观五出所藏建文年谱，余读未竟，涕泪浇颐。潜德幽光，

《浪穹县志略》中记载建文帝及从亡大臣在此建庵

使察前去搜捕，没找到，这年，建文帝结庵云南永昌白龙山（今保山白龙山）。

永乐六年（1408），建文帝住在白龙山时，刑部侍郎金焦、中书舍人郭节、侍中黄直从各地来永昌白龙庵，给建文帝他们送衣、送钱粮。

永乐七年（1409），建文帝离开云南，入蜀，居邻水善庆里。

永乐八年（1410）三月，帝自四川返滇，在清水关道上遇工部尚书严震，相扶而哭，师曰："何以处我最终？"对曰："上自行，臣计之熟矣。"当晚严震在驿亭自缢死，未报官，建文帝回永昌白龙山。七月，建文帝避侦者，逃离白龙山。

永乐九年（1411），有人捣毁云南永昌白龙山建文帝君臣住的寺庙。这年，建文帝到了云南省浪穹（今洱源县），在应能和尚（吴王教授杨应能）、应贤和尚（监察御史叶希贤）二人在弥茨河畔建造的大喜庵，居住下来。

永乐十年（1412），建文帝在浪穹大喜庵，这年三月，杨应能病

逝，同年四月，叶希贤病逝，两人并葬在大喜庵东墙外。建文帝为他两人写墓志曰：二忠之墓。十月，工部司务冯瀧、侍中黄直来浪穹大喜庵探望建文帝。

永乐十一年（1413），建文帝离开浪穹，南行至蛮甸。

永乐十二年（1414），建文帝在浪穹大喜庵。

永乐十三年（1415），建文帝离开云南省入湖南省衡山，下衡山后去过工部司务冯瀧家，没遇见。归至夔州时见到冯瀧与侍中黄直时，二人于途中在萧寺都生重病，建文帝留下护理二臣，二人不治病逝，建文帝埋葬他们之后，返还浪穹。

永乐十四年（1416），建文帝在浪穹大喜庵。

永乐十五年（1417），建文帝另有筑室在鹤庆山中（洱源牛街观音寺），徐府宾辅史仲彬在这里找到建文帝，送上方物献给建文帝。师悲恸，命至浪穹奠于应能、应贤墓，史仲彬留月余去，中书舍人郭节的弟子了空来报丧，说郭节已死。

永乐十六年（1418），建文帝来贵州，来往于镇南、广顺之间。

永乐十七年（1419），建文帝在贵州。

永乐十八年（1420），建文帝离开贵州，十月，入四川登峨眉山。

永乐十九年（1421），建文帝离开四川，入粤，十一月又回到浪穹，住鹤庆（今洱源牛街观音寺）。

永乐二十年（1422），建文帝在鹤庆。

永乐二十一年（1423），建文帝离开云南，去湖北。

永乐二十二年（1424），从湖北到江苏，在苏州遇史仲彬，因此至史仲彬家，这年明成祖朱棣病逝。

洪熙元年（1425），明仁宗朱高炽即位，建文帝渡海登普陀山之后，返还鹤庆。这年，明仁宗朱高炽病逝。

宣德元年（1426），明宣宗朱瞻基即位，建文帝住在鹤庆（洱源牛街观音寺），派翰林编修程济往河南省，看望同亡大臣指挥从偏将王资与刑部侍郎金焦，程济尚未到河南省，得知王资、金焦二臣已经病逝。

宣德二年（1427），建文帝在鹤庆，八月，麓川发生叛乱，建文帝离开云南省。

宣德三年（1428），在半路上听说史仲彬在监狱里的死讯，建文帝哭了。五月，建文帝从西陵（今湖北省武汉市新洲区）进入陕西省，十月，到汉中。

宣德四年（1429）五月，建文帝复回浪穹，大喜庵被毁，重建。

宣德五年（1430），建文帝在浪穹大喜庵，作文章、作诗，哭从亡诸臣之死者，且命程济各为传，藏于岩中。

宣德六年（1431）二月，建文帝离开云南，先入陕西，再楚、蜀、吴、越，逾岭至桂林，这次建文帝游历六年多，才往回返。

宣德十年（1435）二月，明宣宗朱瞻基病逝。明英宗朱祁镇即位。

正统元年（1436），建文帝在浪穹，他想东归，说自己已经六十多岁了，翰林编修程济力谏阻止。仍居浪穹大喜庵。

正统二年（1437），建文帝从广西省还，复居浪穹大喜庵。

正统三年（1438），建文帝在浪穹大喜庵的主庵弟子应知逃跑，建文帝怕应知和尚暴露他的行迹，便与程济急行入广西，居广西横州山寺中。

正统四年（1439），程济谏劝建文帝回云南，建文帝不许。

正统五年（1440），建文帝复入贵州省，至贵州之金筑司，题诗罗永庵之壁上，会有同寓僧窃诗报思恩土知州岑英，所自诈是建文帝者，械入京。同寓诸僧俱逮，遂及师。时程济已九十余，发尽白，负橐以从。九月，建文帝在北京，被皇帝下诏迎入大内。

《浪穹县志略》一书的编纂者周沆，是清光绪年间进士，光绪二十九年（1903）任浪穹知县，一百多年前编写这种书，可信度非常高，书中记载着建文帝失位后的踪迹（按年份）和有关云南省洱源县茈碧湖镇潜龙庵的建与毁，以及重修的年代、出资修建人士姓名等。

其中还记载：永乐十年（1412），建文帝在浪穹，三月杨应能卒，四月叶希贤卒，并葬庵东。建文帝为志曰："二忠之墓"，并赋哭诗一首："阅罢楞严磬懒敲，笑看黄屋寄团瓢。南来瘴岭千层回，北望天门万里遥。款段久忘飞凤辇，袈裟新换兖龙袍。百官此日知何处？惟有群鸟早晚朝。"

书中还记载了这首诗："牢落西南四十秋，萧萧白发已盈头。乾坤有恨家何在，江汉无声水自流。长乐宫中云气散，朝元阁上雨声收。青蒲嫩柳年年绿，野老吞声哭未休。"书中记载说这首诗乃明英宗朱祁镇正统二年（1437），建文帝在浪穹所作。

《洱源文史资料》第四辑中收集了清康熙三十一年由大理通判摄浪穹县知事黄元治写的《潜龙庵》文章、清康熙初年邑明经浪穹人士

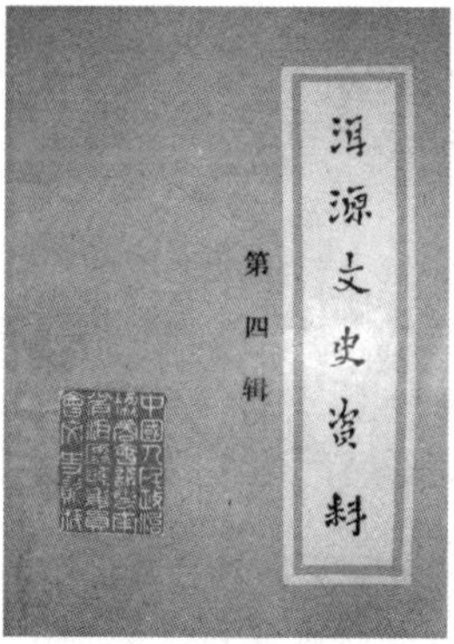

《洱源文史资料》

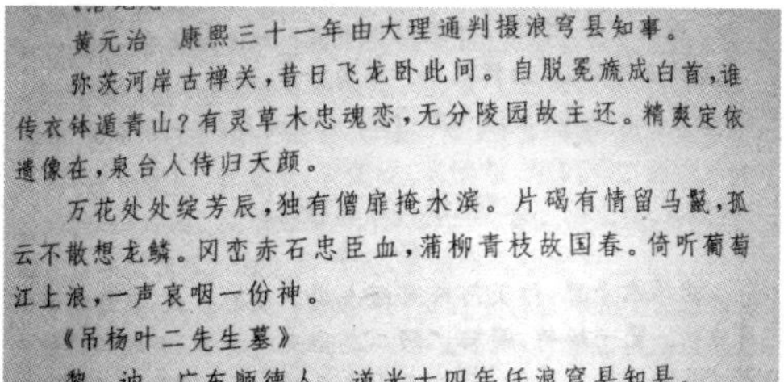

黄元治　康熙三十一年由大理通判摄浪穹县知事。

弥茨河岸古禅关，昔日飞龙卧此间。自脱冕旒成白首，谁传衣钵遁青山？有灵草木忠魂恋，无分陵园故主还。精爽定依遗像在，泉台人侍归天颜。

万花处处绽芳辰，独有僧扉掩水滨。片碣有情留马鬣，孤云不散想龙鳞。冈峦赤石忠臣血，蒲柳青枝故国春。倚听葡萄江上浪，一声哀咽一份神。

《吊杨叶二先生墓》

黎　讷　广东顺德人。道光十四年任浪穹县知县。

出郭未十里，为访潜龙庵。潜龙庵前草木胫，丰碑大字留天南。云是有明二忠墓，道旁过者为停骖。二忠伊谁杨与叶，从亡数载吞声泣。朝衫脱却换僧衣，万里相依忍言别。何期一

— 174 —

黄元治及黎讷的文章

何星文所写的《贤能二忠墓碑记》、清道光十四年任浪穹县知县的广东顺德人黎讷写的《吊杨叶二先生墓》及《潜龙庵吊明惠帝二首》。

《洱源县志》记述了洱源县潜龙庵遗址的地理位置，位于洱源县城东北4公里，赤硐壁山东麓弥茨河南侧。包括王滇生先生告诉我的事：正统三年（1438），建文帝徒弟应知逃遁，虑迹露，建文帝与程济毁庵、平墓急行入粤西，居广西横州山寺。

清康熙初年，姚安土官高奣映游浪穹，参与捐资，于草庵原址建成潜龙庵，合资建庵者还有何星文、朱臣、杨自然。清咸丰六年（1856），兵乱，潜龙庵被毁。清光绪年间，和尚本敬化缘重修毁坏的潜龙庵。《洱源县志》记载许多诗、词、文章，这些都是至关重要的历史证据。

从洱源去丽江，会途经鹤庆县，由于建文帝逃亡生涯中多次出现鹤庆，我就顺路去了一趟鹤庆县，但在鹤庆县委史志办借来的《康熙鹤庆府志》中，没有查到“建文”两个字。

本节涉及人物（以下简介摘编自《浪穹县志略》《洱源文史资料》《洱源县志》）：

周沆：清，贵州遵义人，光绪进士，光绪二十九年（1903）任浪穹知县，纂编《浪穹县志略》，作《潜龙庵拜明惠帝遗像》诗：“逊国逃禅两不论，荒词留得画图存。有灵笔墨幽兰叶（帝尚兰花），无人悲歌淡菜根（有淡菜歌）。北阙香云归老佛，南天花雨泣皇孙。春江春柳年年绿，忆到弥茨总断魂。”《二忠墓》诗：“六朝宫殿夜啼乌，梦断仙班待漏趋。故主袈裟悲佛果，孝陵云树鉴忠愚。十年万里卿为客，一穴双忠德不孤。知碣荒坟残照冷，摩挲仙迹字模糊。”

黄元治：清，康熙三十一年（1692）由大理通判摄浪穹县知事，书写《潜龙庵楹联》诗：“祖以僧为帝，孙以帝为僧。转眼判兴亡，法席难追皇觉寺。君不死竟归，臣不归竟死。抚膺悲宇宙，梵钟莫问景阳宫。”

何星文：清，邑明经，浪穹人士，康熙初年同姚安土官高奝映游浪穹，与其找到潜龙庵遗址，与高奝映、朱臣、杨自然等捐资，在旧址上重新修建潜龙庵与“二忠墓”，写有《贤能二忠墓碑记》。

高奝映：清，姚安土官，康熙初年游浪穹，与何星文一起找到草庵遗址，与何星文、朱臣、杨自然等捐资，在旧址上重新修建潜龙庵与“二忠墓”，并撰写《初建潜龙庵记》立于壁。

朱臣：清，浪穹邑士，康熙初年，得知高、何两人欲出资重修“二忠墓”，亦乐襄其事，助资高奝映、何星文、杨自然等，在草庵原址上重修潜龙庵与“二忠墓”，并值亩产公田，聘请僧人常年斋祭。

杨自然：清，浪穹邑士，康熙初年，得知高、何两人欲出资重修“二忠墓”，亦乐襄其事，助资高奝映、何星文、杨自然等，在草庵原址上重修潜龙庵与“二忠墓”，并值亩产公田，聘请僧人常年斋祭。

杨淳：清，乾隆间拨贡，于嘉庆六年（1801），又重书了清康熙初年何星文写的《重修二忠墓碑记》并嵌于墓，建水泥厂时毁。

黎讷：清，广东顺德人，道光十四年（1834）任浪穹县知县，写有《吊杨叶二先生墓》《潜龙庵吊明惠帝二首》。

本敬：清，和尚。光绪年间，本敬化缘重修潜龙庵。因潜龙庵毁于咸丰六年（1856）兵乱，本敬化缘再修。

杨金和：清，光绪十九年（1893）举人。光绪年间，和尚本敬化缘重修潜龙庵，杨金和为其重刻写了黄元治所题《潜龙庵楹联》，挂于潜龙庵正殿檐柱上。

云南广通寂照庵

据说，云南省牟定县的莲城寺、云南省广通县的寂照庵，都有建文帝遗迹。广通县在楚雄州的东部，牟定县在楚雄州的北面，因此我来到楚雄。清晨，带上纸、笔、相机，自楚雄西客运站乘 8 点的班车去牟定县，车程 35 公里。

网上说，莲城寺在牟定县共和镇万寿路（牟定水泥厂），我沿街找莲城寺，竟没人知道，难道是不知名的小庙？或者莲城寺早就废弃了？调整思路，先找到牟定水泥厂，水泥厂附近问过许多人，都说没有莲城寺，以前也没有，没听说过，这是怎么回事？

决定还是去牟定县志办公室。地方志办在县政府大楼内，办公室不太大，有两位老师在，我说："老师，在你们县城的共和镇万寿路水泥厂找不到莲城寺。"年纪稍长的老师说："有个莲城寺，不在县城，远得很。"年轻老师找来《定远县志》，并解释说"牟定县"早先称"定远县"。查找到更早的《定远县志》卷三，发现确实有莲城寺，但是是明毅宗崇祯十六年（1643）建的，地址在牟定县东九十三里（现在的安乐乡）。因此，安乐乡白马山上的莲城寺是明末建的，与建文帝失位相差 240 多年，一定没有关联，这时，我才知道自己的信息有误。

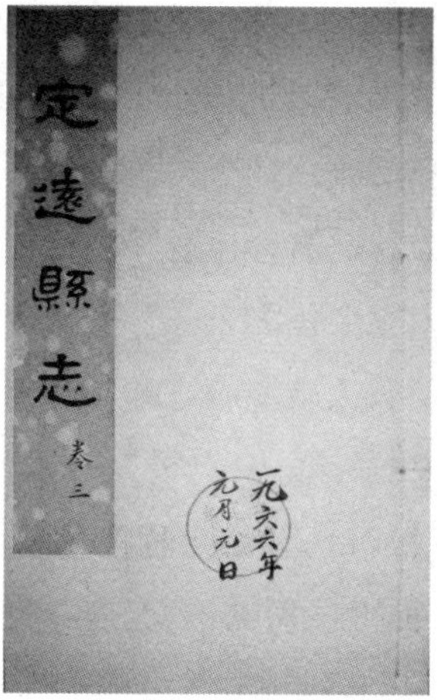

《定远县志》卷三

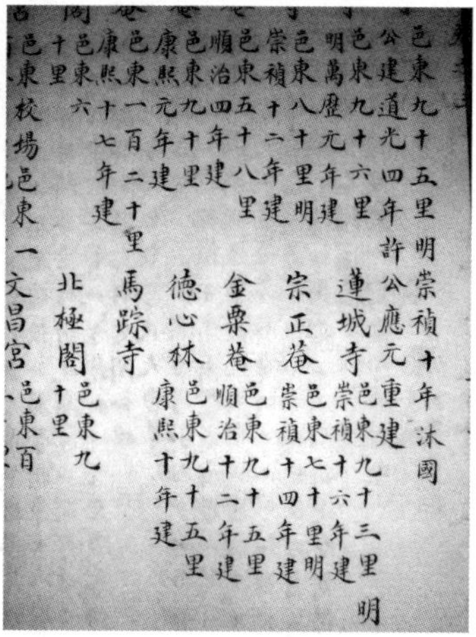

莲城寺的建造年份

从县志办出来，回到楚雄火车站，下午找到楚雄彝族自治州办公室，出示身份证后，我直接问：“老师，楚雄州有几个地方有建文帝遗迹、遗址或者传说？州志有没有记载？”自治州办公室的老师没有直接回答我，一位负责老师出去一会儿，取来一本很厚的名叫《楚雄彝族自治州》的文献给我看，书中对三国时期诸葛亮在云南的几场战役、对明朝期间大屯军、对小南明朱由榔的历史，都有详细的记载，却没有建文帝的名字。

不一会儿，那位老师又找来一些杂志。他从其中一本叫《史海钩沉》的杂志中复印了几页有关建文帝传说的文章送给我，分别在杂志的 2005 年第 3 期、2012 年第 3 期、2014 年第 1 期。在介绍武定狮子山的文章里，有建文帝传说，还有文章叙述了广通寂照庵建文帝住一宿、留下诗稿的事。

寂照庵离广通县最近，属于禄丰县管辖，今天有幸，在楚雄州政府办公室看到《禄丰县志》，用不着去禄丰县找文献了。

《禄丰县志》中有“建文帝宿寂照庵考”，为李铨撰文，说：“明建文君自金陵失守，即祝发为僧，与从亡诸臣潜出大内。末几入滇，常往来黔蜀及粤卤诸禅寺。一日，至寂照庵住宿行脚，萧瑟人无有知者。及去，留诗其地。人见之，始知为建文君曾托宿其中也。当时甚密，人莫敢明言，待其诗流田野，土人至今传之……”一文定论，广通县寂照庵有建文帝的故事。我决定明天去寂照庵，蛛丝马迹都不能放过。

第二天清晨，到达广通北站。出站时，有位出租车司机走过来问我进城吗。他以为我是去寂照庵烧香的，我说：“不是，我去找建文帝遗迹。”他又说：“太早了，路上没有行人，不安全，那座山大得很，先吃早饭。”他替我建议了行程，还找了一家早餐店，下车付车钱时他又说：“多问问，山里要迷路呢。”虽然我嘴上说我会的，但是当时并没往心里去，进到山里迷路时，才知道，这些话何等重要！

吃完早饭，顺着公路，不知不觉走出县城，公路上连一个人影都没有。后来，遇见两位带农具的同路人，我赶紧凑近问路，其中一位中年妇女说：“几年前，寂照庵开光的那天去过，从公路上山走 8 公里。要坐汽车，得等姚安、楚雄、南华的班车，这些车都路过。”我问她：“那个站名叫啥?”她说：“就叫 8 公里。”还说，“下午过路车多，早晨少。从加油站旁边下山走小路也行，近些。”我们三人并肩走了一程，最后只剩下我一个人，孤零零地走在空荡荡的公路上。两边都是庄稼地，这时，还没人下地干活。又走一程，看见一个加油站，公路边有一块大石头，上面刻着“上南屯村”，不知道是哪里。正好，加油站院墙外面，有位师傅站在那里，我走过去问：“先生，寂照庵怎么走?”他指着对面大山上的白房子说：“绕过那个白房子有路。”离我们大约 20 多米的地方，有位抱孙子的先生接话了，他带着我走到一住户人家的院墙背后，在那里能看见下山的小路。这位先生很耐心，他详细地介绍说："那个白房子后面，有条工程队上下班的临时路，从路上走，不要上桥，上到桥上就下不来了，从桥墩子底下穿过去，再上左面的山，路窄的很，看见水池向右走。"他又伸手指着远处的群山说，"晴天能看见寂照庵，可不敢走错噢！迷了路两天都走不出来，再问问。"我心里想：两天都出不来？有那么玄？说声谢谢，就信心满满地碎步下坡。

山坡上林木相映，山峦环绕，山路如蛛网一般不明确。下到山底再说吧，群山中间一大片洼地，被弯弯曲曲的田埂随意地切成小块，一块一块向外扩散，梯田随着地势一层一层地往上抬升。不知不觉地，我已经走了很长一段路。看见田坎上有三个可以蹬脚的小窝窝，我跨了上去。忽然间，有人在背后唤："上错了！下来。"

我连忙伸直一条腿，脚尖刚刚能够着田埂，回头看见有位农民朋友停下了手里的活。他见我站稳当后，扬扬脸说："从那儿走！"我连忙道谢。这时，不由自主地往刚才下山的方向看了一眼，见对面山上抱小孩的先生，远远地原地站着，只能看到人影，肩头部位是白色的，我断定他面向着这边，想起他刚才说的"可不敢走错！迷了路两天都走不出来，再问问"，他一定一直在原地看着我。顿时，我感动得差点掉下眼泪。

我顺利地上到有白房子的大山上。其实白房子并没有挡在路口，这座山的山脊比较平缓。这上面，又是一个村子，它在山梁上，与另外几座大山对峙。都是小块自留地，全都种着农作物。我抻着脖子往前看，看见那条简易公路了，果然，有一辆拉着水泥预制件的大型平板载重车，从简易公路驶过，往对面那座山上的工地驶去。

下第二座山，还有一座更大的山需要逾越，我的天呀！再找人问路吧！我先站着不动，观察邻近山势，辨别方向。不一会儿，从山坡的院里，出来一位年轻妇女，我说："姑娘，我要去寂照庵。"她答："去寂照庵没路，那里有鞋印，顺鞋印走。"这时，一位年长点的女村民过来说："我知道去寂照庵的路，你明天来，我带你去，今天村里办喜事，我回来帮新郎家做饭待客，今天没空。"我问她："你是不是经常去寂照庵？"她说："我是寂照庵居士，平时就住在寺庙。"可是我没法等到明天。见我一定要今天去，她用了好几种方法给我指路，我都不明白。忽然想起加油站边上那两位师傅说过"从桥墩子底下穿过"，我赶紧问："桥墩子在哪？"她非常热心，带我走下山坡，这里仍然看不见桥墩子，她给我指了桥墩子的方位，便急匆匆地上山，帮别人忙喜事去了。

我从桥墩底下走出来，眼前是马蹄状的山坳，农田被圈在中间，老天爷送给农民一条平坦小路，忙完地里农活回家，不用逾山越岭。照之前村民的指示，我从左面有鞋印的路上山，没有台阶，山坡上土质松软，行人踩出来的路比较宽。好不容易爬坡上岭，极目远望，郁郁葱葱，叠翠的森林与紫红色土地连成一体，形成强烈的视觉冲击。这片大地，像切开的千层饼，只看断面，颜色略有不同，薄一层厚一层压在一起，远看又像几个云梯并排放着。这段山路不好走，陡坡上土是干的，水平地势的土是潮湿的，地上有小坑，那就是一汪泥浆。我鞋底上黏的泥巴很厚，像骆驼蹄子一样，完全没有鞋底形状。鞋越来越重，直到实在走不动了，我第二次坐在地上清理鞋底泥巴时，忽然觉得不太对劲，望了又望，方圆几十公里，只见山崖、高枝密叶、漫空遍野笼罩翠绿，漫山除了我自己，没有看见其他动物的踪迹，也听不见树林里有小鸟喧嚣，大山静悄悄的，一点声音都没有，静得出奇。我有点心慌，自己把自己吓个半死。立刻起身，这时，才发现进退两难，早已走错路了。

稍微冷静一会儿，想起"登高望远"，抬头看见山顶上的电线杆，那儿最高，到山上，一定能看见姚安至广通的公路，找下山路应该容易些。可是，险峻的山峰像屏风一样矗立着，坡度特别大，低处的树枝与高处的根茎交织扭结在一起，乱草丛生。我找来一段树枝，不停地轻轻敲打树干，只为打草惊蛇，再伸手拉住，借借力，每升高一米都很艰难。枝繁叶茂的参天大树遮着天空。我觉得高度差不了，从植物堆里钻出来，却找不到电线杆在哪里，彻底失去方向了。

冷静一会儿，继续慢慢往上爬。本来是群山之巅，现在再看时，却如在深壑之中，山峦起伏沟谷纵横。俯身向左下方扫视，忽然，见有疑似寺庙的建筑躲藏在万绿丛中，安静得没有一点生息。它在对面山上，那是什么庙？快到那座山的山顶了，两山之间是深不见底的川，长满植物，无处下脚。几经努力，最后，在树木与杂草丛中找到只有一身宽的空隙，我腰弯得低低的钻出来，在一小块平地上立定，拉近照相机镜头，拍下两张照。此时从我进入这座大山算起，已经走了 6 个多小时。

这时，又想起进山时那两位兄弟说过的一句话："寂照庵背后有公路出山"。因为迷失方向很久，没得选择，迫不得已，我顺势而下，走上只有 1 米多宽的小路，左边是山谷，地面上是厚厚的枯枝落叶，很滑。我低着头，小心翼翼走完这段，路宽了，视线开阔了，我站定抬起头，看看什么情况，忽然眼前一亮，有大路！我高兴得不行，你猜怎么着？无意间，竟然走到从寂照庵下山的公路上来了！心中一块大石头总算落地

深山中的寂照庵

了，我立刻走这条路折回去。

想象中的寂照庵，应该香火鼎盛，是信众们祈福求安的风水宝地。但是，广通县寂照庵的情景大不相同，它在重重山峦之中，由密密的树木护着，听不见敲木鱼、念佛、诵经的声音。为什么会这样？我带着疑问走进山寺。寺庙里只有我一个来客，可能平时香客也不多，院子里两只狗狗见有人进来，不停地“汪汪”叫，女僧师傅管都管不住，看来平日这里门庭冷落，狗狗很寂寞呢。女僧师傅见有人来，很高兴，她拉着我的手说：“吃过饭我带你走走。”

趁女僧师傅做中饭，我先在水龙头上洗干净脸，洗掉鞋袜上的泥巴，袜子晾在石头上，光脚穿上湿鞋，一个人转悠。这座寺庙真有点“幽静闭塞，起卧隔绝人世，沐风饮露，独与天地精神往来”的意思。

寂照庵分为三部分，最上面是玉皇阁，中为观音殿，最下面是大雄宝殿，看碑文记载，说是明太祖朱元璋洪武初年修建的，后来又多次修缮过，最后一次是近几年，由政府与信众共同修缮的。

寂照庵有新简介、老简介、寺内墙上简介，三种说法各有不同。进入玉皇阁大殿，墙边角落，是一块石质老碑，阴文刻制的，字字涂抹金粉，载文说：“广通寂照庵位于禄丰县广通镇七公里半的珊琅丰山上，山清水秀，绿树成荫，花草树木苍松翠柏，竹木环绕，大有深山藏古刹兼世外桃源的诸多优美环境……此庵历史悠久。据康熙广通县志和大清同治二年碑记记载：明朝建文帝自金陵失守即削发为僧，与从亡诸大臣流亡入滇避难，常往来于贵州、四川及广东诸禅寺，一日，至寂照庵住宿，留诗二首。

一曰：阅罢楞严磬懒敲，笑看黄屋绕霞标。南来瘴岭千层迥，北望天门万里遥。款段久忘飞凤辇，袈裟新换兖龙袍。百官此日知何处？惟有群鸦早晚朝。

二曰：断绝红尘守法宗，清高不比世人同。牢锁心猿归定寂，莫教意马任西东。禅杖曾挑沧海月，蒲团又接祖师风。吾今满眼空门事，坐向天涯说化工。”

看罢，我与女师傅在庵里一起吃中饭，半锅野菜玉米糊，两只馒头，一小碟从超市里买的辣酱，就是一顿简餐。寺庙里可能没种蔬菜，女师傅的饭食极其简单清苦。吃饭时，我们聊了几句，她是本地人，有儿有女，因为腿脚不方便，基本不出寺庙、不下山，有一位值班居士，回家休息时顺便到县城买些粮、油、菜等日杂用品带回来。我想，可能就是前面遇见的那位帮人忙喜事的女师傅吧。

从简介中已经得知建文帝来寂照庵的经过，就不再麻烦师傅陪着，请她给我指下山路，好尽快回去查文献。她陪我走到寺庙后面，来到公路上。在户外，我才看清楚，她的气色很不好，脸黄黄的，走路极慢。我怕累着她，劝她回屋休息，我已对道路很熟悉，不会迷路了。

从寂照庵出山是条土路，循路下山较平坦，到与公路接轨的三岔路口，看见有一块很不起眼的小小路牌蹲在地上，木牌标示着去寂照庵的方向，从这面上山才是正道。我顺公路走到主干道上的“8 公里站”，这里有一幢平房，屋檐下有“禄丰县多拉森林防火检查站”字样。这时，突然风雨交加，没处躲藏，雨伞被风吹得把持不住，人都要跟着它去了，更遮不住我的裤腿、鞋、袜。眼巴巴地等待从姚安来的过路车快些来。车终于来了，有很多空位，一直坐到在广通县城大街下车。这天足足走了 9 个小时，见到了深山中的寂照庵，很欣慰。

四川崇州凤栖山古寺

转眼已是第二年，我整理行装再次出发。这一次的第一站是四川崇州。乘上龙泉驿汽车站开往崇州市的高速大巴车，辗转找到崇州市委党史办公室，向办公室老师借阅《崇州县志》。《崇州县志》中，没有建文帝及从亡大臣的内容。借阅的《穿越街子》杂志里面，写了一段建文帝落难时住在凤栖山古寺的故事，说建文帝在蜀献王的奏书中，了解到法仁和尚与古寺的渊源后，不但当即同意赐法仁和尚“悟空”称号，还同时赐予古寺五大珍宝，分别是：一部梵文《华严经》，半幅銮驾，四杆龙凤旗，五间琉璃瓦，两口锅（人们把它们叫“千僧锅”）。后来，“建文帝危难驻跸古寺”。古寺救建文帝于危难之中，就是对建文帝御赐之物的最好回报。

办公室女老师介绍我去崇州市档案馆，说那里图书多，可能有我需要的。我乘出租车去档案馆，借阅了清朝时期的县志，找不到任何与《穿越街子》相符、相似的内容。因为《穿越街子》说的是街子古镇凤栖山的故事。

我早先看过街子古镇的宣传材料，说：古镇西部的凤栖山上有“光严禅院”“晓皇寺”“回龙寺”“龙潭寺”“瑞龙桥”“御龙桥”“朝元寺”“建文禅院”。街子古镇有这么多看似与建文帝相关的遗迹，为搞清真相，我得去凤栖山。于是，马上从市档案馆返回崇州汽车站，乘坐大巴往街子古镇而去。

到古镇路口，乘客统统被赶下车，我绕道走进停车场院里，没有线路图或指路牌。没办法，只能朝着古镇方向，在公路上步行，一直走到岔路口的交警值勤岗，求助于值班女交警，有交警帮助，我才乘上去“古寺”的车。“古寺”是公交车开往凤栖山的一个站名，路程不短，山路弯道多，终点站是凤栖山景区大门口。

凤栖山上，参天古树掩映着高高的山门，山门两侧立柱上刻写着：“胜地承恩銮驾恭迎洪武藏，梵天兴善凤栖长隐建文踪”。从山门往里看，一眼望不尽众多的殿宇、佛堂。我问了当地人，得知10分钟就能走到光严禅院。寺院门外的停车场，有两条专车线路回街子古镇。

“古寺”是光严禅院的俗称，原名常乐寺，宋朝曾用名翠围寺。光严禅院始建于隋文帝时，隋文帝敕赐匾额“光大严明”，据说有僧近千人。历年来，都开期传戒。沧桑变故，多次培修，多次命名，现在高挂山门的匾额是清康熙皇帝赐书的“光严禅院”。

这座禅院，地处四川省崇州市的西北部，在街子古镇的西面的凤栖山上。凤栖山被誉为川西第一山，被原始森林抱在怀里。原先，周边不远处还有山郎庙、城隍庙、蒋家庵、千佛山、城隍沟，从古至今都是蜀人居住的地域。

从山门进去，是宽宽大大的石板阶梯；山门边，有一条简易的汽车路，一直通到禅院，不过，那是寺院专用车道，私家车、出租车等机动车辆不得入内。当漫山遍野的林木、欲与天公试比高的苍松翠柏、古朴的庙宇映入眼帘时，就明白光严禅院不年轻。踏上曲径通幽的小路，绕了好几个圈，都没找到宣传材料上说的那些建文帝遗迹。于是，我往出口方向走，到大雄宝殿前售卖香火的摊位处，把禅院墙壁上的宣传资料和宣传栏上的内容，细细再看一遍，摘抄一些：

“1370—1374年，明太祖朱元璋在全国各寺查访叔父（法仁和尚）。蜀王朱椿，在崇州街子镇‘常乐寺’曾见到这位叔祖父。但法仁和尚不愿意下山回京。朱元璋得知叔父已成为高僧，写下‘纯正不曲’四个字赐予禅院。

1372年，明太祖朱元璋施行‘偃武修文’的治国方针，曾敕令在南京‘蒋山寺’雕刻官版《洪武南藏》，并于公元1398年刻成。

1416年，蜀王朱椿再次将叔祖父在‘常乐寺’修行一事奏明惠帝朱允炆，建文帝下旨赐号‘悟空’，赐‘常乐寺’为‘光严禅院’，赐《洪武南藏》一书。”

而在《光严禅院（古寺）溯源》一纸传单中，有些内容与其不一致，在传单内容里的《“光严禅院”古寺重要记事》中是这样记载的（摘取）：

“三、古寺藏经《洪武南藏》系明朝（1406）明成祖敕赐。此经由‘悟空’和尚从印度奉回。现存于四川省图书馆。

四、皇锅一对，明朝永乐皇帝所赐。

五、半副銮驾，明朝永乐皇帝所赐。

六、琉璃瓦；明朝永乐皇帝所赐琉璃瓦建筑五间。现仅存数匹。

七、龙凤旗：明朝永乐皇帝所赐。龙为天子，凤谓皇后，在皇帝和皇后出宫时之用，现存于我寺。”

根据我掌握的资料，永乐十四年（1416），建文帝住在浪穹大喜庵，时常出来游走，要是能找到这年他来过凤栖山的文字凭据就好了。我继续询问当地人，禅院一女士告诉我：“西客堂的师父学问很深，就是嗓子痛不能说话。”我说一声：“谢谢，再见！”就转身小跑，奔往西客堂而去，因为想着：晚一步去，师父走了怎么办？禅院里那么多房间，可不好找。

当我进西客堂，看见的是一位面容清秀、风骨非凡、穿着僧衣的中年男子。我愣住了，他的年龄出乎我意料，本以为会是个白须老者。听说师父不能说话，我用什么方法问他呢？师父先向我点点头，我不由得走到他桌前站定，不知怎么开口，打手势？师父反应快，见我愣愣的，他取出一张白纸，在上面写道："你是问什么？"我赶紧接过笔，写上："请问建文帝的'建文禅寺'在哪里？"他接过笔写下："即现在的'光严禅院'。此寺在明朝与朱元璋有缘，所以称皇家寺院。至于建文帝来的时间，约在逃难时路过此寺，住一段后又走了。既来了就肯定在寺内的某处住过，现在也无法考究，哪一年来的也无法具体说清。大约是在他避难失位那段时间。"

我接着写道："那他公元1416年是否在这里？下面院墙上写着1416年。"师傅解释："这个时间是寺院开放后，当地政府民宗局与文化局有关领导与地方传说、老和尚传承而来。准确与否，只能参考。"我明白了。我合掌谢过师父，与师父一同出西客堂，他有事去别处，我们就各奔东西。走远了才想起来没有问师父的姓名，真是后悔！他的话很实在，我信。宣传资料可能有误，没找到史料记载，很遗憾。

四川富顺金田寺

想在资阳查建文帝从亡大臣王良的资料，辗转借阅两个县的地方志，都没有王良，只得放弃。但查到一个信息：建文帝到过四川省自贡市富顺县金田寺。于是我决定到富顺找金田寺去。到达的时候已经是晚上 9 点，车站售票大厅下班锁门了，一路上我东问西问的，就是没人知道金田寺。车站附近找了一家旅馆，有位邻家妇女，坐在服务台旁边跟老板娘聊天，听见我在向服务员打听金田寺，她接话说，金田寺可能在千佛寺，并告诉我该乘什么车，在什么站下车。

去千佛寺的公交车，就在富顺汽车站门口乘，是一条去乡下的线路。乘客基本是当地人，行车不报站名，我怕坐过站，时不时地问一声："师傅！千佛寺到了没有?"全车人都听见。快到卫生院时，一位女乘客对我说："这里下!"她伸长手臂，从窗口指向一座大山，"在上面!"

这个站就我一人下车。一条公路在此处分为两条路，呈"丫"字形，夹角约有 120 度，千佛寺在公路右面的山上，路口没有标示牌，我能从石板台阶两边石雕的数量和大小分析出来：从这里去千佛寺是对的，路遇下山者也证实我的观点，行人见到我，都说："再往上!"再往上，坡度大约 60 度，台阶望不到头，千佛寺高高在上，我时不时驻足，仰起头来看一看，望山兴叹："还没到？"

忽然，千佛寺大殿横挡在面前，不用爬上山顶。面前出现许多殿宇，千佛寺最高、最大、最气派。我独自一人转了小圈转大圈，就是找不到金田寺，问过几位香客都说："附近没有。"谁也不知道金田寺在哪。这时，我才觉察到金田寺不在这座山上，今天是白跑一趟了。可我不死心，到后厨询问一位洗菜的僧尼师傅，她说，她们师父年纪大，知道的事情多，让我去问师父。经她一指点，我紧贴"接引殿"，从殿前经过，在夹缝豁口处，一直走到两幢房子连接的拐角，走过一段很窄的通道，在堆放杂物的地方看见楼梯。小楼梯通向一幢三层的单面楼，光线比筒子楼亮堂的多，二楼是僧尼的休息室。听见紧靠楼梯口那边一间有声音，门开着，看样子是办公室，我在门口停下，里面有三位女僧师傅在擦拭小佛像，一位年长的女僧师傅正在调试播放器的音量，我说明来意，直接问她："这里从前叫金田寺吗？明朝？"她没有直接回答，停了一会儿才说："你找金田寺做什么？"我说："明朝建文帝到过金田寺，师傅您知道这事吗？"她说："知道，今天我有事，明天带你去。"我大喜过望，赶紧问："师傅，路远不远？坐不坐车？明天您能走开吗？"她说："要打车去，金田寺在安溪镇，归我管。"她说的是方言，我生怕听错地名，又问了两遍叫什么镇，递上纸、笔，请她写在纸上，她眼神不太好，写字有点费劲，但是，可以辨认是"安溪镇"三个字。真想不到峰回路转，目标明确了。谢别女僧师傅，我一瘸一拐地走出千佛寺大院。

这座山很大，一口气走到山下，才发现自己两腿发软，一下跌坐在地上，休息了很久。山路豁口处有公交车站，没等多久车就来了，向驾驶员打听去富顺县委、县政府怎么走，驾驶员说："到了我叫你。"

富顺县城不大，下车后没费什么周折，就找到富顺县委地方志办公室。缪勇、文明亮两位老师在办公室，我说我想在《富顺县志》里查一查，明朝建文帝是不是真的来过富顺县金田寺。他俩异口同声地说："有这事！"看得出来，两位老师对自家的地方志内容了如指掌。

缪老师转身从书柜里抽出一本书，翻到页，递给我，是一本没有标点符号的文献资料，我翻回书的封面一看，见是清乾隆四十二年段玉裁修的县志。我不由得惊喜地说："这是我看见记载建文帝行踪最早的版本。"缪老师说："段玉裁是江苏金坛人，他是纂修《四库全书》负责人戴震的学生。"

我埋头细看，很快在《富顺县志》里看到"建文""程济""金田寺"几个字，非常激动，接着在第347页，找到"康熙七年僧水谷建阁祠建文之像"的句子，印证了建文帝来过这里的说法。文献里还记有一首建文帝与程济的诗作："吴霜点点鬓毛侵，不改惟余匪石心。作客岁寒应自久，避入崖壑未曾深。虎龙追逐知心少，鱼雁依然远信沉。回首金陵悲往事，短筇高岫一登临。"这首诗在其他文献里从来没看见过。

这本《富顺县志》中，有对程济等十一位从亡大臣表示出无比同情之意的文章，还借用历史故事赞颂建文帝的从亡大臣们；对兵部侍郎廖平藏匿太子、西平侯沐晟暗护建文帝一行、工部尚书严震自缢身亡保护建文帝的事迹，均给予肯定，赞美他们"悲歌饮泣，忠贞诸公"。

《富顺县志》记载："金田寺在县城南四十里青山峡之右，成化年间重修，有建文帝像，尚书周洪谟有八景诗并序，不传。"

这县城说的就是安溪镇。我把去安溪镇看一看的想法，告诉缪老师，他说："寺已经被毁坏，一定要去的话，客运站有开往安溪镇的班车。"临别时，缪老师把县志中与建文帝有关的内容复印好送给我，说："谢谢你喜欢我们的县志，回家慢慢看，再联系！"

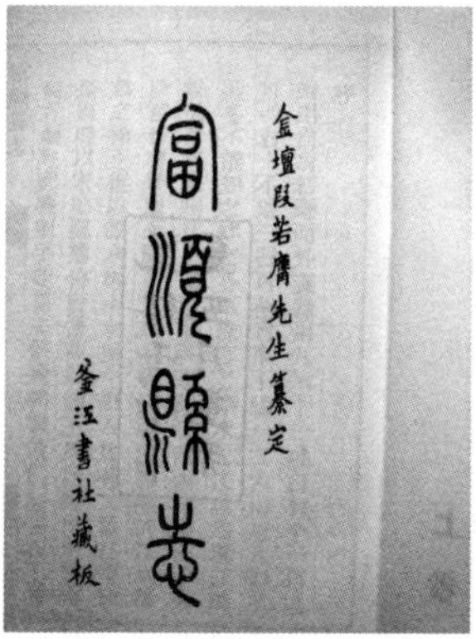

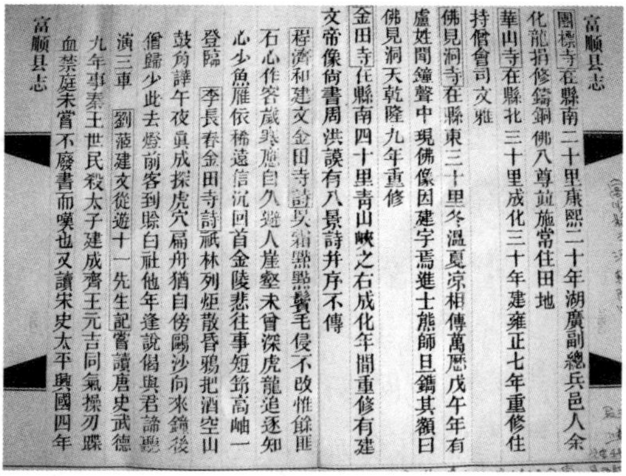
富顺县志
圓標寺在縣南二十里康熙二十年湖廣副總兵邑人余
化龍捐修鑄銅佛八尊並施常住田地
華山寺在縣北三十里成化三十年建雍正七年重修住
持僧會司文雅
佛見洞寺在縣東三十里冬溫夏凉相傳萬歷戊午年有
盧姓聞鐘聲中現佛像因建宇焉進士熊師旦鐫其額曰
佛見洞天乾隆九年重修
金田寺在縣南四十里青山峽之右成化年間重修有建
文帝像尚書周洪謨有八景詩并序不傳
程濟和建文金田寺詩艮霜點點鬢毛侵不改惟餘匪
石心作客歲寒應自久避人崖壑未曾深虎龍追逐知
心少魚雁依稀遠信沉回首金陵悲往事短筇高岫一
登臨 李長春金田寺詩祇林列炬散昏鴉把酒空山
鼓角譁午夜眞成探虎穴扁舟猶自傍鷗沙向來錦從
僧歸少此去燈前客到賒白社他年逢說偈與君譚戀
演三車 劉蕴建文從遊十一先生記嘗讀唐史武德
九年事秦王世民殺太子建成齊王元吉同氣操刃蹀
血禁庭未嘗不廢書而嘆也又讀宋史太平興國四年
富顺县志

《富顺县志》

乘安溪镇的乡镇巴士，一个小时后，开到安溪镇的一个路口，同车乘客说：“不用去镇上找车，绕远了，安溪镇没有公交车去金田寺，就这里找。”班车驾驶员从窗口伸出左手，叫停一辆摩托车，让我们自己商量价钱。下车的地方是上山的路口，距金田寺 4 公里，全程都是山路。摩托车开到一处田边，师傅把我放下来，示意接下来的路要自己走。

路边有几间破旧平房，我正想找人问路，抬起头来，看见正屋门楣上一条红底黄字的横幅时，惊到了！上面写的是“安溪镇临江村金钿寺”，房门两旁各一尊老古董，矮个子石狮子；另一间房门边钉着一木板，白底黑字写着“富顺县安溪镇临江村金钿寺”。难以置信，再次看两处的招牌，没看错，难道这就是金田寺遗址？这个金田寺的建筑规模完全没法与千佛寺相提并论，为什么？

我满心疑惑，要找人刨根问底，搞清楚眼下景象是怎么回事。刚才上来时，见侧面一小屋，门一直敞开着，屋里很昏暗，内墙壁上画的人像很大，画的谁？我想走近看一看。走回那间侧屋门口站一会儿，眼睛有点适应了，看清楚房角有位男师傅和衣而卧，被我叫醒后，他穿着拖鞋出来，我说：“师傅，不好意思把您吵醒了！请问墙上画的是谁?”他说：“明朝建文帝。”

我更惊讶了。安溪镇、金田寺、建文帝画像，难道说这就是《富顺县志》中提及的“金田寺建文画像”吗？我忍不住，看看画像，又看看眼前站着的人，不知道说什么才好。师傅见我一脸疑惑，接着说：“最早金田寺在山顶上，早些年拆的，石料都运下山，围田、盖猪圈用了。”我问他：“老金田寺现在有没有留下的破墙、烂瓦、石料、房子地基什么的？离这远不远？路好走不好走？您能不能离开一会，带我去看一看？到跟前指一下也行。”他没有带我上山的意思，却说：“这里有。”他边走边说，“山上啥东西都没有。”我们绕到屋子后面，见到的景象，让我吃惊不小。眼前确实有许多不属于这里的物件。

墙脚处，码着几根长方柱形的石头构件，非常大，虽说长了一身绿色苔藓，但是，还是能看清楚这些石头构件的真面目，全部都精雕细琢过。场地上还有其他构筑原件，棱角虽然已被时间磨圆了，但是，旁观者一看就明白，眼前这幢房子，承受不起这些庞然大物。老地方的“金田寺”拆毁前一定非常壮观。

堆着庞大石料的屋后

金田寺内建文帝画像

该看的、该问的，全都有结果，实地证实一下是必要的，但还是《富顺县志》里的内容丰富。我要走了，告别曾师傅时，他引导我从房檐下的小路走，说，下山后就是公墓豁口，在那里等车。这条小路不长，它连到一条比较宽阔、干净、可以行驶农用车的水泥路上。大山里气候多变，一阵阴雨蒙蒙，一时薄雾轻绕，一会又有阳光漏下来，道路两旁有几间村民住宅，各家种的菜圃不用围墙挡着，种的花木都很高大，有冲向屋顶的那种，与路边低矮而色泽鲜艳夺目的野花交相辉映。山上有些植物，我从来没看见过，也没听说过，这座山既神奇又漂亮。难怪古人把寺建在这里，难怪文人骚客在金田寺留下大量诗赋，难怪程济带着建文帝"短笻高岫一登临"来到这里。

我又想，这里的地名怎么叫"临江村"呢？我没听见流水声，也没看见一条能行船的江河，大概河流在山下吧？

步行约 30 分钟，就能看到坡下的公路，下行路的左边是"安溪金田寺公墓"，站名叫"公墓豁口"，离安溪镇 5 里路。怕赶不上车，我碎步小跑，下到山脚，听见涛声滚滚，一条大河从公路桥下奔腾而去，我顺河走到公路上，桥栏杆的石柱头上写着"观音溪大桥"。看来我想得不错，临江村因滚滚大河而得名，少雨的季节河水应该比今天平缓。这里水路便利，建文帝与程济及其他大臣，可以乘船来金田寺。

我暂时离开公墓豁口站，到路边一户人家屋檐下躲雨，那儿已经有两个人坐着，主人进屋，拿出一把竹椅让我坐。他们几个人正聊得热火朝天，我静静地坐着没插嘴。过一会儿，男主人说："就你一个人来?"我说："我一个人，去金田寺看遗址。"他说："早先可大了，拆散了，毁了。"看来附近的人都知道金田寺曾经的规模，真是令人唏嘘。

本节涉及人物（以下简介摘录自《中国人名大辞典》，商务印书馆民国十年六月版）：

周洪谟：明，四川长宁人，字尧弼，正统进士，授编修。博闻强记，善文词，熟当代典故，喜谈经济。景泰初疏劝帝亲经筵勤听政，因陈时务十二事。宪宗时复陈时务，言人君保国之道，累迁礼部尚书致仕。卒谥文安。有《群经辨疑》《箐斋读书录》。富顺金田寺，成化年间重修，其有八景诗并序，不传。

段玉裁：清，江苏金壇人，字若膺，一字懋堂。乾隆举人。官巫山知县，引疾归。师休宁戴震。讲求古义，尤精小学。有《说文解字注》《六书音均表》《周礼汉读考》《仪礼汉读考》《古文尚书撰异》《毛诗诂训传》《经韻楼集》等书。乾隆四十二年纂修《富顺县志》，时任富顺知县。

戴震：清，安徽休宁人，字东原。乾隆举人。少从婺源江永游，礼经制度名物及推步天象，皆洞彻原本。既乃究精汉儒传注及说文诸书。由声音文字以求训诂，由训诂以寻义理，实事求是，不主一家。四库馆开，荐充纂修，旋赐同进士出身，授庶吉士。性介特，无嗜好，惟喜读书。馆中有奇文疑义，辄就谘访。以积劳致疾卒官。有《诗经二南补注》《毛郑诗考正》《考工记图》《孟子字义疏证》《原善》《原象》《勾股割圜记》《策算声韵考》《声类表》《仪礼正误》《尔雅文字考》《屈原赋注》《九章补图》《古历考》《历问》《水地记》《东原文集》等书，所校《大戴礼记》《水经注》，尤精核。

蓥华山、彭山传说考

相传什邡市蓥华山有个“蓥华寺”，与建文帝颇有渊源，我决定去一趟。从成都出发，2 小时就到什邡。问路时，有市民告诉我，有两个“蓥华寺”，他们熟悉的“蓥华寺”不远，就在附近，可以乘公交车；另一个“蓥华寺”远在彭州市的大山里。这一问不要紧，我反而懵了，多出一个“蓥华寺”，应该先去哪一个？

为了不走冤枉路，还是先去什邡市的地方志办请教。在市委党史办找到地方志科，办公室的几位老师都很热情，耐心地给我讲了文史与地理方面的知识；原来，远处的“蓥华山”只是泛指，是旅游景区，因一座大山而命名，这座山的主峰高 4984 米，终年积雪，晶莹剔透，使用这个“莹”字开发旅游，就把这个山区称为“蓥华山”；另一处，是老百姓认可的蓥华山，在彭州市的五道河与什邡市的头道河之间，这才是真正的“蓥华山”。

什邡市政协学习文史委员会编纂的《什邡风物与掌故》期刊，对我帮助很大，我终于搞明白了：旅游景区的蓥华山地区，原先有两座古寺，近的一座叫“蓥华精舍”，也称“老蓥华”，它坐落在蓥华镇一个叫场口的地方；远的一座“新蓥华”，距蓥华镇 2 公里，在西部一条小山沟里。

《什邡风物与掌故》期刊的内容很丰富，其中有说，蓥华山的开山祖师，法名叫明本，江苏句容人，俗姓江，入川后在大邑、德阳修持多年，是德行高深的和尚。对于他的来历，民间却另有传说，说他是朱元璋的长孙、建文帝朱允炆。

文章还讲到建文帝的民间故事。大意说：建文帝在云南日久，怕露出行迹、被府兵追杀，逃亡到四川金堂县云顶山“慈云寺”藏身。后来，他又匆匆逃到什邡蓥华山，并修了“蓥华精舍”和“新蓥华”两座大庙。在此期间，他驱野兽、修山路、施针药，为老百姓治病。到天顺年间，他已是八十岁老人，忽发思亲之念，遂去南京紫禁城……民间传说虚无缥缈，难免牵强附会，老百姓喜欢仁厚的建文帝，就把好事都罗列在他名下。

“老蓥华”因为年久失修，有些损毁；新修的寺庙少了原来的馆藏和人气，我知道，新修寺庙不一定有资料，决定不去“蓥华寺”，改变方向，去彭山查“明皇陵”。

什邡市没车去彭山，我转了好几趟车，花了整整半天时间才到达彭山，找到地方志办公室时，已下班了，有一位许德苹老师还没走，她热情地招呼我坐下，我赶紧说“请问老师，你们区有地名叫‘明皇陵’，有没有资料？查一下是明朝哪位皇帝陵?”我接着说，“明朝有两位皇帝下落不明，一位是朱元璋的孙子朱允炆，也就是建文帝；另一位是明朝皇帝的宗室，封为韩王，李自成部下扶持起来的皇帝。清康熙三年在巫山一战兵败失踪的。”许老师说，没听说有明朝皇帝埋在这；她拿来《彭山县志》，我看了，里面确实没有相关内容，资料只说“城东北三十里，净皇寺后有皇陵”。这时，许老师把区里所有写“墓”的资料，都打印出来，我们仔细看了，也找不见“明皇陵”三个字。我只得告辞，把许老师给的资料带回家仔细研究。

仔细看过许老师给的资料，彭山区的古墓特别多，有汉代墓、明代墓。彭山在战国时就有人迹，当时称“武阳邑”，到秦朝改称“武阳县”，城市不断扩建，现在只有“武阳乡”。四川省地图上有叫“明皇陵”的地方，说是在武阳乡正南。可是，彭山区资料，古墓篇中没有“明皇陵”。

在彭山区汽车站，我又找到几位本地人问路，有人说“有明皇陵”，有人说“没有”，还有人说“去‘净皇’”，有人又说去“江渎镇镇政府”，还有人说去“锦江乡政府”，光听这些地名，我就彻底懵了，最终买了一张到终点锦江乡站的车票，可以看情况选择下车地点。

车开了大约40分钟，公路右边有所院子引起我注意，建筑结构像办公楼，我赶紧问驾驶员：“师傅！这是哪里?”车上好几个人异口同声说：“锦江乡政府。”我赶紧要求在这里下车，驾驶员人挺好，二话没说，靠边停下，我下车退回来30米进入大院，在院子里面转悠。有位男科员出来走动，我赶过去说：“请教‘明皇陵’怎么去?”他说：“‘明皇陵’被封掉好几年了。”顺手一指，说：“到办公室问。”我顾不上看是什么办公室，先进屋再说。办公室主任姓倪，正要出门，我赶紧问：“明皇陵怎么走?”他说：“没有。”我感觉他知道些什么，只是忙着去办事，没时间跟我多说。我紧跟在他身后，他说：“跟我一起去区文管所。”于是我们乘车返回彭山区，他又带着我转车去彭山区文物管理所，给文管所负责的老师交待几句后，办其他事去了。文管所这位负责人对我说：“皇陵被盗过，不能证明谁是墓主。”他拿来一本《四川省文物档案》彭山县文物管理所文件，翻到“明皇坟”这一页递给我后，回办公桌接着忙他的事情。

我仔细看这一页档案，是2002年8月16日登记的，题目是“明皇坟”，内容说，明代砖室，甬道顶垮塌，在净土乡天库村。我摘抄简介，大意说：该墓在乡东，天生埝水库东岸，距县城15公里。《彭山县志》载，城东北大约30里，净土寺后有皇陵，相传即明代内江王墓。《彭山县志》中又记："武阳地近省城，前明三百余年蜀藩系明皇室，如庄懿王墓、内江王五子墓皆在邑境内……"对"明皇坟"墓主没有定论。

翻看封面《四川省文物档案》上有"机密"字样，不便翻阅其他部分。原称"明皇陵"，而不是"明皇坟"，我觉得也有必要认真对待，"陵"与"坟"级别差很大，"皇陵"的称呼是对的，低一等称"王陵"，百姓的称"墓"、称"坟"。按照以上资料来推测，建文帝墓葬不可能在这里。

汉中、青川、江油传说考

永乐七年（1409）汉中发生过一件暗流涌动、惊天动地的大事，那就是廖平的妻子，带着建文帝的皇太子朱文奎，从襄阳来汉中避难。由于这是众口一致的传说，所以我是一定要去汉中寻迹的。

2015年6月17日，我从襄阳坐车来到汉中。第二天一早，先在“拜将台公园”瞻仰韩信塑像，然后打车去汉中市委大楼。汉中市委党史办公室年轻女老师姓黄，我开门见山地说：“建文帝的太子被廖平的妻子带来汉中，想找些这方面的资料。”她摇头说：“没听说过。”同时，起身递来《汉中县志》让我自己查。我认真细看，捕捉蛛丝马迹。其实，对《汉中县志》我并不抱多大希望，县志是录大事记的。更不要说，藏匿当朝皇帝要抓的人，一旦暴露定要满门抄斩、牵连乡里，是让人心惊胆战的大事，不是什么事情都可以记载的。但是，我还是认认真真地在忠烈、人物、烈女、流隅，几项能搭上边的栏目中细看，都没有。结果倒也在预料之中。我起身告辞时，黄老师说：“汉中有位历史爱好者出过书，写过建文帝的传说故事，还写过剧本。”

一听这话，我觉得有转机！文艺作品的内容多来自民间传说，至少作者听说过建文帝的事。廖平的妻子躲避来汉中，一定在汉中有落脚处，有值得信任的人可以投靠，也许在民间流传了下来。我请她介绍认识一下那位作家，电话联系上本人，可惜作家吴老师今天不在汉中，我们通过话，他热情地说会寄一些资料给我。我在党史办滞留很长时间，黄老师从电脑上下载一些建文帝的祖父母、父母亲、皇后、太子、次子的基本情况。

中午乘汽车到广元市，下午再乘车到达青川县城，到县政府门口时，员工下班正往外走。我直接到史志办公室，有两位年长点的老师正在收拾文件准备下班。我往屋里走的同时，递上身份证，急忙说："老师，我在网上看到一条消息，说青川县清溪镇山上有'建文陵''华严庵'，庵前曾有一块写着'大明建文帝万岁万岁万万岁'的黄龙镶边的金字牌，人称'明十四陵''建文陵'，你们这些遗址有资料吗？我想看一眼。"并递上这几年我收集的一份资料。

两位老师也在研究建文帝失踪之谜，听完我说的话，他们不走了。聊起建文帝的青川遗迹，倪老师记得，2008 年大地震以后，青川县对现有古迹进行修复，这期间，有人在清溪镇山中发现建文帝遗迹，写成文章，配上图片，在报纸上发表过。另一位姓柳的老师，把我整理的资料复印了一份留下。我说，想去清溪镇看一下"明十四陵"是怎么回事，两位老师说，在山里，很远，不通车，要自己包车去，而且那里没旅馆。我只得作罢。

下一站是江油。听说江油市重华镇的龙州大业山（藏王寨）"龙泉寺"今改名"回龙寺"，我想知道与建文帝有没有关系。

第二天早晨 8 点在青川县客运站乘车，中午赶到江油市市政府，找到史志办公室。有位姓谢的老师还在，我赶紧递上身份证，直奔主题："请问老师，江油有没有'藏王寨'、'龙泉寺'？"谢老师给我找来一本 1999 年重修的《江油县志》，我仔细看了，没有"藏王寨""龙泉寺"。接着，谢老师从电脑上下载了一份《藏王寨的资料介绍》

送给我，并解释说："江油与平武两县的界山，说的就是那里。"这份资料上也说，江油与平武两县的界山，总面积 300 多平方公里，主峰梨树坪，在新春乡境内，明代中叶王室内讧，有一王曾在此山藏匿。但是，既没有说明具体地点，也没有说明是哪位王室成员。藏王寨的"藏"是读西藏的藏还是读收藏的藏，两说呢。

后来，青川县政府史志办柳仁义老师寄给我一份资料，是魏少卓老先生撰写的《逊国皇帝隐跸老青川》《广佛碑记鼎建华严庵碑志序》《华严庵》《培修华严庵小引》《释范永垂重建华严庵碑记》五篇文章。现在摘用老先生文章中，写建文帝与老青川有关的段落，供大家研究参考：

"笔者（魏少卓）于 1984 年冬季，搜集县志资料，偶然发现其青溪镇（青川古县治人称老青川）南十里许的杂木沟老庙，荆棘丛中《广佛碑记》有明初建文皇上隐跸之所的记述。……同年，又发现光绪二十三年（1897）秀才陈子真作序《培修华严庵小引》碑，开篇便说：'华严庵者，不知创自何时，俗传明建文君曾住于此'……可见作序者没有见过康熙八年碑已有'历稽考籍起自元时'的定论。公元 1999 年，在修复华严庵时，于庙基中掘出《释范永垂重建华严庵碑记》，故开句便言'华严庵之其说有二，一曰肇自建文隐跸之时，一曰衲子玉宗开山于宣德六年（1431）'。最后结语认为两说是一回事，也就是说宣德六年，因建文帝在此隐跸，玉宗和尚才鼎力修葺了此庙。而且，后面两碑和前面两碑既然都为建文隐跸而序，但，对开山时间又各持一说。建文帝因遭废，朝廷忌讳而在民间禁言，将碑立起又被砸埋藏，所以时隐时现。康熙时，虽然已改朝换代，时过两百多年，那时反清复明，民间鼎沸，清代大兴文字狱，清政府将华严庵疑为地下宫殿。《碑志序》中的那位和尚叫做净行号灵止者，从定恒彻禅师的序文中就可看出：'甲午夏有一禅衲，讳净行，号灵止者，半神起异，气静扬然，遨游此山，而觅此静修，奇哉！’”

文章说，“建文帝游历过了云、贵、巴蜀后，想找一个落脚之点，因为他已经厌烦长时间的游走生涯。”意思是说，建文帝在永乐十二年，是为找住的地方来到青川。魏少卓老先生这篇文章写得很谨慎，他没有肯定建文帝真的来过老青川。建文帝出亡40余年，其他时间也可能经过此地，为什么一定是甲午年来的？只是缺乏文字证据而已，建文帝流亡时，走走停停，行动很慢，要是能在青川周围的县、镇、乡，找到有关建文帝的记载，也能从侧面证明建文帝来过老青川。又或许，是建文帝从亡大臣来过？我终究没有找到确切记载。

四川马边牛王寺传说考

我无意中在网上看到一条信息，说建文帝到过四川马边牛王寺。就这么一句话。当初富顺金田寺也是就只有一句话，结果给了我很大惊喜，所以我决定还是去一次马边。我看过四川和云南两省的地图，觉得从地理位置上来说，建文帝确实有可能去过马边。

这天，我从四川乐山出发，乐山市下大雨，雨水基本上是砸在地面上的，我拎着三个包，歪歪斜斜地撑着雨伞，艰难地上了车，到达马边县已将近下午 5 点，找到县政府门口，谁料这里没有史志办公室，找县志要去县档案馆。

我赶紧拖着行李跑到县档案馆，上楼找到县史志办。里面有位姓黄的老师，问我有什么事，我说："老师，明朝建文帝来马边牛王寺，这件事你们的史志有没有记载？"他取出《马边县志》翻了翻，说："没有。"我接过书一看，是新修的版本，直觉告诉我没戏。想请他在政府网上查一查，但是眼看时间已下班了。我顺势说："那我明天再来，这本《马边县志》的尾页注明，编修县志时，曾使用过几本参考书，其中，有两本县志（清嘉庆版《屏山县志》、清光绪版《叙州府志》）我想看一下。"约好第二天 9 点半过来，我想可以利用 9 点半之前的空档去牛王寺一看究竟，就问他："牛王寺在哪里？我该乘几路车?”他说“牛王寺”就是“明王寺”。可是我刚刚从《马边县志》上看到“明王寺”始建于明嘉靖年间，对不上。

第二天6点多，我已在桥头等“大2路”公交车了，与我一同等车的有许多赶着去工厂上班的人。有人告诉我：“大2路车罗锅弯站下，去牛王寺要爬山，体力好的也要走四五十分钟。”我问：“来回?”他说：“单程!”我什么也没说，心里却叫苦不迭。驾驶员为我着想，在公交车站前40多米的山路口停下，他说：“从这里上山，小心车!”

只有我一个人下车，也只有我一个人上山。这是机动车上下山的水泥路，估计坡度在15度以上。下大雨时，大部分雨水从路边排水沟流下山，来不及去排水沟的，从路面流下坡。路那么远，又是雨天，有些犯愁，但是，开弓没有回头箭，不留退路，我撑着伞，努力走着。后来，一前一后遇见两位下山赶集的乡民，我问他们去“牛王寺”的路对不对，都说：“没走错，对的，快到了，山顶有个岔岔，走右边，山背后有遗迹，最多20分钟能到。”我有点小激动，放心大胆地往前走。

快到山顶时，又遇见一位乡民，从路的另一侧下山。我看看手表，已经快9点了，还不确定上山路究竟对不对，想请他给我指一下路，便开口跟他打招呼问路。这位师傅姓聂，是要进城买药去的。他听到我的询问，立即掉转身子，带我从公路边泥泞小岔口处下坡，走完一段泥巴路，能看见在民宅深处，有一片较为平整的泥土地，就在这不起眼的地方，我发现了许多带有雕饰的石条，人为地环绕着这块空地，摆放成一个大圆圈。不由得问聂师傅：“这就是牛王寺旧址?”

走过去一看，有一块写满文字、呈长条状、竖立着的石碑，不算埋在地下的部分，高15米以上，宽3米左右，顶部和石碑后面，堆积的是房屋的坍塌物，聂师傅说：“这是牛王寺神坛!”他伸手拔掉挡住石碑正面的杂草，露出满墙文章。风蚀严重，我仔细辨认碑文后，

牛王寺旧碑

发觉碑上的文字与建文帝无关，说的是佛教的事，我不懂，见有“道光”和“咸丰”这两个年号，说明牛王寺旧碑是在道光时修缮后，咸丰时又修缮的。只能确定这是古迹，我拍了好几张照片，打算回家细细研究。

聂师傅说：“神坛最早在山顶上，毁坏许多年了，后来乡民们搬来散落的残件，在这里重建的，再后来，和尚全被赶走了，牛王寺神坛没人管理，就败成这个样子。”我问他：“明朝的建文帝逃难来过没有?”他说听说过，接着说：“起先，有一块被毁的碑，找不到了，明朝的。”这话我信，因为神坛碑文记录着“道光三十年培修”，旧建筑才叫培修，道光三十年（1850）年离明末（1644）有两百多年，差不多该修了。聂师傅还说，有位姓邱的老人，是他们山里年岁最高的人，他知道的事情多，就住在半山坡，顺路，问我去不去。我当然要去!

聂师傅在前带路，我们一前一后的，进入一段较为平整的泥沙小路，眼前绿水、青山、红瓦、木屋，被弥漫的薄雾罩着，嗅到发自青草的阵阵香气，好漂亮的山!

再走一段村民自家筑的水泥路，就到邱老伯家的山坡下面，聂师傅唤了好几声，没人应答。路边人家走出一位中年妇女来，带着我们上坡去邱家。这时，邱老伯听到声音，拄着一根木棍，摸索着从菜园里出来，我快步走去搀扶他，老人眼睛生病，看不见东西，我扶他坐在门边小竹椅上。他今年已经 95 岁，老伯思路还很清晰，听他说，原先这里有 64 尊菩萨，山上人多的很。回忆过往时，老人神采奕奕，滔滔不绝，从建村谈到牛王寺的辉煌，他为自己是牛王寺人而自豪。听邱老伯讲往事，这时，我才搞明白，原来这一整座山就叫牛王寺。

邱老伯讲了许多故事，但是，始终没说建文帝的事，我提起建文帝时，他没有接话，估计他不知道这些。聂师傅带我到山下等车时，我问："这个公交车站为啥叫罗锅弯？"他说，早先那边有块石头像罗锅，我顺着他的手势，朝坡下看了一眼，惊奇地发现，罗锅弯公路段山坡下，竟然有条宽大的河滩，滩大水浅，岸边大石头上，拴船的孔洞清晰可见，应该是马边河废弃的古码头。

早先，这是一条能撑起舟船的大河——马边河，在乐山市的清溪县流入岷江。建文帝在云、贵、川地区活动频繁，上文说到清朝的《富顺县志》就有建文帝在金田寺的记载。牛王寺的地理环境、山野风貌与金田寺所在的安溪镇临江村很相似。刚才邱老伯说，原先这里有许多小庙子，信佛教的汉族人多。受自然环境影响，大山里的住家

拴船石上孔洞清晰可见

马边河沿的古码头

很分散，东一家西一户的，山上遍种庄稼。我觉得建文帝来过牛王寺的说法不是空穴来风，这里无论是生活习惯，还是语言交流，对建文帝都很有利，适合建文帝以和尚身份躲藏，最重要的是，有能通航的水系代步，方便建文帝出入。但这些都是猜测、推理，还是赶紧进城找资料核实要紧。同时，我也不想再耽误聂师傅进城买药的时间，于是拦下一辆出租车，先送他去药店，再去马边县档案馆。

我三步并作两步赶到史志办，黄老师办公桌上，已经摆着一套嘉庆乙丑岁仲冬月刊《马边厅志略》。（“马边彝族自治县”的名字是1984年改的，清朝叫马边营、马边厅，1914年改称马边县。）这套书是合订本，记事很详细，也很繁杂，为文言文，无标点。书中没有遗闻、琐录等栏目，即便有建文帝那些往事，能往哪里记呢？我看完后问，昨天我想要借阅的清嘉庆版《屏山县志》、清光绪版《叙州府志》是否有，黄老师说他们没有这两本书。看来关于建文帝来过马边的说法找不到更多资料来印证了。

武昌让氏、南岳传说考

有人说，建文帝的后裔在武汉市武昌区“宝通寺”祭祀先祖，武昌的后代有《让氏祖谱》。我很好奇，想去看一看。2015 年 10 月 19 日，我从安庆出发，坐大巴来到武汉客运站，先去“宝通寺”。寺院坐落在洪山南麓，院墙高高大大，沿武珞路大道而建，又或许，武珞路大道沿“宝通寺”而修？寺院里面建筑繁密古朴，满院子花花草草修剪得很漂亮，十几株枝高冠大的参天古树，把古建筑衬托得更加生动。

“宝通寺”风景秀丽，已有 1600 多年历史，是武汉市四大佛教圣地之一。三楚佛教，唯“宝通寺”被称为皇家寺院。寺庙免门票，我一进去马上打听道：“请问师傅，建文帝的后裔常来寺院祭祀他吗?”感觉寺院僧人师傅的神态不对劲，问题并不复杂，问得也简明扼要，他们却都看我一眼，闭口不语，还似乎生气了，有一位师傅冲我大声说：“空话!”转身就走。我十分诧异，不知自己说错了什么。

有位年龄大些的师父，和蔼可亲，平静地说：“你去杂志编辑部问。”我说：“那很远吧?”师父说：“在后院。”

不可思议，真的在“宝通寺”寺院里找到杂志编辑部。跨进办公室，递上身份证，问同样一个问题，他们不生气，但是也说：“没有这事！”一位年轻女编辑，从网上下载文章，打印3页A4纸内容给我，文章大意说：有让姓，他们自己说祖宗叫让銮，是建文帝。

一番调查，得出“宝通寺”压根就没有祭祀建文帝的活动！说自己是建文帝后人的让姓，也没有别的事情可以佐证。

饭后，乘公交车到武昌区政府，想去大楼查资料。这里的戒备特别森严，我在门口出示身份证，遭四五个门卫轮番盘查，我说：“找史志办公室。”门卫摇头表示听不懂，又叫来两位，我说：“找地方志办公室也行。”三个门卫大眼瞪小眼，大惑不解，我又说：“党史办公室也可以。”门卫问我：“找党办有什么事情?”那我说详细点：“找明朝失位皇帝朱允炆来过武昌的历史记载，看史志、看文献。”他们还是没懂。这时，从大楼里又出来两人，说：“没有预约不能进政府大门。”后来，我要求门卫打通党史办的电话，女科员回话说：“我们没有史志，也没有听说建文帝。”然后就把电话挂了。

其实中午刚出客运站，我就坐出租车来过区政府，恰好遇到一位没有耐心的出租车司机，把我扔在大马路对面，拖着行李赶来时，大院的人往外走，刚刚下班，所以我先去的宝通寺。现在二次造访政府大楼，结果根本进不去，真是心灰意冷。据说，武汉洪山区青菱乡、青菱寺还有建文帝的传说。但是不想去了。乘公交车到武昌火车站，买了武昌到湘潭的火车票，到湘潭后转乘汽车去南岳。因为这次查访的另一个目的地是湖南，有史料记载：永乐十三年（1415）建文帝离开云南浪穹大喜庵，入湖南衡山。

文章没写具体地方，我只知道是衡山，可是衡山那么大，去哪里找?

南岳的寺庙和名胜古迹很多，所以我先来南岳景区。这里的寺院古朴大气，香客很多，寺院简介没说到建文帝，我也没有找到能记事的地方。第二天早晨，我又去景区餐馆吃饭，看南岳山区的平面图，没有找到与建文帝有关的景点或传说。后来，我又站在上山的路口，向香客们打听建文帝的故事，无人知道。

南岳无收获，我收拾行李退房，回到南岳汽车站，乘上开往衡阳县的班车。25 分钟就到衡阳县汽车站，转乘公交车到衡阳县政府站。在县政府地方志办公室，借阅《南岳志》第二、第三册，两本文献都是繁体竖排，目录分为：书院、寺观、碑碣、胜游、田赋、径路、仙释、祝词、传说。所及文章中，都没查到建文帝的名字。也就是说“永乐十三年（1415）建文帝入湖南省衡山”这段史料，我没能落实。

史志办一位老师说：“我们有位老人，说他家是建文帝的后代，姓何，有祖谱。”我一听衡阳有姓何的是建文帝的后代，着实兴奋，因为，许多民间传说里提到建文帝后人姓何。

史志办老师打电话联系作者本人，并给了我他家住址、电话。按图索骥，我很快找到何家劲先生的家，何先生是位和蔼可亲、精神抖擞的学者，他从里屋捧出一只式样古老的小木柜，它没有箱子盖，门是一块木板，向上一拉，可取出书来。

起初，我以为先生这支何氏，是太子朱文奎的后裔。但是，何先生自我介绍说：“我们这一支是建文四年，落难皇帝朱允炆从江西临川，削发逃来湖南的，不是朱文奎的后代，是建文帝再婚生子的后代。”

那是我弄错了？我也特别关注过江西临川，因为建文朝中书舍人宋和，是江西临川人，变姓名以挟卜筮书，走四方。永乐二年（1404）九月，建文帝与从亡大臣游浙江天台，冯漼、金焦、宋和，会于天台石梁间，聚会还没结束，宋和先走了，此后，再无关于宋和的文献记载。他说，建文帝从临川逃出来，改姓“何”，隐藏于湖南省衡阳，我没听说过。看《何氏祖谱》时，跟着何先生的指点，没有我知道的人名。临行时，何先生送我两本他写的记述建文帝故事的书籍。这一脉是否真是建文帝的后代，留待后人考证。

湖南涟源湄江镇“藏君洞”

第二天，我从衡阳来到湖南省涟源市，寻找传说中建文帝避难过的“藏君洞”。

涟源市委党史办公室里有其他方面的历史资料可查阅，可是没有藏君洞与建文帝的记载。党史办老师建议我去旅游局招商办问一下。我去一问，旅游局办公室果真有“藏君洞”的资料，虽然不是出自县志史料，有总比没有好。我非常高兴地说明了来意，负责老师把打印件送给我参考。

出门以后，乘上开往湄江镇藏君洞景区的中巴车，1个多小时便到达藏君洞景区站。走过一长段下坡土路，过河之后，再走一长溜上坡路，才到大坪。老远就能看见山上一张黑洞洞的口，迎着来人。走近洞口，有两块黑板，都是介绍藏君洞景观的，洞口上方，有一方打磨平整的石壁，黑底白字雕凿着“藏君洞”3个大字。

之前旅游招商办公室的黄老师，帮我联系了藏君洞景区负责人，一见我来，讲解员小姑娘就把抄在自己笔记本上的“藏君洞景区讲解稿”给我看。

这是个很特别的大溶洞，景点介绍配有特定灯光，突显了建文帝到涟源湄江镇这段历史。湄江是资江的分支，从长沙入湘江，古人舟

涟源市湄江镇藏君洞

藏君洞内“惠帝殿”

船行遍天下。湄江镇远离闹市，按现在地名解释，是湖南省娄底市涟源市湄江镇，观音崖一带。

建文帝在涟源市湄江镇有传说，山洞故名藏君洞。洞内按石灰岩造型，分别取名：惠帝殿、两重天、南巡厅、天宫瀑布、国宝厅等几处景点，真像一座瑰丽的地下宫殿。“藏君洞”是大型溶洞，日光斜射，明洞通天，洞中有洞，洞洞相连，大洞通河，流水有声，主洞幽深，支洞错落，全长 25 公里，已探明石笋、石柱、地石幔、石楼、石像等供游人欣赏的景观。

涟源市志编纂委员会编写的《涟源市志》记载说，建文帝起先在路旁边的观音寺居住，明成祖的追兵赶至，建文帝从观音寺跑出来，到了比较隐蔽的另一个溶洞，藏身 30 多天。因助其脱险而得名。乾隆年间，朱允炆被追谥为“恭闵惠帝”，所以洞内有景点称“惠帝殿”。

当地传说，建文帝是永乐三年（1405）来湄江镇这个溶洞藏身的。时间究竟对不对呢？有史料记载：建文帝于永乐元年（1403）先到了昆明，被沐晟安排到比较安全的楚雄州武定县的狮子山永嘉寺，住了 3 个月，就离开云南东行。到了永乐四年（1406）三月，建文帝入滇，在昆明西平侯沐晟家住一天，第二天就走了。之后，建文帝君臣定居永昌（云南保山）白龙寺。而永乐元年至永乐五年（1403—1407）的几年里，建文帝与几位大臣去过四川、湖北、江苏、浙江，居住过四川邻水善庆里。永乐八年（1410），君臣一度走散过，这段时间，建文帝没有固定住所。史料记载说建文帝到过蓝田，这“蓝田”说的就是涟源湄江镇。

我认为，永乐十三年（1415）秋，建文帝离开浪穹大喜庵、入湖南省衡山的时间段，来涟源的可能性最大。

从探索到认同是个过程，不止为满足好奇心，尽快把点连成线才是动力。我兴致勃勃地在洞内转了2个钟头，结合各项资料和实地条件得出结论：这个传说决不是空穴来风。走出洞，来到三岔路口等车，路边的“观音寺”就是文章里说的建文帝起先的藏身之处。

接着我又抓紧时间去了一趟湖南益阳，在益阳市没有问到建文帝遗迹，与南岳一样，去的地方都没有与建文帝相关的文字资料。

广西宜州龙江河岸“泣血”石

2015年10月27日，我来到广西宜州（今河池市宜州区），转乡镇公交车在三门寺东路口下车，抵达“西竺寺”。我来这里是想找建文帝的“泣血”勒石，当初被人称为“义马陇”的地方。因为有史料说：“（建文帝）乃解缆，其马腾跃，触石而死，瘗此处，帝勒石‘泣血’二大字。”

现在的“西竺寺”位于市区北郊2公里处的婆岩山脚下，在原“三门寺”的基础上改扩建而来。一排山峰矗起，拔地嶙峋，旁无附丽。“西竺寺”集名胜古迹、自然风光与佛教文化于一体，景区分主峰与侧峰，有18个天然溶洞。

西竺寺的雕像很独特，非同一般，艺术家利用某些山体的特质，在原石上雕琢佛像，人物基本全是浮雕，不能移动，被称为“生根石刻”，许多佛像比真人大得多，造型优美精准，刻工细腻，从菩萨到弟子，从武士到供养人，个个神采奕奕。这些石雕像很有特色，艺术家施用少许色彩点缀，雕像更加楚楚动人，活灵活现，每尊石雕像都让人百看不厌。除了美轮美奂的雕像外，半山坡大排房屋初具规模，香客、游人从步道登山的山路非常隐蔽，身置洞内疑无路，要从裂缝中穿过。明朝地理学家、文学家、旅行家徐弘祖来过三门岩，他在

西竺寺洞内雕像

《徐霞客游记》中，赞美三门岩胜景：“前眺尖峰，后瞩飞梁，此洞之胜，内外两绝。”

我攀山钻洞、费时费力，终没找见史料上说“（建文帝）乃解缆，其马腾跃，触石而死，瘗此处，帝勒石‘泣血’二大字”的地方，应该在河边，我在“西竺寺”景区附近没有看见河流，难道不是这里？

我再次走到寺庙施工场地，迎面遇上一位很漂亮的年轻女孩，她说知道建文帝的“泣血”勒石在什么地方，我与她多聊了一会儿，这才知道，她是负责“西竺寺”修缮工程的，姓黄，女孩说：“建文帝的祭马‘泣血’石有实物，保存在宜州市博物馆。”

我与她道别后，下山乘车回到市区，找到宜州博物馆。这座博物馆很大，内容丰富，着重介绍宜州的民俗文化，宜州是多民族大家庭，因此这里可以看到30多个民族的介绍。博物馆一圈转下来，终于看见一块名为“仁君义马泣忠魂”的图文展板，上面写着建文帝与大臣彭英及义马触石而毙的故事，在展板右下角有“泣血石”照片。

宜州博物馆的办公室就在展览厅里，办公室的门开着，我走进去询问，能不能找一些文字资料，想探究建文帝来过广西的哪些地方。得知我是为他的故事来博物馆办公室，几位馆员都很热情，他们给我复印了几页建文帝的民间传说。临了，女馆员小罗查到建文帝的“泣血”和“祭马”两块碑石遗址在龙江河岸边，可惜在1986年建洛东电站时被水淹没了。

中午，离开博物馆，乘公交车到宜州市政中心史志办，想找老宜州县的史志看看。史志办老师给我找来一本修正版的县志，内容极少，没有多少涉及建文帝的内容。史志办的老师说：“不好意思，我们只有这本，别的书市档案馆有。”

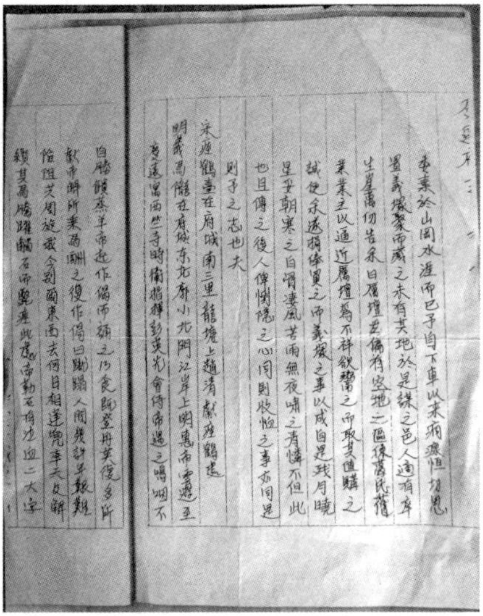

《庆远府志》载“泣血”勒石由来

宜州市档案馆在庆远镇镇委会大院内，我到的时候正好在楼道里遇上两位管资料的女孩提前来上班，我递上身份证，说明来意，跟随她们进屋。坐下没等多久，她们就给我找来一本清道光年间的《庆远府志》修志，它记录有建文帝与义马“泣血”的故事。经上级批准后，我拍了一张照片，女孩为我复印原文以备后用（复印件见右上图）。

《庆远府志》内容很丰富，我得知，原来“西竺寺”旧址在宜州区的龙江河南岸上，现在的河池第一人民医院所在地。老西竺寺始建于唐朝，后因战乱，殿宇多被损毁，又修，又毁，宋朝时西竺寺规模较大，至民国始，城内的城隍庙及多处佛寺被破坏，西竺寺也未能幸免。民国二十三年（1934），清泉寺住持释洪梵，多方募集资金，在原观音殿废墟的古洞前，依崖建造了一座“西竺茅庵”。地区人口逐年增加，城市不断扩大，加之宜州府城多次搬迁，关于历史遗址所在地，介绍的方位各有不同；史料多按府城为坐标说事，不同时期记载的地理位置有所不同，但是，遗址不会搬迁。庆远府在明代是现今宜州区，史料载：“明义马陇，在府城东北廓，小北门江岸上。建文帝朱允炆云游到广西省庆远府时，住西竺寺。”

义马为何触石而毙？传说，乃是因指挥史彭英赶来拜望建文帝而起。两人相遇痛哭不止，彭英送上蒸羊肉，款待建文帝，建文帝非常感激，当众作诗表达感言后，才肯吃彭英送的蒸羊肉。建文帝临登船离开庆远府时，彭英又多所献，建文帝感到无以回报，想用自己的代步爱驹作为酬谢，还作偈诗：“蹴蹋人间几许年，艰难险阻共周旋，我今别尔东西去，何日相逢凭率天。”建文帝解开缆绳，不料其马腾跃而起，触石而毙。建文帝痛心疾首，就在此处勒石“泣血”二字。后人把此石刻凿成碑，还刻凿有“祭马台”，将葬马处起名“义马冢”，共计3处遗址。

义马陇的资料来源于《庆远府志》，由清庆远知府英秀于道光八年修纂。

北宋治平年间（1064—1067），改今名“西竺寺”，明崇祯十一年（1638），徐弘祖到宜州西竺寺观后，写道：“西竺寺在城西门外，殿甚宏壮，为粤西所仅见，然寥落亦甚。”

史料记载，宣德十年（1435），建文帝往粤西。可能由贵阳、都匀、独山，途经广西省南丹县，直抵桂西北的宜山县（庆远府、宜州），才有了建文帝游庆远时勒石“泣血”的事。

庆远有方孝孺的从兄方孝複在，他“洪武间坐事谪戍庆远卫”。另外，建文帝的从亡大臣之一蔡运，在广西做官。建文帝是否因方孝複、蔡运二位熟人而去广西？谜中谜。

广西横州应天禅寺“万山第一”额

离开宜州后，我直接赶去贵港，从贵港乘汽车去横州镇宝华山，想看看据传建文帝亲笔题写的“万山第一”匾额与那间“应天寺”。

中午赶到横县史志办，已经是下班时间，史志办女老师见我远道而来，她留下没走，很利索地取来三种县志。在《横州县志》第59页，“寺观”栏中，有关于“应天寺”的记载。摘录一段供研究：“应天寺在宝华山半，即寿佛寺，宋绍兴中建。元至元二十八年，昭勇将军邓元甫等重建。明洪武、宣德、正统间继修之，相传有二僧修行于寺，一骑花虎，一骑白鹿，人尝见之，称为虎鹿二禅师。明建文帝既逊国，执杨应能度牒，云游湖、蜀、滇、闽，后入粤至横隐寺中十五年，人不知也，为题额曰：寿佛禅林，又题：万山第一。额于寺门。恐有觉，复遁去……”

据《明史纪事本末》载，建文帝曾经两次来过粤西（今广西）。第一次是明宣宗宣德十年（1435）春三月，至明英宗正统元年（1436）秋八月，约在“粤西”一年零五个月。第二次来“粤西”是明英宗正统三年（1438）秋七月。建文帝主庵弟子应知遁去，“帝恐迹露”，与程济急行入粤，西居广西横州山寺。到正统五年（1440）春三月，约在粤西一年零八个月。可以确定：建文帝两次来广西，共三年零一个月（包括路程）。

宝华山的应天寺在横州镇，路有点远，我乘坐公交车到终点横州镇客运站，在客运站边旅行社问路，得知景区在江对面，要从江南渡口乘船。渡口没有公交车去景区，下船后还需自己找代步工具。路边有位师傅的农机车肯去应天寺，讲好价钱，答应送我往返渡口和宝华山。师傅让我等一会儿，他把车上的农用薄膜拿去送给农户。等他时，我与路旁几位妇女闲聊，她们热情地说可以带我去摘茉莉花，干活的地方就在眼前，一边摘花一边可以观察公路上的来车。江南村的经济作物是茉莉花，两岸大面积种植，郁郁芬芬，香气袭人。我高高兴兴地跟着她们下田，才摘了一小把，那位师傅就来了，我把花丢到小竹篮里，与她们挥手告别，真是“赠人鲜花手有余香”。

农用车只载我一人，篷布遮顶也挡两边，前后通透，不影响观景，我得以一边观赏小镇风情一边前进。曲曲弯弯一条路，穿胡同走小巷，左右摇晃，上下颠簸。半小时后，车在应天寺大院停下。

应天寺已经修葺一新，匾额上书“应天寿佛寺”。找了一大圈，没有看见“万山第一”匾额。我很肯定，徐霞客说的“万山第一”匾额，在广西横县横州镇的江南村宝华山的半山腰，是这地方没错。

佛寺大院的宣传画廊上，关于建文帝的故事很多，有一则说，建文帝手书的“万山第一”匾额后来被调包过，调包来的匾额现在也只有一个字尚可辨认，被文物部门收去保管了。

应天寿佛寺今貌

现有的县志中，可以

找到建文帝在华宝山的记载，另一本《横县县志》第八篇附记第五十七章，杂录第一节，《徐霞客在横州》一文中，写有见到“万山第一”匾额的时间、地点、情景。徐霞客是明崇祯十年（1637）八月十四日，从贵县乘舟入横州境的，横州城在左岸，北面七里是古林山，在横州城的西北角，山顶上的庙叫婆庙，山下的池，今天叫龙池。那天十五日，是中秋节，游宝华山时正是下午，于应天禅寺见一匾额，题写“万山第一”，字迹十分古朴遒劲，刚看见它，徐霞客就认出这四个苍劲的大字是建文帝书，问了僧人，得到证实。传说，建文帝先隐居宝华山寿佛寺，后来，建文帝居南江南岸一处名叫“陈步江寺”的地方，通小舟，钦州盐俱以此出。也是有文献记载的。

在《横县县志》173页记载：“里人杨姓者将建建文帝庙，故庀材待耳……施怡最新而掩其迹，此人追远而创其祠。”我理解为，里人杨氏以建建文帝庙为由，摘下“万山第一”匾额，不了了之。后来徐霞客看见的“万山第一”匾额是明万历末年，里人施怡所立。不知我理解得对不对，希望有人能考察到这块匾的实物线索。

广西壮族自治区博物馆的网站文章载有标题为《横县应天寺“万山第一”匾为建文帝字迹考》，其中说：“建文帝在华宝山寿佛寺隐居的记载，最早见于明正德十六年（1521）横州判官王济《君子堂日询手镜》一书，书中记述：横人相传建文庶人遇革除，时削发为僧，遁至岭南，后行脚至横之南门寿佛寺，遂居焉，十五余年人不知之，其徒归者千数。横人礼部郎中乐章父乐善广，亦从徒授浮屠之学，恐事泄，一夕复遁往南宁陈埠江一寺中，归者亦然。遂为人所觉，言诸官，达于朝，遣人迎去……今存所书‘寿佛禅寺’四字在焉。”

明万历年间，横州人邓士奇写有《应天禅寺记》，里面也有关于建文帝隐居寿佛寺、手书“万山第一”的记载，并提到横州人给建文帝建庙之事。邓士奇是万历三十一年（1603）的解元，且为邻水知县。

《横州志·应天禅寺记》载："建文帝卓锡城南寿佛寺十余年，尝访山中，亲题'万山第一'四大字于额，宣德、正统代有修葺。""后地方集资建'龙隐殿'，新装建文帝塑像，如老佛，侍从鹿、虎二师，从帝者也，匾曰'龙隐寺'。乃帝亲题'万山第一'四大字，入者徘徊瞻仰，如观天颜焉。"另记："建文帝一行从武宣县南下横州，卓锡城南寿佛寺十余年，尝访山中。"

《广西市县概况》一书曰："南山又名宝华山，南山应天寺位于横州镇南10里，始建于唐朝，明朝重建。相传，明建文帝云游湖、蜀、滇、闽后入桂，至此寺隐居……并手书匾额'寿佛禅林''万山第一'。相传南山白毛茶是建文帝亲手所植，故而又称'圣种白毛茶'。"

广西玉林水月岩洞中避难说

传说建文帝来过广西玉林，在玉林的“水月岩”避难 12 年后，去思恩府，主动公开身份。不知是真是假？我相信各地方的原始县志，所以，去找玉林市地方志办公室，在那里借阅了《玉林市志》（玉林市志编纂委员会编，陈国河主编），市志记载：“水月岩在州城东南三十里（案：水月岩即白石诸岩洞之一），洞口有庐桐江水，自大牛岭来，经运岭寨至此，穿岩洞而出，游者由洞循崖入，地甚宽广，上极穹隆。有蝙蝠群飞，声腾谷应。约行里许，忽见石壁上清光斜照，溶溶月色也。又时闻流水声。水月名岩，亦或取诸此與？州人云，此岩与钧天、天马诸洞相勾通，游白石者必游水月岩。”

《玉林市志》书中没有提到建文帝，那建文帝在水月岩住过 12 年的说法是从哪来的？需去水月岩调查。水月岩在玉林市陆川县南江街道云良村，远得很，第二天清晨就要出发。

从玉林汽车站乘公交车到陆川县南江街道站，南江街道居民只听说过水月岩，不知道具体位置。我去南江街道办公室请教，得到帮助，他们从电脑上查到准确地址，水月岩在云良村。两地之间没有公交车往来。我在大街人多的地方问路，有两位先生，是自己开车来南江街道办证件的，听见我说要去水月岩不知道路，主动来搭话，并载我到云良村路口，说这里有公交车。非常感动！

到了云良村，找到村委会办公室，前面有十几位村民在排队办事，只有一位男同志处理事务。我自己找位子坐下，耐着性子等了很长时间。这时，从外面回来一位女干部，我赶紧凑到她办公桌前，递上身份证和一份水月岩旅游宣传材料，女干部看见我从《玉林市志》上拍的《水月岩景观介绍》，立刻明白了我的来意，二话不说，马上派一名男同志给我带路。

在去水月岩的路上，男同志向我介绍水月岩景观，我问他："明朝朱元璋的孙子建文帝，来过水月岩没有"？男同志肯定地说："来过，村民都知道，建文帝落难时来住过。"

走过一段弯曲的乡间石子小路，老远就看见山峰壁立，陡削悬绝，再近一些，山麓脚下，是用白油漆写的"水月岩"3个大字。继续往山前走，一条清澈见底的小溪流，从洞里缓缓流出。走进岩洞，只见光怪陆离的水中波纹，映射了整个空间，我自己也被波光笼罩，影影绰绰，梦幻一般。岩洞里，大大小小的钟乳石不计其数，洞顶垂挂者多于地上伫立者，形态各异，千姿百态。这个溶洞与其他地方的溶洞大不同，它在地浅表，洞内宽敞明亮。我兴致勃勃地欣赏着洞中

水月岩内相传建文帝住过的岩洞

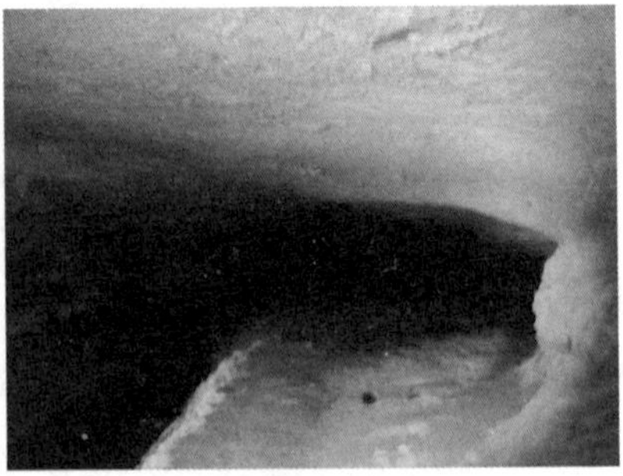

岩洞内天然平坦

嘉靖庚申年郡人陈懋题“水月岩”字样

岩洞内外有许多题刻

奇景，师傅指着里面一处大岩洞说：“建文帝在里面住过。”这一指，我才注意到，溶洞右面有个波光照不到顶的大岩洞。从洞口进去，如一间能容纳上百人的大厅，天然平坦，没有修整过，地面空空荡荡，住十来个人都绰绰有余。

建文帝在位四年，锄割贪污、兴修水利、抚恤灾民、注重桑田，做了不少好事，深受百姓爱戴，逊位后下落不明。即便改朝换代，人民依然对他念念不忘。这里的乡民能在建文帝最困难的时候，帮助他藏身于此，才有这许多故事流传吧。

水月岩有两个大大的洞口，相互贯通，很是绝妙。历朝历代早有人关注这地方，石壁、壁顶，只要能借助梯子写字的地方，满是题刻。题刻之间无明显的界线，从打磨面积大小与磨平石壁深浅程度来看，分不出先来后到，年代太久远，绝大多数题刻都看不清楚写的是什么，只能看出“水月岩”3个字，反复被刻写。

浙江天台赤城山紫云洞度岁说

2015年11月17日，我从宁波坐上发往台州的列车。这趟行程要去黄岩区，找建文帝的工部司务冯灌的史料。

台州市高铁站有去黄岩的公交车，到黄岩区档案局，在那里查到一些冯灌的资料。接下来从黄岩去天台县，比较远，车程约花费2小时，到达时已是傍晚。第二天早起，去天台县最有名气的“紫云洞”和“国清寺”。

国清寺是隋朝古刹。

始建于隋文帝开皇十八年（598），是晋王杨广，命司马王弘督造的。现留存的主要建筑是清雍正十二年（1734）重修的。国清寺是中国佛教史上最早的宗派天台宗的祖庭。天台除了国清寺，还有天湖风景区、石梁景区、凉台仙谷、赤城山景区，此外，还有新开发的如：济公故里、华顶森林公园、石梁飞瀑等，许多电影、电视剧都有在石梁取景，国清寺景区与石梁景区连为一体。黄墙碧瓦，古树参天，眼前背包的游客、手提香袋的善男信女、肩负农具的本地村民、耕牛、马匹熙攘于寺前一街，被铺天盖地的植物包裹，真是美到极致！我顺着围墙溜达，发现国清寺有扇边门开着，试探着走进院子，也没人阻拦，迎面一位僧人师傅走过来，等他再近些，我才细声问他：“请问师傅，明朝建文帝与大臣来国清寺住在哪里?”“不知道。”连问几位师傅，都说不知道。看来在这里找不到什么线索了。

从国清寺去赤城山有点远，需要乘一段公交车。赤城景区以赤城山最为有名，她是天台县城关镇辖地，在天台县西北，是天台山的南大门，因山上赤石屏列如城墙，望之如霞，故而得名。其主要景点是12个洞，洞内依岩而构建楼屋，以紫云洞与玉京洞最唯美；山顶有赤城塔，紫云洞在赤城山半山腰，相传是少年济公读书的地方。

登赤城山有两路：一条是由石片铺就而成，这条路宽，且坡度小，石阶蜿蜒而上，用时较长；另一条，是由香客自己动手铺垫石条、山石，由人们来回往返走出来的路，可以径直上山，路程要短一些，但是坡度大，比较吃力。

建文帝两次游天台山，每次都有从亡大臣陪同，这件事有史料记载，说他曾来石梁并在赤城山紫云洞度岁，即过春节。

我今天要登上赤城山，看看紫云洞是什么样子的。走短的这条山路，坡陡得很，不好走，我气喘吁吁，从坡上的碎石片路爬过，累得够呛，好几次停下脚步，睁大眼睛，四下里张望，生怕漏过什么。接下来一段路是台阶，比较好走。想不到，台阶末端拐弯处，出现一块挡住视线的石碑，正是“建文帝度岁处”，碑前碑后基本没有空地，左右立了两块石碑，记录着这段过往历史：“建文帝度岁处”石碑的抬头刻有一行小字，依稀可认出“宣德七年特勒石记之”字样；石碑的落款是：“台山弘宗书”，但是，碑上落款处字很小，刻痕不深，经历多年风吹雨打，碑上的时间看不清。

石碑旁的山洞，就是相传当年建文帝来过的紫云洞，我探头看看，山洞里烟雾缭绕，黑漆漆的，什么也看不见，门口亮处，见有佛像。

还有史料说，建文时朝臣，镇抚开封刘伸，出亡后没回过开封家乡，而是老死在天台山寺，今天，我没有找到刘伸老死于此山寺的证据，非常遗憾。建文帝来赤城山紫云洞的时间，其他县城的地方史志有记载，可以相互印证。

浙江天台山，因其便利的交通、幽静的环境、适宜的气候，古时已经名声大噪，佛教信众们每日在此咏经念佛，紫云洞香火非常旺。大自然赋予天台奇特优美的山石、悬空而下的瀑布、静默悠长的溪水，别样的景致引来无数文人骚客流连吟咏。现在的赤城山上是著名的尼庵，晨钟暮鼓，日日梵音不绝。

天台山林间小路

紫云洞门前石碑

普陀山潮音洞前祭亡臣

2016 年 3 月 16 日，我专程到定海、普陀山两地，寻找建文帝在普陀山祭祀亡臣之说的史料依据。因为多方资料表明，建文帝与舟山市有千丝万缕的联系：

1. 清雍正时《宁波府志》记载，建文帝到过宁波桃花渡、莲花洋、普陀山。

2. 宁波市镇海区的藏书《定海县志》记载，建文帝的大臣梁田玉（浙江定海人），父子兄弟 8 人同仕于建文朝，“靖难之变”后，梁氏朝臣们或与从亡，或隐匿，或投水而死，或下落不明。

3. 有文字记载说明成祖朱棣去世后，建文帝与翰林编修程济登普陀山潮音洞祭祀过亡臣。

我想查查，梁氏朝臣从亡后的下落如何？建文帝与梁氏朝臣的联系有没有持续？舟山市那么大，梁氏众臣的家在定海什么镇、街、乡、村？

乘坐跨海大巴到定海汽车站，转乘公交到舟山市定海区史志办公室，借阅了舟山市藏本《定海县志》，在这本书中有提到隆教寺，具体位置在舟山市干览（原作“干磯”）镇。

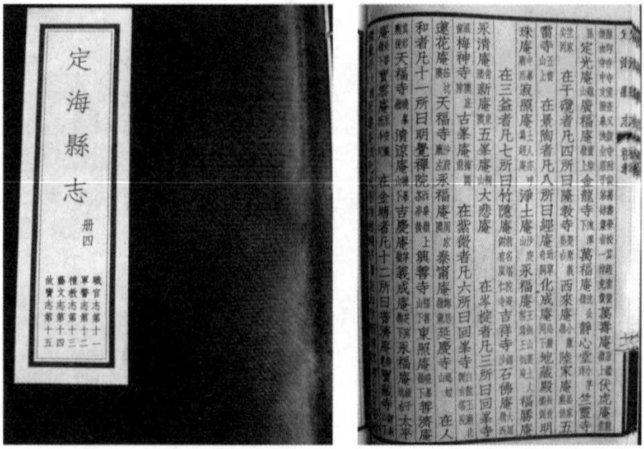

《定海县志》载隆教寺

另一本《定海县志》是民国二十年出版的，我曾经在宁波市镇海区党史办公室看到过。现在的宁波市镇海区，早在五代十国时就很有名气，钱镠建吴越国，称它为“望海县”，赵匡胤建北宋，称它为“定海县”。它管辖着舟山群岛。清康熙二十六年（1687），将舟山群岛中最大的岛屿，借用“定海”作名称，陆地与宁波市接壤的定海县，改为“镇海”，沿用至今。所以，同一版本的《定海县志》，宁波市镇海区史志办也有。

摘录《定海县志》文章如下：“治平寺于转轮上得藏书一卷，载建文亡臣二十余人事迹，楮墨断烂，可识者九人，梁田玉、梁良玉、梁良用、梁中节，皆定海人，同族同仕于朝，田玉官郎中，京师破，去为僧。良玉官中书舍人，变姓名，走海南，鬻书以老。良用为舟师，死于水。中节好《老子》《太玄经》，为道士。何申、宋和、郭节，俱不知何许人，同官中书。申使蜀，至峡口闻变，呕血，疽发背死。和及节挟卜筮书，走异城客死。何州，海州人，不知何官，亦去为卜者，客死。郭良，官籍俱无考，与梁中节相约弃官为道，十一人并失其姓名。”这段话是引用的松阳人王诏的文章。

几位梁氏大臣皆为定海人。但建文帝在普陀山祭祀亡臣的事，《定海县志》无记载。现在史志办的老师不知此事详情，他介绍我去找何雷书先生，何先生是定海史志办的元老，退休在家，他曾对“建文疑案”做过深入细致的调查研究。史志办老师拨通电话，约我立刻去他家。

何先生白白净净、文质彬彬，他家屋子不大，满眼都是书籍。史志办的老师已经告诉过他我的来意，见到我，他开门见山直接说：“建文帝与程济是洪熙初年正月来定海的，在定海县干览镇隆教寺，与寺庙里的几个和尚同住。刑部郎中梁田玉的家，就在干览镇龙头街，两地相距1里路，其他四位朝臣的家，也都在定海县干览镇。”何先生还说，“定海县梁氏在建文朝有好几个做大官的，靖难后有几个人，避祸外出，不知下落。留下的都是读书人，没有糊口的手艺，我们这里地少水多，他们只能当船工，不知道是掉到海里淹死的，还是跳海自杀了，几个人都死在水里。”

何先生确实对“建文疑案”下了不少功夫，别的不说，就拿摘抄建文帝失位后的踪迹来说，何先生细细地看过《明史纪事本末》，并参考其他书籍，摘取建文帝失位后活动过的地方及大致时间。这很重要，何先生允许我复印一份。有与地方志的记载不一致的地方，不敢改动，两种记载我都摘编至本书：

永乐二十一年（1423），建文帝与程济离开云南去湖北，又下江苏。

永乐二十二年（1424）二月，建文帝东行，程济跟随。七月，明成祖朱棣病逝于榆木川。八月，朱棣之子朱高炽继位。建文帝君臣二人，继续向东，游江、浙。十月，二人与史仲彬相遇于旅店，跟随史仲彬到了吴江史家，史仲彬的从叔史弘听说后，直入仲彬家，见到建文帝。十一月，史弘陪同建文帝与程济，三人同游宁波桃花渡（现宁波市三江口）。

洪熙元年（1425）春正月，建文帝君臣辞别史弘，史弘回江苏吴江。君臣二人离开宁波，渡海，从崎头洋，到舟山群岛的定海。据说，他们先在定海干览镇隆教寺，与和尚同住十多天。建文帝终究没去梁家，不敢去探望抚慰梁氏遗孤。二人渡过莲花洋，跑得远远的，到普陀山潮音洞旁边的尼姑庵前，面海祭亡臣，建文帝失声痛哭，与程济焚香烧纸祭祀亡臣。

普陀山面海祭祀亡臣处

普陀山潮音洞

南郑、西乡、通江、平昌诸线索

建文帝的太子朱文奎，在“靖难之变”当天，被兵部侍郎廖平带到襄阳交给妻子，明成祖朱棣的侦探遍布全国，为了安身立命，廖平的妻子带着皇太子从湖北襄阳逃到陕西汉中，秘密抚养。史料中记载的太子的去处只是大体方位，汉中那么大，具体住在什么地方？为寻求史料，早先我已经去过汉中，查找无果。外县史料记载：“永乐七年太子被廖平妻带到汉中”，民间传说：“太子被廖平妻带到南郑县”。因此，我从兰州出发，要到南郑去。

车上摇晃一夜，睡醒已经在略阳境内，从车窗往外看，略阳大地山花烂漫，山顶上的云雾，一直垂挂到河中水面上，也或许是河水温暖，升腾成雾，升上了山中。火车过了嘉陵江大桥，抵达略阳县城，距离汉中还有 128 公里。南郑位于汉中市南郊，南郑之名，源于郑桓公。郑桓公在位 36 年，死于大戎，其民南奔，故称其地名为“南郑”。现在是汉中市南郑区，海拔 537 米，地理位置独特：南踞巴山，北临汉江，沿汉江一带是汉中盆地的一部分。

南郑有许多建文帝的传说，城东南边缘，福成镇辖区，米仓山中名叫白玉乡的地方，地理位置极其重要，是陕西汉中南郑、西乡，通往四川巴中市、通江县等地的咽喉要塞。据说碑坝镇的福成乡是建文帝活动区域，这一带没有太子朱文奎的消息，却有5种关于建文帝的传说：

1. 乡民们说，因为建文帝流亡时在这里住过，人们怀念他，把皇帝的“皇”字拆成“白玉”二字，所以地名叫“白玉乡”，有时直称“皇乡”。

2. 距离白玉乡9公里，有个叫元坝村的地方，有一高山，人称佛头山，又称“太祖山”。接近山顶处有断崖，据说建文帝以僧人身份在这隐居过，故名“建文崖”。

3. 元坝村的山坡上，有旧寺，清朝官员李钟峨在编修《通江县志》时记载过，建文帝由蜀入秦，曾挂锡于此。20世纪70年代，庙内发现疑为建文帝的诗文。

4. 元坝村有两座山峰对峙，一边的山峰称作将军寨，另一边的山峰称作大臣寨，传说与建文帝有关。

5. 太祖山又称佛头山，不是像佛头，而是一条细长的山脉，山脉两边的大峡谷中，有溪流汇成河，在白玉乡这边的河流称“白玉河”，另一条称作“东玉河”，早期有文字记载，把这两个“玉河”称作“御河”，意思说建文帝曾“御驾亲临”来此。佛头山（太祖山）上有“五佛寺”，“五佛寺”下崖穴上有“建文崖”，配《建文崖颂》，清康熙二十四年（1685）西乡县知县史左书写镌刻。《西乡县志》《陕西省通志》《通江县志》亦载文记其事。

从汉中车站转两次公交车，到了南郑区政府。来之前没打过招呼，当我急匆匆地找到党史研究室史志办时，办公室一个人都没有，多亏过道墙上有一块“干部出勤公示牌”公示干部的姓名、职务、电话号码、当日的去向。我拨通何姓副主任的电话，他说，今天干部走基层下乡，他们全都在碑坝镇，我说明自己来南郑县委是为了找建文帝的历史资料的，他听了很激动，说：“县里也需要这方面资料，南郑县没有文字记载，但是关于建文帝的传说很多，我们今天下乡的地方，正好包括碑坝镇白玉乡。”

我太想去碑坝找何副主任他们，跟随他们去白玉乡看看，听听那里流传了六百多年的建文帝故事，最好能打听到皇太子朱文奎的下落，这对建文帝葬地的认定，也有重大意义。但事不顺意，从南郑开往碑坝镇的车，每天只有早晨一班，早已开走。何副主任想留我在南郑住一宿，等他明天回来见个面，并透露说：“西乡县有建文帝的记载。”我在楼道打电话，另外一个科室的邬清安老师从办公室出来，让我去他办公室坐一会儿，给我沏杯热茶，并详细地给我说路线，怕我记不住，他把从南郑去汉中、西乡、通江的乘车地点都写在纸上交给我。

西乡县与南郑区相邻，位于汉中市东部，在汉江支流牧马河流域。三国时期，蜀汉昭烈帝刘备封张飞为西乡侯，而得地名。

南郑区没有直达西乡县的车，必须返回汉中，重新换车。到西乡县委下车，我走进县委党史研究办公室，办公室里有两位老师，一位姓申，一位姓屈，他们取来一本新修的《西乡县志》，一本清康熙二十二年由史左编纂的《西乡县志》。两书中都有关于“建文崖”的文字记载。

清吴秉权《钢鉴易知录》说：“建文帝于明宣宗宣德三年六月，游汉中。”

新修《西乡县志》的“文物胜迹志”，第 544 页附记《建文崖》一文记载：“‘建文崖’位于县西南之大河坝乡，距县城 240 里，群峰矗立，陡峭劲拔。崖顶有三合院庙一所，山半腰又有庙宇三间。传说明建文帝……曾来此处隐居为僧，故名‘建文崖’，省志、府志皆如此说。”

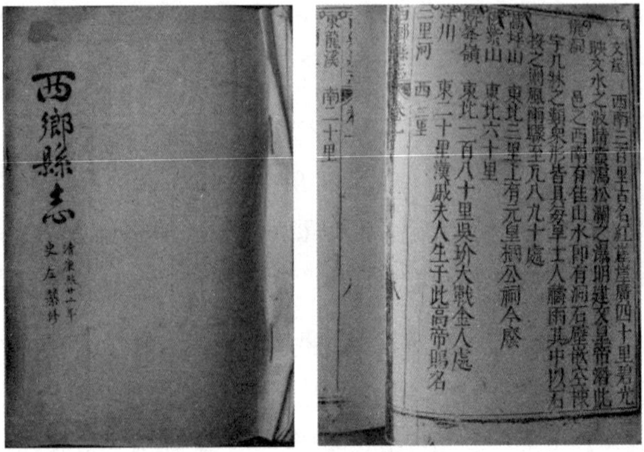

《西乡县志》载“建文崖”

清康熙《西乡县志》中说，建文崖古名红崖，崖广 40 里，建文帝隐居于此；还说，梅雪禅师塔，在左西峡，建文帝入蜀，禅师相随，圆寂于此。

梅雪禅师是谁？见下文。

党史研究室老师把他们拍的“佛头山”“建文崖”“崖内壁画”的照片，拷贝一份给我。汉中“建文崖”遗址，有清康熙年间的文字记载，这组照片是很有力的佐证。

西乡有一所北庵庙，它与子午观隔峡相望。当地人称其为“仙人坪”，今有香火，由宗教人士守护，自古此庙就存在，叫“善卷庵”，明弘治年间改称“北庵”，在清嘉庆、清道光年间都修缮过，清光绪七年又重修。

传说，西乡地区有程氏家谱，记载了程济随建文帝来西乡，死后葬于此的事。当地人的说法是：“程济为建文帝的大臣，被称作梅雪禅师，死后葬于西乡，近建文崖的左溪峡。”清《西乡胜迹录》记载：“梅雪禅师塔，在县西南一百二十里，明建文帝入蜀，禅师随行，圆

大河坝乡佛头山

佛头山上建文崖

寂于此。禅师为建文帝御史程济。”清史左在《建文崖颂》中也说：“龙非复潜者，曰建文；弃御史而为和尚者，曰程济，先于建文帝卒，梅雪其号也。”

但是，我能确定“程济弃御史而为和尚，卒于建文帝之前，葬于西乡左溪峡”这一记载有误。葬在西乡左溪峡的，肯定不是程济。

程济，陕西大荔人，四川岳池教谕，因预测北方将有兵变，被建文帝下狱，靖难事发，被释，升为翰林编修。金川门失守，皇帝朱允炆、吴王教授杨应能、监察御史叶希贤三人为僧，翰林编修程济为道士，时远时近地跟随建文帝左右。杨、叶病逝后，只程济一人为伴，建文帝去哪，程济跟到哪。程济来过西乡一带，是不争的事实。但是，浙江省兰溪白坑村东山有“明编修程公墓”。明末，绩溪人到兰溪做生意，发现程济墓破败不堪，无人维护，因程姓是安徽省绩溪县的大户，多官吏，商人们误认为程济是安徽老乡，于是上报浙江官府，捐款修缮程济墓，并将程济载入安徽省绩溪县地方志的史册，说程济是安徽绩溪人。

随建文帝出亡的御史只有两位，一位是湖南沅州人牛景先，也有称牛景先为“镇抚”的记载；另一位御史，确切地说是监察御史，浙江松阳人叶希贤，称“应贤和尚”，永乐十年（1412）四月病逝于云南洱源，建文帝为叶希贤与杨应能立“二忠墓”。

金川门失守，从亡大臣曾有分工：建文朝翰林编修、陕西三原人赵天泰，随帝出亡，负责供给建文帝衣食，史料记载：“适衣葛，即称衣葛翁，时称天肖子……”陕西三原县志里，“建文”年号遭“革除”，所以没有赵天泰的信息。其他省份的地方志记载，翰林编修赵天泰在永乐初年去过云南，后来下落不明。赵天泰与钦天监监正王之臣，都穿葛衣，或是为了方便寻找同亡之臣、迷惑永乐帝的追兵。王之臣与赵天泰肩负守护太子朱文奎的使命。王之臣从湖北襄阳，去了甘肃永登，在鲁土司家做佣人，病死在鲁土司家，葬于连城。

赵天泰于永乐初年，去过云南觐见建文帝，很有可能受命侧隐于太子朱文奎身边，死后葬于陕西省西乡县。以上只是我结合自己收集的资料作出的推测，需进一步寻找证据。

乾隆时期编修的《达州志》卷四十一，“文艺”第 740 页中有“建文在通江住南寺、陕西汉中城固‘建基崖’隐身”的句子。于是我打算去四川通江县。

要想从西乡县到通江县，必须从镇巴县转车到万源，转达州，再从达州坐车到通江。到通江后，直接赶往通江县地方志办查资料。办公室老师给我找来《通江县志》，在书的第 877 页，卷五十“宗教”第二节“寺庙志要”中提到：“《清一统志》载：‘嘉佑寺在通江县治南，唐中和中建，初名龙兴寺，宋改今名。’续志稿称：‘在治南，俗名南寺，一名龙兴寺。后枕公山，前襟诺水，为唐凤翔节度使郑略故宅。’宋皮弼、明建文帝、向翀、清李蕃均作诗咏之。”

书中有两个关键点：1. 通江有南寺；2. 明建文帝作诗咏之。

既然建文帝来过南寺有文为凭，就有必要去遗址看一看。方志办的向老师联系上诺水村的赵主任，告诉我南寺详细位置。出租车司机知道到南寺街和南寺遗址，在诺水河的斜坡上，现在地名叫：诺水村

5组，农机二厂。我们的车开进工厂院子时，没发现有值班室，靠右有一排平房，一间屋子房门虚掩着，里面像是有人，我站在门口问："屋里有人吗?"唤到第二声，走出一位穿工作服的师傅，我向他打听南寺在哪里，师傅手一指说："那!"我回过头看了看说"哪有哇? 那不是厂房吗?"赵师傅说："那是农机厂的红炉车间，原来就是南寺。"我很是惊讶，现在这里一点寺庙的形象也没有了。我问建文帝是不是真来过这里，赵师傅肯定地说："来过!"他讲了建文帝与何氏母女的故事。还说房子后面原先有一个小庙，早已拆了。我只好带着遗憾离开。

我太想解开关于太子朱文奎与廖平妻子的经历之谜，朱文奎成长地以及死后埋葬地究竟在哪里，这一切都在历史变迁中变得无迹可寻，我们想找都找不到。而终其一生，过着流亡生涯的建文帝，经常去襄阳与汉中一带看皇长子朱文奎，倒留下许多痕迹，待后人发掘。

关于建文帝从亡大臣行踪的考察

我收集的建文帝从亡大臣名单，来自《明史》《明人传记资料索引》以及各个地方志中。最初发布建文帝从亡大臣名单的是浙江省《松阳县志》，松阳人王诏发现治平寺藏文，王诏是明嘉靖年间贡生，这份史料是最早面世的。但是这份据说由史仲彬密笔的文章，藏在什么地方的治平寺？大约是什么时候的事？没有其他资料印证。

松阳史志办的老师研究发现，历史上有把不便发布的文章藏于治平寺的习惯。这样一来，我确定这是研究建文帝从亡大臣的动向、证明朱允炆流落于国内的铁证。不能相互印证的孤据，也都抄收在本文中，供专家学者研究分析。

四川《富顺县志》载，成化年间重修金田寺时，有建文帝像，尚书周洪谟有八景诗并序，不传，还有建文帝 11 位从亡大臣牌位并立。文章说："建文之优柔儒懦，而行遁于天涯地角，始终曲折以脱虎口，自非十一先生尽心竭力，委其身以保护之，其亦难矣。"赞从亡大臣："亦无可能龙归沧海，凤返丹山之叹。……独奋不顾身驰驱憔悴死相随於！为僧为道，……不为功，不为名，而颠沛流离东西南北积四十年之久。诸公其何所为乎？盖君臣大义，诚不可解于天地之间者，所为竭股肱之力，继之以忠贞，诸公有焉！"

后来落实，从亡大臣有 26 名。

2015 年我进行了一次寻找从亡大臣故里、故事之旅，实际花费 35 天，从宁波出发，跨越浙江、安徽、湖北、湖南、广西、广东、江西 7 个省。收获不小。

程济

从亡大臣程济，是陕西大荔人，四川省岳池教谕，后为翰林编修。安徽绩溪也将其载入县志。程济墓遗址在浙江省兰溪市灵洞白坑村皇回禅寺侧。

根据《浪穹县志略》《建文帝出亡云南新证》《治平寺藏书》等史料记载，本文将程济跟随建文帝出亡后的行踪整理如下（史料来源不是一处，有出入的地方，尊重资料原文，供参考）：

建文四年（1402）八月十六日，帝同两比丘、一道人行。余俱星散……一行附舟至京口，过长江，在六合茅屋住 9 天，天气转冷，夜晚睡觉时，程济近建文帝脚边，杨应能等都把葛衣脱下，给建文帝盖上。建文帝曰："黄花满地带霜开"，应能、希贤分别和句。陆行至襄阳。

永乐元年（1403），入滇，居永嘉寺，惟应贤、应能、程济从。

永乐二年（1404）春，建文帝、杨应能、叶希贤三人去滇。出川，游邛崃，至峨眉山，出资阳，入楚、吴，八月，建文帝与大臣们至史仲彬家宿三日，祭祀诸亡臣。九月，建文帝一行游天台、雁荡等山，凡 39 天，十一月底，众大臣离天台，建文帝君臣当时约定，第二年到襄阳廖平家与众臣会合。

永乐三年（1405），随建文帝离开天台，先到襄阳王之臣家，后居襄阳廖平家，再夔州冯潅处宿三日即去。到四川省邻水县，中书舍人郭节、侍中黄直在大竹（邻水）迎接，建文帝居大竹县善庆里。

永乐四年（1406）四月，返滇，居西平侯家一日，夏，程济等在云南永昌（保山）白龙山藉一茅屋暂住。

永乐六年（1408），随建文帝住云南白龙山寺。刑部侍郎金焦、中书舍人郭节、侍中黄直从各地来永昌白龙庵，给建文帝他们送衣、送钱粮。

永乐七年（1409），随建文帝复居于大竹善庆里。副都御史王友德见建文帝住善庆里时，甚穷，诸臣俱外出谋衣食，王友德潜回本籍蕲水县（今湖北省蕲春县）变卖己产，携资来供。帝居无何，迹渐著，乃与程等计。恐事泄，复奉帝从襄阳取道遁回白龙山。

永乐十三年（1415）秋，（建文帝）随程济及玄素三弟子游湖南衡山，往返于各地，每年必归观音山。建白云庵于龙湫西。

永乐十八年（1420）夏六月，建文帝在贵州，命程济移居庵西偏。

永乐二十年（1422）二月，帝入楚，程济从。六月，游汉阳，登晴川楼。七月，留大别山。

永乐二十一年（1423），去滇入楚。

永乐二十二年（1424）二月，帝东行，程济随。十月，与仲彬相遇于旅店。即下江南到史仲彬家，史有从叔，名史弘。直入史家，问："建文帝也？"史曰："非也。"十一月，由史弘陪同建文帝、程济游宁波桃花渡。

洪熙元年（1425）正月，明仁宗朱高炽立。建文帝游普陀山诸地，驻干览镇隆教寺。帝祀从亡大臣于普陀山潮音洞。五月，自闽、粤还。只程济从。

宣德元年（1426），明仁宗朱高炽暴死，朱瞻基即位，改元"宣德"，这年，建文帝在鹤庆（云南省洱源牛街观音寺），使程济往河南视王资、金焦，未至，王资、金焦卒。八月，建文帝祭从亡大臣于庵前。

宣德二年（1427）二月，移居鹤庆之静室，八月，麓川寇。与程济去滇入蜀。十月，宿永庆寺。

宣德三年（1428），在道闻史仲彬狱死，哭之，五月，从西陵入陕，十月，至汉中。

宣德五年（1430），在浪穹，（建文帝）为文哭从亡诸臣之死者，且命程济各为传，藏于岩中。

宣德六年（1431），帝与程济游陕西、秋返巴蜀。后游楚地、江西九江，重游天台等地。

宣德七年（1432），游天台赤城、吴山、会稽，据考复至兰溪，后返回鹤庆。

宣德八年（1433），建文老而悲，祭诸随臣，弃庵与鹤庆，立静室于黄龙潭西。秋末到巴蜀，会程济，游二年，归点苍山。居德胜驿，后静心禅寺。

正统元年（1436），明英宗祁镇立。（帝）欲东归，年六十有余矣！程济力谏阻之，乃止。仍居浪穹。

正统三年（1438），有主庵弟子应知遁去，（帝）虑迹露，与程济急行入粤，西居广西横州山寺。

正统四年（1439），程济谏师还滇，不许。

正统五年（1440）复入黔，至贵州之金筑司，题诗罗永庵之壁上，会有同寓僧，窃诗报思恩土知州岑英，所自诈是建文帝者，械入京。同寓诸僧俱逮，遂及师。时程济已九十余，发尽白，负囊以从。九月，师在北京，诏迎师入大内。

正统五年（1440）建文帝自思恩出首。被送往北京，经太监指认，养于宫中，得善终。

早先，我从其他地方志史料中得知，建文朝翰林编修程济，曾任四川省岳池教谕。程济所著《从亡随笔》与史仲彬所著《致身录》并传，是以知建文帝实情也。在整个事件中，程济是举足轻重的重要人物。有说他是朝邑人，有说他是绩溪人，要搞清楚他到底是哪里人，我带着问号去了岳池。

岳池县史志办主任室有位清瘦的男老师坐在电脑前，我说明来意，老师起身从书柜里找出《岳池县志》递给我。我很快就说："没有查到程济的名字。"他说："我在网上看看。"同时，另换一本清光绪年间何其泰、吴新德修纂的《岳池县志》递给我。刘老师在电脑上查，我在书上找。功夫不负有心人，最终他在网上找到一些关于程济的文章，我在清朝编纂的《岳池县志》"文官"栏中，也找到有关程济的文章。

清光绪《岳池县志》中记载："程济，汉人。陕西朝邑人，明翰林院编修。洪武年间以明经为岳池教谕。知星象。建文时，上章廉明言荧惑守心，明年七月当有兵起。上召入京，系狱以验其后。届期，北平果举靖难兵。上因出济，授翰林编修。使监军，致东昌之捷。及建文避位，济与从亡，不知所终。详见《明史》。"

也就是说，程济，是陕西朝邑（今陕西大荔）人，明朝翰林院编修。洪武年间是岳池教谕。建文帝继位不久，程济上书说，第二年七月北方会有叛军。建文帝不信，召其入京，要杀他，程济自辨，建文帝就没有杀他，将他入狱。后来，北平燕王果然举兵犯上，建文帝释放程济，授予他翰林编修一职。建文二年五月，燕王朱棣攻山东，被盛庸、铁铉的军队挡在济南一带，同年十二月，盛庸联合山东各部兵马在东昌（山东省聊城），程济监军，致东昌之捷，这是建文朝廷与燕军朱棣的最后一个胜仗。建文帝失位后，程济从亡，不知所终。

岳池史志办官网资料记载："程济，陕西朝邑人，少与同窗高翔言志，翔言：‘愿为忠臣。’济曰：‘愿为智士。’建文初，济出仕，上本言燕王有反意，人皆不信。明年果反，人皆信服。建文特升为翰林院编修。北兵素悍，南兵节节败退。建文四年六月，京城破，燕王入，召素有名望者草诏以服众，时高翔在京任监察御史，与方孝孺同被召。二人严词以拒，王怒杀之，诛其亲族，而名士重臣，如状元胡广，学士解缙，编修杨荣、杨溥等，皆降之。济闻之，叹曰：‘高君果遂生平之志。’”“程济追随建文近四十载，矢志不渝，委曲全主，终致主归骨。比之介子推有过之而无不及，自称智士，真无愧矣，可谓俯低一生无所愧，从来不作剧新文。”

2014年12月2日，我曾乘火车到金华东站，转汽车去兰溪，找当地人询问程济的事，还真有一位老先生是明白人，他说：“我们当地人传说，明朝建文帝与编修程济，还有郑洽，都来过兰溪……”我赶紧追问：“怎么能找到资料?”他说：“不知道。”接着告诉我说，“程济墓在白坑村，你想去？得乘汽车，兰溪火车站边上有停靠站。”第二天一早，我按照路人的指引，乘上了开往白坑村的公交车，下车后，从停车场分岔口向右，有一条曲曲弯弯的小路，过了公路，奔大山而去，从斜对面的豁口登山。显眼处立着一块雕有双龙的石碑，上书“兰溪市白坑皇回禅寺，住山僧弟子释演德，公元二〇〇二年秋月敬立”。看来这是指引香客去皇回禅寺的指路牌。

路可行车，上山路像左耳廓，弯曲着不能展望前程，逆时针行走，隔一段就有上山台阶，很气派，给人以错觉，让我以为皇回禅寺到了，被误导登上过三次。其实，那是通往私家坟茔的台阶，整整一座山都是坟头。又走了20多分钟，看见一座古色古香、翘檐飞角的皇回禅寺隐藏在幽深的山腰间，青松挺拔，翠竹荫柔。殿中有文字板，介绍说：“元代始建东山庵，明初因建文帝避靖难之乱，遁荒隐蔽此地，遂声名远播，后更名皇回禅寺，清康熙庚戌，僧圆应重建寺之侧。”

皇回禅寺的位置是兰溪东郭 20 里，此地古称“忘怀”山，又称“东山”。

禅寺殿堂内，迎面就是一尊建文帝全身塑像，立在显著位置，塑像身后的墙壁上手工绘制有“建文帝逃亡线路”图，我按时间顺序抄录后归纳如下：

建文四年（1402）六月十五日，从南京皇宫地道出亡，经京口（江苏省镇江）奔六合，走溧阳，由六合步行至襄阳。

永乐元年（1403）正月十三日，抵云南永嘉寺。

永乐二年（1404）秋，游杭州、天台、雁荡、兰溪东山寺（白坑）返云南。

永乐三年（1405）春，三月，至重庆大竹。

永乐九年（1411）四月，在浪穹建大喜庵为长居处。

永乐十八年（1420）冬，十月，登峨眉山，有诗“登高不待东翘首，但见云从故国飞”。

永乐二十一年（1423）六月，登汉阳晴川阁有吟“江波犹涌憾，林霭欲翻愁”。

宣德二年（1427）十月，宿四川永庆寺，有诗“尘心消尽无些子，不受人间物色侵。”

宣德二年（1427）冬，十一月，到嘉兴、游天台、宁波莲花洋。

宣德三年（1428）夏，游神女庙。

宣德六年（1431）二月至六月，在陕西。

宣德七年（1432）游吴山、天台赤城、会稽，据考复至兰溪。

正统五年（1440）春，游贵州罗永庵，有诗“百官此日知何处？唯有群乌早晚朝。”

寺外墙脚边，有一块 2010 年白坑村老年人协会敬立的记事碑，碑文说："2007年9月，皇回寺附近发掘一方高1.2米、宽0.55米、厚0.2米，上雕刻'明编修程公之墓'的墓碑……"只看了这几个字，我便激动得立刻转身，四下里找"明编修程公之墓"，偌大一座山，哪里就容易在杂草丛生的山林中找出古墓？想找人问问，转悠了好长时间，就连寺庙的灶房都进去了，一个人也没找着。找不到程济墓或者墓碑，太失望了，下山回市区，去市委史志办借阅历史资料吧。

皇回禅寺建文帝塑像及"建文帝逃亡路线"图

我走得很慢，快到山下时，一辆洒水车从我身边经过，往山下开。见驾驶员准备把车停在路口，我边跑边大声唤他，车停了，我说："师傅请等一下，请问，程济墓葬的确切位置在哪里？明编修程公墓葬？"他跳下车，站在驾驶室旁，指手画脚地给我指路，这时，两位筑路工人凑过来听了一会儿，其中一位说："我知道！"他说能带我去找。一共三位工人师傅在前面带路，他们走得飞快，我跟在后面，气喘吁吁，重入深山。

快走到皇回禅寺时，一位同路人请来护林员，护林员带着砍刀，从侧路抢先到皇回禅寺的"天王殿"一侧，动手清理大坡上平地隆起的坟头。他把上面的野草清除掉一些，大家眼前一亮，"哇"地叫出声来。接着大家七手八脚帮忙拔荒草，只一会儿功夫，一座石头坟墓豁然展现在眼前。

石块垒砌的坟墓高约2米多，直径大概2.5米左右，墓碑上的字很大，但是石碑风化很严重，这可能就是前面碑文上写的2007年9

兰溪白坑村明编修程公之墓

月发现的那块。双线阴刻的“明编修程公之墓”七个字很大，能看清楚，其他内容字小，看不清楚。护林员说，前面是老坟，顺着他手指的方向看时，确实在“明编修程公之墓”前面坡下约10米处，有一段石碑，只有三四十厘米露出地面，没有封土，没有坟茔。护林员说那是“明编修程公老坟”。

这时，一位女僧师傅急匆匆赶到，她带来一本书、一张旧报纸，自我介绍说：“在上山路口立石碑引路的释演德就是我。”我对她手里那张旧报纸很感兴趣，她赶快递过来让我看，这是一张2012年6月份的旧报纸，有一篇名为“龙隐星陨皇回寺”的文章，讲了兰溪市白坑村皇回寺与建文帝、翰林编修程济、浦江人郑洽、东山庵住持静云师太的故事，我记不住那么多故事，释师傅直接把报纸送给我了。我感到高兴又温暖，今天在山上遇到的个个都是热心人。

下班之前，我赶到兰溪市史志办，借阅到一本光绪年编的《兰溪县志》，书中没有关于白坑村、程济墓的记载。办公室两位老师问我：“哪里来的消息?”为省事，我就说：“你们《兰江导报》上也这么说。”顺手把释师傅送的旧报纸递给他们。两位仔细看过报纸，催我赶紧去问作者，说不定作者手头有资料：“文章作者姓胡，他的办公室，就在这幢大楼的下面一层。”我赶紧前去请教，并把我整理好的关于建文帝行迹资料的U盘递给他，说：“这是我整理的资料。”胡老师利落地把我U盘前面一部分资料，拷贝到他电脑上，边看边修改，并说："我手里没有资料，是听老和尚说的，老和尚是四川人，已经回老家了。"很遗憾，他没有切实的资料。

至于建文帝是哪年来的兰溪白坑村东山，兰溪本地无记载，我分析：既然称"皇回禅寺"，他来白坑村东山应不少于两次。根据他到江浙一带活动的记载来分析，有可能是永乐二年（1404）九月，据载那时他到天台、雁荡一带游历三十九天，雁荡一带可以包括兰溪。再有宣德七年（1432），游吴山、天台赤城、会稽，据考复至兰溪（这是由皇回禅寺大殿内的手绘线路图中得来的信息）。没有其他资料印证建文帝到过兰溪白坑村东山。

后来，我又到过绩溪县方志办。由档案局俞老师借给我两本县志，一本是清嘉庆年间清恺编著的《（嘉庆）绩溪县志》，另一本是由绩溪县地方志编纂委员会编的《绩溪县志》，都由黄山书社出版。在《绩溪县志》第三十二章，"人物传记"第867页中，基本都是本地土生土长的有名人物，特别有名的与绩溪有关联的人物也在内。其中有程济。对他的记述，相比之下内容要比别处县志多一些，而且与其他地方志的记载稍有不同。除了说程济是安徽绩溪人以外，还记载他的字是"君楫"，在《大荔县志》《岳池县志》中都没有关于程济的字的记载。

此外还有一段是别处没有看到过的："以军师同诸将北征，在徐州与燕王兵会战大捷。树碑记诸将战功及统军者姓名。后，燕王领兵过徐州见碑，怒令锤毁碑石，又急令停止，录下撰文。靖乱后，以碑记姓名诛其族。济名在锤脱处，侥幸躲过灾难。程济领兵在淮河一带作战，诸将不听其决策，屡遭失败，帝闻召济回京。建文四年燕兵破京师，建文帝落发，程济化装为道人随出。浙江省兰溪市灵洞白坑村皇回禅寺旁，有疑似程济墓一处。"

《（嘉庆）绩溪县志》中写："程济：〔明〕绩溪、邑人。"也就是说，认为他可能是绩溪人，也可能是朝邑人。也记载了：“翰林编修程济，腋帝出城，晚走神乐观，宿道士王昇家。程济与杨应能、叶希贤，日久相依陪建文帝往来诸名胜，以避侦捕。所著《从亡随笔》与史仲彬所著《致身录》并传，是以知建文帝实情也。”在卷十，“人物志”一项，有按语说：“济后卒于浙江兰溪县城，城南二里龙冈山，有‘程济墓’三字；石碑遭人夷毁。兰好义士与郡人在兰者同鸣于官，遂得修复其故冢。”

能从安徽省《绩溪县志》中证明浙江省兰溪“明编修程公之墓”的出处，很高兴。我说我在皇回禅寺亲眼看见过程济墓碑，俞老师也很高兴，他说：“明朝时，绩溪有许多生意人，在浙江兰溪经商，有几位绩溪人看见到程济墓破损严重，没有后人为他培土修缮，于心不忍，程姓是绩溪的大户，还有好几家是旺族，程济的名字，大家有所耳闻。所以在兰溪经商的绩溪人与生活在兰溪的绩溪老乡联名向兰溪官方打报告，经批准，绩溪人出资、出力，为明编修程济修复了故冢。”

有绩溪人的义举，今人才有幸见到这位忠臣的墓碑。基本可以证明：兰溪“明编修程公之墓”不是衣冠冢。但是，史料没记录绩溪老乡为程济修墓是哪一年，老碑上应该有记，可惜年代太久，风吹日晒蚀没了。

2015 年 9 月 22 日，我到陕西省三原县城，在《三原县志》地方志编纂委员会编辑出版的书里，查不到建文帝从亡大臣、翰林编修赵天泰的信息资料。发现这本《三原县志》，曾遭遇被历史学家称之为“革除”的时期，连“建文”年号的大事记都没有。翰林编修程济，家乡也是陕西，心中未免忐忑。

我想去大荔县看看，这位伟大人物的家乡什么样？家乡有为他写传吗？大荔县政府史志办的老师说：“古县志在库房，不好找，现成的《五彩大荔》是大荔县地方志编纂委员会编的，主编王小民。”书里写到程济事迹。另一本明朝韩邦靖所撰《朝坂英华〈朝邑县志〉今读》中也有记载。办公室老师打印了这两本书中有关程济的部分送给我。回家后，我迫不及待，仔细阅读这两份宝贵的史料。上面的记载与上文所列的资料内容一致，可以相互印证。

叶希贤

2015年11月18日，我从宁波出发，先到浙江省台州、黄岩、天台等地寻找所需资料，接下来，去浙江省松阳县。

松阳县县志办公室只有一位老师在，我到的时候，他正准备写东西，我说：“老师，我来找‘靖难之变’从亡大臣、监察御史叶希贤的史料，他是你们松阳人。”老师笑了，说：“我叫陆宝良。”他很快给我取来一本线装《松阳县志》。

在《松阳县志》卷九“人物忠义”篇中，是这样记述的：“叶希贤，字雪庵，由贤良为南台监察御史，冰蘖自励，壬午六月，靖难兵起，家人惊溃相失，谓其已死，乃以衣冠发丧而葬。希贤已从嗣君抵蜀，隐姓名，祝发为僧。至重庆，有杜景贤者遇之，乃于地名松柏滩建观音寺居焉，朝夕诵经咒。”“到正统年间，建文帝迎入西内，乃去寺侨居茂州，改姓为顺，置室家焉。年逾百岁而终，子孙蕃衍。”

在松阳县志办还看到，由汤光新编著的，名为《松阳历代书目》一书，在165页记述：“叶希贤有《雪庵集》《东湖外史》。据万历《括苍山汇记》，叶希贤名希言，又名枢，字用忠，号雪庵，松阳叶川村人，由贤良为南台监察御史，冰蘖自励。壬午六月，靖难兵起，家人惊溃相失，谓其已死，乃以衣冠发丧而葬。希贤已从嗣君抵蜀，隐

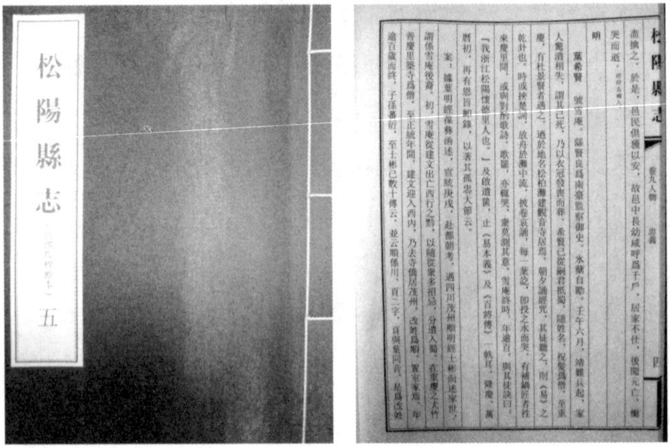

《松阳县志》中载叶希贤

姓名，祝发为僧。至重庆，有杜景贤者遇之，乃于地名松柏滩建观音寺居焉，朝夕诵经咒。雪庵终时年逾百，与其徒诀曰：‘我浙江松阳怀德人也’……”

两本书的内容很丰富。但，对叶希贤的说法与其他文献资料有区别，主要差别在，别的资料记述：叶希贤的僧名叫“应贤和尚”，与杨应能同年病逝于云南省洱源，葬于茈碧湖镇潜龙庵侧，建文帝亲立“二忠之墓”碑文。明朝时洱源叫“浪穹”。自清朝以来，有大量的文献资料记载建文帝为杨应能与叶希贤写“二忠之墓”的时间、地点以及后来三次重修“二忠之墓”的事，有诗文可以印证。

而《松阳历代书目》认为叶希贤是“雪庵和尚”，但是我认为建文帝从亡大臣中称“雪庵和尚”的是吴成学。吴成学也是浙江松阳人，与叶希贤同僚。我所见有这么一句话，史臣赵上喆曰：“当日诸臣侍，从周旋者以济为首，能、贤、雪庵为次。”

史料有的记载叶希贤是松阳叶川村人，有的记载是松阳怀德人，他只能二者居其一，剩下那个必是吴成学的家乡。还有，许多资料印证，叶希贤于永乐十年（1412）四月病逝于浪穹。而《松阳县志》记述，“叶希贤，字雪庵，……到正统年间，建文帝迎入西内，乃去寺侨居茂州，改姓为顺，置室家焉。”这明显说的是两个人，因此我疑“雪庵和尚”为吴成学，待学界进一步证实。

叶希贤的从亡历程基本清晰，且多与杨应能的经历同步，因此，逐年详细行踪请参见下文“杨应能”一节，此节不赘述。

杨应能

为找从亡大臣杨应能、王资、刘伸的资料，需要去开封杞县，因他们三人都是杞县人。

2015 年 9 月 24 日，我从开封祥符坐大巴到杞县，第二天一早，拜访杞县县政府。地方志办公室接待我的女孩姓刘，听说我是找建文帝从亡大臣资料来的，她立刻走出去请示办公室主任，不一会儿，高洪宪主任来了，问完我的要求，立即回他办公室去查找。这期间，我把整理成目录的小文章给小刘老师看。我整理的内容，是建文帝出亡后约 40 年的时间段里，与大臣到过的地方，以及二十六位从亡大臣的名单，包括官职、籍贯、事迹等。

不一会儿，高主任找来清康熙二十一年编纂的《杞县志》《杞县人物大典》。《杞县人物大典》就是高主任带领杞县地方史志办的同仁，在原有的《康熙杞县志》（清何彝光纂，清康熙三十二年李继烈修）的基础上，收集古杞县名人，新增清朝以后的名人，修纂而成，并译成白话文。内容详实、条理清晰，易查找。其中，就包括我要找的三个人。

综合杞县及其他地方的文献资料，我整理出杨应能的生平如下：杨应能，河南开封杞县人，建文朝吴王教授。以刚强正直而著称。壬午年六月（1402）燕王攻入金川门，建文帝、叶希贤、杨应能三人削发，叶希贤称“应贤和尚”，杨应能称“应能和尚”，程济则装扮成道人，梁良用与建文帝及程济出西华门，梁良用易服鼓舷而行抵南门，舍舟，自赴朱雀桥投水而死。建文帝从皇宫密道逃出金陵，薄暮时，杨应能、叶希贤等十三人至神乐观西，与建文帝集合，走水路。八日，始至吴江黄溪史仲彬家。八月十六日，建文帝同杨应能、叶希贤、程济同行，余俱星散。后乘船从京口（江苏省镇江）渡过长江，在六合县一处茅草屋里住九天。靖难军队入南京城时，是盛夏，大臣们都穿夏衣（葛衣）。金川失守初，建文帝与众亡臣们没有目标、走走停停，先向东到江苏吴江黄溪、再往西，然后往北在镇江渡长江，绕了个大圈，回到南京市江北地六合县。天苍苍野茫茫，众人忧心忡忡，悲愤难言。建文帝说：“今后，不分天子与臣民，相互依存。”睡觉时，君臣无尊卑，挤在一起，程济紧依建文帝的脚，杨应能等脱下葛衣给建文帝盖上，在六合县稍许休整，调整思路后，决定陆路往西步行，由湖北省襄阳下云南。

前半生养尊处优的君臣们，跌跌撞撞，历尽千辛万苦，终于在当年十月份，走陆路到了湖北省襄阳廖平家。靖难兵入金川门时，兵部侍郎廖平先带太子朱文奎脱离虎口，到老家把太子交给妻子。因此，建文帝君臣来襄阳廖平家是看太子的。襄阳不宜久留，他们立刻启程去云南，昆明沐家与朱允炆交好，又有兵权，建文帝想去昆明沐家试探深浅，寻找出路。

在此不得不提沐晟家是如何发迹的故事：元朝末期，元顺帝至正八年（1348），朱元璋接到好友汤和的信，举荐他去参加起义军，朱元璋到郭子仪帐下当兵。见小沐英（沐晟的父亲）因战乱，父母双亡，孤苦伶仃。时朱元璋自己才 21 岁，他毅然决然地收 8 岁的沐英为养子。沐家也是安徽凤阳人，为续沐氏香火，朱元璋允许沐英不更名不改姓。皇太子朱标与沐英是发小。洪武朝，沐英破土蕃有功，被封为西平侯。后来，沐英从傅友德平定云、贵，战功最著，留下镇守云南，在任10年，病逝于镇所，长子沐春袭爵位，次子沐晟继沐春爵位。

建文初年，西平侯沐晟奏报朱元璋第十八子岷王朱楩之过，建文帝判岷王朱楩有罪，废为庶人，徙璋州。为此，岷王朱楩与总兵沐晟交恶。朱棣夺位后，立即恢复了朱楩的王位。朱楩报复心切，擅收诸司印信、杀戮吏民、诏削其护卫。朱棣又找不到比沐晟更好的人选镇守云南，因此在永乐初组阁任免时，在给沐晟的命诏中，委任、训斥、告诫，套上了层层枷锁。因此，沐晟谨小慎微。这时候，让沐晟参与帝位之争，他力不从心。

永乐元年（1403）正月，建文帝一行抵滇，在沐晟书房，建文帝求安身之地。沐晟提议建文帝到大理点苍山栖身，建文帝认为那里容易暴露，不安全。沐老夫人安置他们到昆明西北部的武定县，那里有沐家牢靠的朋友。建文帝、杨应能、叶希贤、程济去狮子山永嘉寺住了三个月（一同去武定狮山永嘉寺的，应该还有刑部司务冯漼）。不久，明成祖得到乡人举报，派官兵入滇，擒拿建文帝及同伙。迫不得已，建文帝一行逃离武定狮山。

永乐二年（1404）建文帝、杨应能、叶希贤、程济离开云南。出四川，回到靖难初去过的江苏吴江黄溪，徐府宾辅史仲彬家。两年多没见过面，大家叙谈良久，想不出比逃亡更好的出路，史仲彬补充钱粮予他们。大家同去天台、雁荡一带徘徊了39天，十一月底，众人在天台分手，建文帝在紫云洞度岁，然后返回云南。刘伸留天台以养终老。

永乐三年（1405），建文帝等人，在返滇途中到襄阳。先去钦天监监正王之臣家，后居襄阳廖平家，又夔州冯漼处，宿三日。又到四川省邻水，中书舍人郭节、侍中黄直在大竹（邻水）迎接，建文帝与叶希贤、杨应能、程济等居大竹县善庆里。

永乐四年（1406）三月，建文帝一行，从大竹县善庆里西行入滇，在西平侯沐晟家住一天。夏，在云南永昌白龙山建造了简陋的茅草屋，暂时定居。

永乐五年（1407），建文帝结庵云南省永昌白龙山寺。建文帝、程济、杨应能、叶希贤共居之。有人向官府举报说，建文帝藏匿在昆明西平侯沐晟家，信息滞后，官兵到沐晟家扑了空，这时，建文帝等已在白龙寺住了一段时间。

永乐七年（1409），建文帝离开云南入蜀，复居邻水善庆里，建文帝很穷，程济、杨应能、叶希贤诸臣，俱外出谋衣食。住久了恐怕行踪暴露，复从襄阳取道，返回白龙山茅草屋。

永乐八年（1410）三月，建文帝一行自四川返回云南白龙山寺，在清水关道上遇见工部尚书严震，建文帝与严震相扶而哭，建文帝曰："何以处我最终？"对曰："上自行，臣计之熟矣。"严震未报官，当晚严震在驿亭自缢死。建文帝一行回到永昌白龙山时发现住处被人捣毁。七月，建文帝、程济为避侦者逃离白龙山，他们两人与杨应能、叶希贤失散。

永乐九年（1411），杨应能和叶希贤因与建文帝走散，知道建文帝与程济就在云南，又恐暴露，二人自食其力，沿途给人椿米、打短工，一直西行，来到较为偏僻的浪穹。二人用化缘、打短工挣来的钱，在浪穹弥茨河畔，新盖一座寺庙，起名"大喜庵"。这年晚些时候，建文帝与程济也来到云南西北，与杨应能、叶希贤相遇，在浪穹大喜庵住下。落魄君臣与僧徒们在大喜庵前的弥茨河岸种瓜、种菜。

永乐十年（1412）三月，杞县人杨应能，病逝于浪穹大喜庵。四月，松阳人叶希贤也病逝于浪穹大喜庵。一年连失二臣，建文帝悲怆

潜龙庵（大喜庵）遗址

“二忠墓”遗址

之极，号啕大哭。与程济、寺僧等埋葬杨、叶于庵东，并为一墓。建文帝为志曰：“二忠之墓”。十月，刑部司务冯灌、侍中黄直二人来浪穹探望建文帝，也祭祀二同僚。后来，当地人为他们建“二忠祠”，写诗、续词。

建文帝一生流连忘返的地方，云南洱源是其中之一，有叶希贤与杨应能两人在浪穹弥茨河畔盖起的大喜庵，还有“二忠之墓”，内地送衣食者来此可小住，建文帝与程济在这里断断续续居住 12 年。可以说，他在大喜庵避难居住的时间最长。

正统三年（1438），建文帝的主庵弟子应知逃跑了，他怕露迹，与程济商量急行入粤，行前，程济焚毁了大喜庵、推平了“二忠墓”。

清康熙初年，浪穹人何星文、姚安土司高奣映，出资重建大喜庵。咸丰年间打仗，又被破坏。多年以后，本地僧人们集资再次修缮。

洱源弥茨河畔，明永乐十年，杨、叶二位忠臣建造的大喜庵，今遗址尚存，紫红色素土夯实建成的“干打垒”寺院还在，高翘的门楼装束还在，雕刻精美的垂花，早已皲裂成龟，略显苍凉。大喜庵，今名潜龙庵。此处叫做罴谷山，也叫罴龙山，村民们都见过“二忠墓”，石碑高 80 厘米，宽 50 厘米，杨应能葬于北面，叶希贤葬于南面。前些年，“二忠墓”被挖了个 10 平米左右的大坑，后来扩大范围至菜地，还是什么都没有找到，杨应能和叶希贤二位忠臣的遗骸应该是早就被人移走了，被藏到哪里去了，已无人知晓。

王资

王资，开封杞县人，建文朝指挥从偏将，防淮北。有资料称建文帝流亡时期有一位“玉山樵者”（又有史料载“玉华山樵”）是他，最后病死祥符。我要去这些地方一一调查。

2015 年 9 月 25 日，我在杞县地方志办公室看到《杞县人物大典》第 63 页中记载：“王资，建文朝担任指挥从偏将，防淮北。王资勇猛善战，且善于射箭。喜读《古节义传》。灵璧之役时，王资带领步兵保护军饷，将士战败后，各种器械、粮食都被丢弃，一片狼藉，王资也被捕获，后来逃走，跟从徐安防守捍卫凤阳……”

2015 年 11 月 19 日，我到浙江金华市地方志办公室，借阅过《二十四史中的金华人》，这是一本金华地方志丛刊，在第三辑第 167 页，“明史”卷“列传”中，记载了王资，是这样说的：“时有玉山樵者，居金华之东山，麻衣戴笠终身不易。尝为王姓者题词曰‘宗人’，故疑其王姓云。”

2016 年 3 月 2 日，我去安徽灵璧县党史研究室，向王伟主任借阅《灵璧县志》，县志详细记载了齐眉山大战的全过程，但没有指挥从偏将王资的名字。

我接着专程去了一趟凤阳县志办，向党史办宋延云、余海红老师借阅了《凤阳县志》，此书记载有凤阳知府徐安守护凤阳城的事迹：建文四年，燕军到凤阳时，徐安命令拆毁淮河上的浮桥，敛舟拒守。朱棣深知凤阳城坚固，又恐震惊皇陵（朱元璋父母坟茔在凤阳），故而不能强攻，朱棣率部绕过凤阳城，移师东行。书上也没有提到王资的名字。

从各地方志、各种文献资料中我梳理总结出：王资，河南省开封市杞县人，骁勇善射，喜欢读《古节义传》。建文年间，担任指挥从偏将，防淮北。王资参加过灵璧之役。灵璧之役史称“齐眉山大战”（齐眉山属安徽省灵璧地区，距娄庄镇4公里、齐眉山北面是龙山、南面是曹山、西南面是虎山、齐眉山东临红桥湖）。

建文四年（1402），朱棣的燕军攻破娄子镇（娄庄镇）后，向东南追杀溃退官兵，官兵总兵何福与都督平安，二人退至齐眉山，设下埋伏，用败兵之象，引诱燕军进入伏击圈，总兵何福引兵冲杀，都督平安断其后路，燕军阵脚大乱，部将陈文当场战死，猛将王真也被困在伏击圈内动弹不得，在这紧要关头，朱棣从齐眉山上，拨马冲进阵地，奋力拼杀，主帅杀回来，燕兵军心大振。这时，建文朝将领，魏国公徐祖辉的援军也已赶到，综合实力，官军比燕军强。燕王带兵且战且退，官兵紧追不舍，都督平安一马当先，追上朱棣，正要举槊刺杀时，马失前蹄，都督平安失势坠地，眼睁睁地看着燕王逃脱。他重整旗鼓，奋勇当先，两军再次厮杀，拼得你死我活，难解难分。在这紧要关头，偏偏建文帝的圣旨到：“诏书命魏国公徐祖辉速回应天府护驾。”不早不晚的一纸诏书，使徐祖辉很为难，思考再三，才决定：他只带一部分官兵离开战场，赴南京护驾；其他将士继续杀敌。突发事件来不及传达，沙场官军不知实情，以为徐祖辉带队撤退，士气顿时大跌，乱了阵脚，战场形势突变，以燕军大胜结束了齐眉山之战。

时任指挥从偏将的王资，带领一部分步兵，负责保护粮饷。前线将士兵败如山倒，辎重、粮草统统丢弃，齐眉山下、红桥湖畔、血染大地，尸横遍野、一片狼藉，王资无法收拾烂摊子，后来，他也被燕军俘虏。王资很聪明，设法逃出敌营，迅速赶到凤阳，去配合凤阳知府徐安，守护凤阳县城。徐安命令拆毁淮河浮桥，敛舟拒守。朱棣赶到，无船渡河，且深知凤阳城坚固，无法强攻。又恐震惊皇陵，故而绕过凤阳，移师东行。王资见燕兵撤退，凤阳城暂时安全，他立刻披星戴月赶回南京城护驾。

燕兵绕过凤阳，直逼南京而来，没遇到强有力的阻挡，一路凯歌，进犯京师，至金川门，谷王朱橞启门纳之，金川门失陷。建文帝、程济、梁良用易服出宫。同出诸臣：叶希贤、杨应能、史仲彬、郭节、冯灌、廖平、金焦、黄直、梁良玉、王资，自秦水道出。皇帝担心人多，行动不便，让众人散去，暗通消息。八月，王资易道士服，与金焦来河南省，建文帝曾到过他家里。后来，王资隐居浙江金华东山（一说玉华山），人称“玉山樵者”（一说“玉华山樵”），麻衣戴笠终身不易。后归河南省，没回杞县家，而是与金焦病死于祥符。宣德元年（1426）明仁宗朱高炽暴病死，明宣宗朱瞻基即位。建文帝在鹤庆（云南省洱源牛街观音寺），使程济往河南视王资、金焦。未至，闻王资、金焦卒。

刘伸

2015 年 9 月 25 日，我在开封市杞县地方史志办借阅的《杞县人物大典》第 64 页看到记载：“刘伸，明建文时期担任镇抚。后来，朱棣的部队到了，他就跟着建文帝外出逃亡。当时他戴着黄色的帽子，给大家讲解老子。永乐二年八月，他们从史仲彬家里出来，就和建文帝分开了，到了第二年三月，刘伸按照和建文帝原来的约定，到襄阳廖平家和大家会合。当时恰逢马二子从云南来传达建文帝的命令，说是会合取消了，让大家不要再来往奔波了，于是大家各自散去。甲申年八月，建文帝和大臣们会合，游览了天台、雁荡等山。当时，天气已经逐渐变冷，皇帝返回云南，刘伸留在了天台山以养终老。”

镇抚刘伸的资料很少，综合其他地方志文献，对从亡大臣的介绍，可以整理出刘伸部分活动轨迹。那些文献没提他的名字，甚至把刘伸误解成建文帝。我们只要注意到刘伸从亡时戴黄冠，刘伸的特征是头上的黄冠，讲述就容易了。

永乐二年（1404）八月，建文帝至吴江史仲彬家居三日。九月，建文帝与11位大臣在天台、雁荡一带游历39天。十一月底，君臣在天台山告别，约定第二年到襄阳廖平家会合。刘伸留在天台山。

永乐四年（1406）三月，刘伸按约定赶到湖北襄阳，在廖平家等候其他人。这时马二子（冯漼）从云南赶来传达建文帝取消聚会的命令。冯漼、史仲彬、牛景先、刘伸、廖平相对痛哭。刘伸独自返回天台山。

永乐五年（1407）冬，刘伸戴黄冠，离开浙江天台山，去四川（重庆）夔州萧寺探听情况。

永乐六年（1408）春正月十三日，建文帝云游至湖北公安，宿萧寺。有清代学人笔记《坚瓠六集》记述了一个故事：“顷一道者来，与帝不接一语，止堂之右。复一道者来，睨帝而至西偏，见先来道者，因拊掌曰：‘尔在此。’遂共坐。夜漏将三鼓，但闻语声，不知所言何事，言罢继之以泣。晨起俱去。帝悔未询其故。见地上遗纸，有郭良、梁中节字，帝因作《萧寺黄冠夜泣诗》：壬子春正十三日，寺遇黄冠不相识。结蒲炷杖坐西偏，低头不语意自闲。亡何一人复冠箨，发黄面皱多愁颜。拊掌遽惊还叹息，漏分但闻声唧唧。似怀万斛愁难倾，哀猨夜叫寒鸦泣。余肠萦结讵堪言，布衾湿透皆泪痕。晨兴往探询其苦，两公踪迹云无根。空余蟫断字数个，依稀恍是亡臣名。我欲把毫悉胸臆，水冻笔花写不得。”

浙江省宁波市镇海区党史办公室有《镇海县志》，在书中对郭良、梁中节，有这样一段："梁中节与郭良，壬午六月，皆出亡为道士。两人会于湖北省公安，夜宿佛寺，建文君亦宿焉，时改为黄冠。两人不识也，漏将二鼓，微闻两人泣声，既去，留姓名于纸，君始知之，作《萧寺黄冠夜泣诗》云。"

也有文献直接写出："建文帝戴黄帽子来湖北省公安县佛寺中。"我敢确定，这位不是建文帝，建文帝没有单独行动过。为了皇帝的安全，至少有翰林编修程济，形影不离地陪着。

其他亡臣可以各处走动，长途跋涉给建文帝送衣食、钱物，他们有机会见面，三三两两，相互之间有照应；唯独镇抚刘伸，一个人留在异地他乡，在浙江天台山的寺庙里无依无靠，消息闭塞，他不知道建文帝为什么取消襄阳廖平家同僚会合，是否遇到什么变故，刘伸放心不下，势必从浙江省去四川打探君臣消息。他忧心如焚，满面愁容回浙江，路过湖北省公安县，在佛寺里遇见定海人梁中节、郭良，两人不识，又不敢打听对方是谁，暗自伤神，默默垂泪。刘伸只身回浙江，最终老死天台山。

王良

2015 年 9 月 24 日，我在开封市祥符区地方志办，找到了王良的资料。

有 4 位建文帝从亡大臣的籍贯是开封，人数仅次于浙江定海籍贯者。要去祥符区地方志办，乘坐公交车在祥符区政府站下车即可。于有海主任人很热情，他从政府网站下载两份资料给我参考。其中一份是《新修祥符县志》，是光绪二十四年的史料。里面记载开封祥符人王良："字天性，祥符人。洪武时以刑部郎中擢佥都御史。建文朝历刑部侍郎，出为浙江按察使，常诣岳鄂王墓，誓曰：‘苟愧忠武非人也。’靖难师入，恸哭不已，会命使召良，乃集诸司印，凡九置私第，妻问故，曰：‘吾分应死，未知所以处汝耳。’妻曰：‘君乃为妇人谋乎?’即入后园投池中死。良抱印积薪自焚。后谥‘忠毅’。妻谥‘贞烈’。”

另有记载说：王良于洪武中累官佥都御史，因事，贬为刑部郎中，建文朝升刑部左侍郎，建议减轻燕王府人罪，不合建文帝意，出外任为浙江按察使。燕王即位，颇感激，派使者召用。王良捆住使者正要斩杀时，众人将使者劫走。王良把诸司印集中于自己家里，与妻商议自杀。收敛妻子尸体毕，再架柴自焚，诸司官印俱毁。

史仲彬

史仲彬（1361—1427），即史彬，字文质，号清远。吴江黄溪人，徐府宾辅。远祖史崇以功封溧阳侯，传二十一世。后辖江苏吴江。史仲彬幼佚宕不羁，喜赴人之急，洪武年，法制方严。豪黠者郡县吏仍故习，贪纵自若。仲彬与诸少年缚魁首献官，处死。乡人皆喜。仲彬得赐酒、馔、钱，官船运之家。其父却说：“吾世醇厚，汝所为非史氏福。”以后，史仲彬更折节为恭俭，乡人推为税长，很有作为。遇到交不起租的，仲彬代交。仲彬然诺行事不计利害，故人多德，而小人不喜，然至死不悔也，于明宣宗宣德二年（1427），仲彬差人运粮至京城，人不肯去，反诬告，史仲彬被其人构陷，锒铛入狱。当时狱吏外出，案件还没有来得及审理，史仲彬就死于狱中。

总结资料可知，史仲彬先祖是官宦，家庭殷实，种地起家，扎根吴江黄溪农村。史仲彬不是朝官，他以双重身份活跃于世，给落难皇帝以无私的帮助。建文四年，逃出皇宫的君臣，躲在荒郊野外，没吃没噶，一筹莫展。唯史仲彬的出现，决定了建文帝的流落轨迹。他在第二天微明，用家中来的舟船，接走被困在市郊皇家祭坛的建文帝及众臣，去江苏吴江，在他家暂时躲藏，备足物资；又差船送至镇江渡口，渡建文帝一行过长江。

2015 年 11 月 25 日，我专程到江苏省的吴江，去吴江图书馆找史仲彬的史料。《吴江史志》中没有这部分内容，馆员老师为我复印了一份《明吴宽家藏集》，这是史仲彬的后裔吴宽撰写的墓表，曾被否。

2016 年 3 月 2 日，我第二次去吴江图书馆。这次借阅到《乾隆吴江县志》，是清乾隆十二年印本，在第 31 页，有记载史仲彬人生，文章还说："明史程济等传后，云万历时江南有致身录，云得之茅山道书中，明侍书吴江史仲彬所述，纪帝出亡后事，具仲彬、程济、叶希贤、牛景先、皆以从文……又说书录盖晚出，附会不足信。""史仲彬所著《致身录》与程济《从亡随笔》并传。靖难初，亡臣共定：吴成学、蔡运、冯灌、赵天泰、梁田玉、史仲彬则邮致衣食者也，仲彬为首。"

史仲彬及其家属，与建文帝的逃亡生涯密不可分。不可否认，他终其一生，以最大努力帮助了建文帝。

《明史纪事本末》卷十七《建文逊国》篇以及其他史料所记述的史仲彬相关部分，我整理如下：

建文四年（1402）夏六月乙丑，金川门失守，梁良用与建文帝及程济出西华门，梁良用觅一舟送建文帝、程济去市郊，后自赴朱雀河死。薄暮，杨应能、叶希贤等 13 人同至，建文帝曰："此处暂不可久，况郊坛所在，明旦必行，何所之?"微明，牛景先与史仲彬步至河桥，谋所以载者。有一艇取道溧阳，八日，始至吴江，之黄溪史仲彬家。

永乐二年（1404）八月，建文帝至吴江史仲彬家居三日，得史公筹备钱粮，与诸亡臣到浙江天台山。

永乐四年（1406）三月，冯漼从云南传来建文帝的命令说：“会合取消，今后无烦往来，大家再不要来往奔波。”冯漼、史仲彬、刘伸与廖平哭别。此时，建文帝在云南省永昌白龙山上建造了简陋的茅草屋，暂时躲藏。

永乐八年（1410）春三月，建文帝于云南道遇严震，严震是夜自缢于站，建文帝回白龙山。因有戒心，不能出山觅膳，适史仲彬、程亨、郭节访至，帝说，今后勿再来……

永乐十五年（1417），史仲彬来寻，建文帝悲恸，命至浪穹大喜庵奠于应能、希贤墓，史仲彬留月余去。

永乐二十二年（1424）二月，程济随建文帝东行。十月，与史仲彬相遇于旅店。永乐帝已崩，建文帝即下江南至史仲彬家。仲彬有从叔，名史弘，直入史家问：“建文皇帝也?”史曰：“非也。”十一月，史弘同建文帝、程济，游宁波桃花渡。

宣德二年（1427），史仲彬身为吴江黄溪地方税长，派人去北京送公粮，被差者不想去，反诬告史仲彬有罪。衙门逮捕史仲彬，押入大牢待审。不凑巧，狱吏外出不在吴江，史仲彬案件没经审理，就病死在狱中。第二年，案件审结，证实是那人诬告税长，犯死罪。但是，史仲彬已命丧黄泉，时年 66 岁。从此，建文帝与程济再无人接济，日子更艰苦。

宣德三年（1428），在道，建文帝闻史仲彬冤死狱中，恸哭。

宣德九年（1434）五月，建文帝复入吴江史仲彬家，祭祀仲彬亡灵，后入会稽，八月返滇。

收集到以上这些资料，虽然各有出处，前后却并无太大矛盾，很不容易，很珍贵。就好像最早我在宁波市镇海区党史办公室看到《镇海县志》，其中提到的治平寺藏建文帝从亡大臣的名单，后来在浙江松阳县志办公室查到的资料内容一致，得以相互印证。

至于“史仲彬密笔藏文治平寺转轮”一说，在浙江省黄岩县志办藏书中，有清《乾隆志》列冯漼于“忠义”，注引旧志云：“《周镳逊国忠臣记》，即史仲彬密笔，藏文治平寺转轮。”在吴江的地方志中查不到记载。

冯漼

冯漼（？—1415），建文朝刑部司务。浙江黄岩西街人，年少臂力过人，文能工于诗词歌赋，靖难初亡臣共定：吴成学、蔡运、冯漼、赵天泰、梁田玉、史仲彬供给衣食者也。后来，为建文帝给衣食者，只有史仲彬、冯漼、黄直三人。冯漼永乐年间在夔州教书；黄直往来夔、庆间，以补锅掩饰身份。永乐十三年，建文帝去湖南衡山途中来看过他们，冯、黄二人却正好动身去云南找建文帝，擦肩而过。建文帝再来奉节时，二人都病死于萧寺，建文帝埋葬了他们。

2015 年 6 月 15 日，我来到万州（今重庆市万州区）地方志办公室，说要借阅地方志看一下，办公室男老师递给我新修的《万州县志》，并说手头的地方志只有这一本。我看了目录就明白，本书没有历史部分，无查询的意义。去云阳县城吧！奉节、云阳与万州很近，云阳在夔州与重庆间的必经之路上。

转车耗时半天，到达云阳县地方志办公室，我出示身份证说明来意后，办公室杨主任请来一位年轻科员，让他查一下文献资料。然后杨主任与我聊起建文帝来，我把建文帝在云、贵、渝的点滴，能想起来的都告诉了他。说话间，那位科员走来说，《云阳县志》里没讲到他们。杨主任说：“我们这有《奉节县志》珍藏本。”年轻老师转身取来珍藏本递给我，这是清光绪十九年版《奉节县志》。果然，在这本

《奉节县志》里找到两人的记载。

对冯漼是这样记载的："冯翁，亦不知何许人，在夔以章句教童子给衣食。能为对句及古诗，诗辄自题马二子或马公或塞马先生。尝作诗大书壁间，比见补锅匠，归，皆铲去。诗曰：'夜梦何其特，龙飞天汉津。朝横沧海曲，夕过滇池滨。光雯皆五色，蜿蜒无损鳞。渊田变化间，张主藉高雯。'时盖永乐甲申乙酉间。未几，乱，主人莫知所终。"也就是说，1404—1405年，冯漼以作大壁诗的方法，找到了游走于夔、庆间，为人补锅的建文朝官，侍中黄直。

云阳没有白来！很有收获。我被鼓舞了，于是还想去奉节看一看，因为重庆市奉节县在明朝时被称为夔州。

第二天，转车抵达奉节县政府，找到方志办，当时是郭主编与张老师值班，他们问明我的来意后，放下手里的活，把《夔庆府志》翻到冯漼、黄直的记述章节，递给我。看来两位老师很熟悉编修过的书，也都知道建文帝的故事。

奉节地方志办保存的是清光绪十九年版《夔庆府志》。其中也说："塞马先生。尝作诗大书壁间，比见补锅匠归，皆铲去……"与清光绪十九年版《奉节县志》记述内容一样，书写风格也一样。

既然能查到生平资料，那么关系到冯漼的出生地与葬身地，我都想去考察一下。接下来就需要安排去浙江黄岩，那是冯漼的家乡。

从浙江台州站乘公交车，即可到黄岩县（今黄岩区）。我从县图书馆借阅几本史料，发现它们基本都将刑部司务冯漼列于孝义、忠义、烈义章中：

1.《康熙府志》列冯漼于孝义存疑章节中。

2.《乾隆志》列冯漼于忠义章节中。

3.《黄岩县新志》（民国二十三年黄岩志）列冯漼于卷三十四，目录第二十三编，人物第五章，烈义。

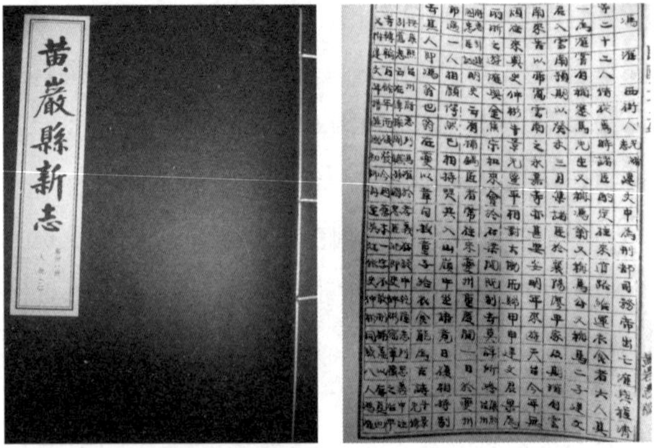

《黄岩县新志》载冯漼

4. 注引旧志云："周镳《逊国忠臣记》，即史仲彬密笔，藏文治平寺转轮，百余年而后发，今因旧本，一字不敢删补，附建文年谱。逊国初，师舟到吴江依史仲彬，同载八人，冯漼与焉。出亡诸臣酌定往来道路，给运衣食者六人，其一为冯漼，常自称塞马先生、冯翁、马公、马二子。"

我调查这些年，发现建文帝的从亡大臣中，冯漼的秘密最多，冯漼曾经两次在紧急关头，从云南奔赴襄阳为建文帝传达命令，功劳可以说与程济、史仲彬一样大。但史料对他没有连贯的文字记载。从已获史料中摘取、串并成文，供分析：

1. 冯漼，可能在建文四年与建文帝、程济、杨应能、叶希贤一起离开襄阳，五人坚忍不拔，历经半年，到了昆明沐晟家，或者冯漼稍晚一时。沐老夫人安排他们到武定狮子山永嘉寺，这里是西平侯沐晟的辖区。建文帝自己与随臣安定下来，食宿有着落，担心太子朱文奎的安全，派冯漼去湖北襄阳探望太子。为什么说，五个人可能是一同去的沐晟家？因为建文帝一行去武定永嘉寺避难一事有史料记载："癸未正月，永乐元年，师投云南永嘉寺，命冯漼如襄阳，探廖平家事。”还有资料记载说：“建文帝命冯漼去襄阳廖平家报信，说聚会取消，师在永嘉寺亦甚安妥。明年来游天台。”建文帝住狮子山永嘉寺，是临时决定，此事绝对机密。如果冯漼不在狮子山永嘉寺同住，不在建文帝身边，就不可能第一时间被建文帝派去襄阳。还有，永乐四年（1406）三月，冯漼从云南奔赴襄阳廖平家中，传建文帝的命令说：“会合取消，今后再不要来往奔波。”当时，建文帝与程济、杨应能、叶希贤他们在云南白龙山的处境很危险，为避朱棣官兵侦缉，他们不断游走，经常变换住处，除三僧一道，唯冯漼知情。

2. 浙江松阳人王诏，发现治平寺转轮上藏书一卷，载建文亡臣二十余人事迹，这本书是谁放在那里的？叶希贤没回过老家，吴学成与建文帝联系不紧密，许多事他不知道。《黄岩县志》也指认治平寺有密文。冯漼活动范围甚广，接触亡臣最多，黄岩与松阳同省，而且，藏文没有记载冯漼病逝之后的事。所以我觉得松阳治平寺转轮上的藏书是由冯漼放入的。

以下是我按年代整理的刑部司务冯漼从亡生涯：

建文四年（1402），金陵失陷。建文帝、程济、梁良用异服出宫。同出诸臣：叶希贤、杨应能、史仲彬、郭节、冯漼、廖平、金焦、黄直、梁良玉、王资，自水道出。皇帝担心人多，行动不便，让众人散去，暗通消息。

永乐元年（1403）正月，建文帝一行抵滇，沐老夫人安置他们到昆明西北部的武定县，建文帝一行住狮子山永嘉寺。原约定集诸臣于襄阳廖平家，及期，马二子（冯漼）自云南到廖家，告以“帝寓云南之永嘉寺，亦甚安妥。明年游天台，今后无烦往来。”与史仲彬、牛景先、廖平相对大恸而归。六月，冯漼回云南时，建文太子朱文奎在廖平家。

永乐二年（1404），建文帝一行离开云南永嘉寺，八月，先到吴江史仲彬家住三日。九月，冯漼、金焦与宋和会于浙江天台、石梁间，宋和即去，莫详所终。其余人在天台、雁荡一带徘徊了 39 天，想不出更好的去路，十一月底天凉了，大家在天台分手，各自离散。这次相聚，是建文帝失位后人数最多、时间最长，也是从亡大臣们一生中的唯一一次齐聚。来会者有：吴王教授杨应能、监察御史叶希贤、翰林编修程济、兵部侍郎廖平、钦天监监正王之臣、徐府宾辅史仲彬、刑部司务冯漼、宾州知州蔡运、镇抚刘伸、刑部侍郎金焦、中书舍人宋和。聚会后，冯漼先往夔州而去，建文帝一行晚一些时候也到了夔州，留三日而去。冯漼回到夔州，为童子塾。做教书匠，既可以隐瞒其刑部司务的身份，又能挣钱养活自己，定期将钱寄给建文帝、程济、杨应能、叶希贤，供他们日常开支；最主要是在东去西往之中心地夔州，寻找同僚。

永乐三年（1405）冬天，冯漼去奉节。拆冯字，为马字与二点组成笔名，题诗时称"马二子"，时称"马公""塞马先生"，常作诗大书壁间，作用在于联系同伴。最终找到游走往来夔、庆间，为人补锅的江苏常州人黄直。（《黄岩县新志》有记载说："康熙台州府忠烈，引逊国惠臣记。明史云：有补锅匠者，常来夔州、重庆间。一日于夔市，遇一人相顾愕然，已而相持哭。其入山岭中坐，语竟日，复相持别去。其人即冯翁也，冯在夔，以章句授童给衣食，能为古诗。"）

永乐四年（1406）三月，冯漼从云南来襄阳廖平家中，传来建文帝的命令说："（此前约定的）会合取消，今后再不要来往奔波。"当时，已经到湖北襄阳廖平家的大臣，除了冯漼，还有史仲彬、刘伸、廖平，得令后大家依依不舍地归去。

永乐十年（1412），建文帝迁居浪穹（云南省洱源）杨应能与叶希贤新盖的大喜庵，当时大喜庵内有建文帝、程济、杨应能、叶希贤四位，还收有本地信徒。三月，杨应能病故，四月，叶希贤病故。建文帝与程济埋葬二臣，为其墓葬立碑“二忠之墓”，十月冯濯、黄直来探望建文帝及同僚。

永乐十三年（1415），建文帝从云南出发游湖南衡山，途中顺路去夔州，打算看望冯濯与黄直。很不凑巧，冯濯与黄直都不在夔州，二人去云南探望建文帝了。两拨人擦肩而过。八月，建文帝从湖南回云南，又经过夔州时，宿萧寺，见到冯濯与黄直。当时的情形，有两种说法：

一种说法是，建文帝宿萧寺，见床下有两具病尸。细视之，即冯濯、黄直也，埋于寺东，题名“二忠之墓”。

另一种说法是，建文帝从湖南回云南，专程来夔州，往萧寺看冯濯与黄直二大臣，二人俱病，建文帝亲自护理，二人不治身亡，埋于寺东，题名“二忠之墓”。

永乐十三年（1415）冬，建文帝在云南浪穹大喜庵，命程济作《从亡列传》，冯濯列居第八位。

黄直

现有关于黄直的文献资料极其珍贵，史料记载吴成学的文章中有这样一句，“好事者异之，为吴成学建刹于蜀重庆之松柏滩，朝夕诵经咒，其徒谛听之，则易之乾卦也。时有补锅匠，亦毁形韬迹，往来隆安里”“善庆里观音庵”，“补锅匠，不知何许人，往来夔、庆之间为人补锅。至州邑不过三日即去”。

2015 年 6 月 15 日，我到云阳县地方志办公室，借阅了清光绪十九年版珍藏本《奉节县志》，这本书在第 179 页“流寓志”中，对建文帝从亡大臣黄直、冯濯做了记载。记载侍中黄直在奉节的生活状况，以及见到黄岩人冯濯时的情景：“补锅匠，不知何许人，往来夔、庆之间，为人补锅。至州邑不过三日即去，去或复来。夔、庆有欲来学补者，即教之补锅，不索谢钱，直令负担从，有后来学者至，即遣先学者去。如是数年，夔、庆人识之，皆呼为老锅匠。补锅或与钱、布、米，不择；当食时与之食，即不复索钱。遇风雨寒暑不出补锅，即出钱买酒饭自饮食。常寄宿萧寺中。忽夔市中逢冯翁者，二人相顾愕然，已而相持哭。哭已，相牵入山崖中坐语竟日，学补锅者屏不得闻二人语。语已，又相持哭，且别去，言今永不复相见。已，竟莫知所终。”

建文四年（1402），金川门失陷，建文帝出宫逃亡，同出诸臣中有黄直，前已提及，不再赘述。

永乐二年（1404），建文帝君臣回到江苏吴江，然后同去浙江省天台、雁荡一带，徘徊 39 天，侍中黄直没有来。散后，刑部司务冯滙独往夔州（今重庆），在夔州街市写题壁诗云：“夜梦何其特，龙飞天汉津。朝横沧海曲，夕过滇池滨。光雯皆五色，蜿蜒无损鳞。渊田变化间，张主藉高雯。”大书马二子。普通人看了并不注意，唯学问渊深的黄直，理解大壁诗中的龙、朝暮、变化、沧海、滇池这些字的含意。马二子，冯也，他明白是冯滙所写。终于见到了失散的同僚，二人相持哭诉。黄直见到冯滙之后，便有了建文帝与同僚们的信息，从此，黄直不再孤独。

永乐三年（1405），建文帝返滇时，到四川省邻水县，中书舍人郭节、侍中黄直在大竹（邻水）迎接建文帝，居大竹县善庆里。

永乐六年（1408），建文帝住云南保山白龙山寺。刑部侍郎金焦、中书舍人郭节、侍中黄直，从住地来永昌白龙庵送衣、送钱粮。此时，永昌之地已被永乐帝派侦探盯梢，建文帝深感不安，催他们快回，说今后无烦再来。

永乐十年（1412），建文帝住浪穹，杨应能、叶希贤卒，二臣并葬，帝为志曰“二忠之墓”。十月，冯灌、黄直来看望皇帝、祭祀同僚。

永乐十三年（1415）八月，黄直、冯灌访建文帝于滇南，建文帝则离滇入湖南衡山。建文帝至冯灌家，不遇。建文帝归，途中值奉节萧寺，冯灌、黄直俱病，建文帝留视之，二人卒，葬之乃还。

2015 年 11 月 26 日，到常州市武进地方志办，找建文朝侍中黄直的史料，可惜，武进的史料文献没有记载黄直其人。

2016 年 3 月 3 日，时隔四个月，我改变思路，直接到常州图书馆，查找武进人黄直的史料，觉得可行。这里有一位牛隽老师，非常熟悉馆内文献资料的内容，他取来一些《明史》，和一本《明人传记资料索引》。最终我在《明人传记资料索引》第 654 页，黄姓中找到他，书中记述说：“黄直，武进人，建文时累官侍中，从亡后，往来夔州、重庆间，为人补锅，人有学其艺，教之不索谢。夔州、重庆间皆呼之老补锅。后客死滇寺中。”

结合其他地方志史料，我理出仅有的一点资料：黄直，侍中。靖难初，吴成学、蔡运、冯灌、赵天泰、梁田玉、史仲彬为致衣食者。后来，余史仲彬、冯灌二人，黄直加入。三人坚持为建文帝供给衣食，直至逝世。黄直穿梭来往于大竹、夔州、重庆间，以补锅匠掩饰其侍中身份，自食其力。有人学补锅技术，免费教徒不索谢钱，声誉非常好。重庆夔州萧寺，起初是黄直的栖身地。后因冯灌来往，夔州萧寺崖洞逐步变成从亡大臣歇脚、集会、互通情报之地，成为建文帝君臣在异地他乡的联络站。

廖平

廖平，湖北襄阳人，兵部侍郎。建文四年，金川门破，群臣聚三四十人，愿忘其姓名随亡。帝令散之，廖平说："功莫大于存嗣，臣请保太子。"建文帝认同，当务之急是将太子朱文奎托于廖平先行，脱离险区。廖平先藏匿太子于襄阳家中，燕王官兵侦缉甚紧，廖平便"以妻为妹"，后廖平妻带着太子朱文奎迁到汉中居住，廖平则隐于会稽伐薪卖柴，人称：耶溪樵者。竟与会稽山中吴成学变姓为僧，吴成学号雪庵。去善庆里之观音庵，秘迹以死。

我按年份整理的兵部侍郎廖平从亡后的经历如下：

建文四年（1402），燕兵犯京，金川门陷，兵部侍郎廖平，乘燕兵初入金川门、宫中一片混乱时，先将皇太子朱文奎带出宫。其他人与建文帝，先乘船到吴江史仲彬家，之后从镇江渡过长江，在六合休息几日，陆路行至襄阳廖平家。建文帝与众人分开时约定第二年来廖平家聚会。

永乐元年（1403）诸臣聚集于襄阳廖平家。到了约定的日期，冯漼自云南来廖家，告诉大家建文帝住在云南永嘉寺，甚安妥。约定第二年游天台，并说今后不要再多往来。史仲彬、牛景先、廖平、冯漼相对大哭。六月，冯漼回云南时，太子朱文奎在廖平家。

永乐二年（1404）九月，建文帝与程济、杨应能、叶希贤，应约来到浙江。冯漼与金焦、宋和会于浙江天台、石梁间，宋和马上就走了。建文帝与大臣们一同在天台、雁荡一带徘徊了 39 天。此次聚会的大臣有，杨应能、叶希贤、程济、廖平、王之臣、冯漼、蔡运、刘伸、金焦、宋和。最后，相约第二年在襄阳廖平家，君臣再相会。

永乐三年（1405），建文帝、程济、杨应能、叶希贤到襄阳王之臣家、廖平家分别住一段时间。

永乐四年（1406）三月，按建文帝君臣约定的游天台山的时间，镇抚刘伸已经按时到襄阳廖平家，等待与众人聚会。等到的却是冯漼

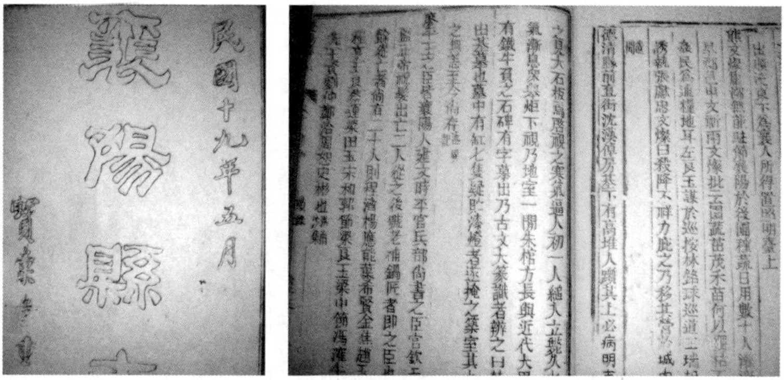

民国十九年版《襄阳县志》载廖平、王之臣

从云南带来的建文帝的命令："会合取消，大家再不要来往奔波。"冯漼、史仲彬、刘伸、廖平相对大哭，各自散去，这次聚会未成，众人不知缘由，很失望、忧虑。

永乐六年（1408）夏，白龙庵被焚毁，建文帝重入点苍，居段居士家，后重游江南，居廖平家两年。

永乐七年（1409）春，建文帝曾在贵州。三月，到善庆里。五月，复至襄阳廖平家。此时廖平家已搬迁。建文帝回云南。

从早先的史料中得知，兵部侍郎廖平，先把建文帝7岁的皇太子朱文奎带出南京，送到襄阳家躲藏，在襄阳的日子并不太平，迫不得已，廖平妻子带太子迁往汉中。我必须去襄阳、汉中，从这两处的地方志中查这段历史。

2015年6月17日，我在襄阳地方志办公室，借阅到一本《襄阳人物志》、一本民国十九年五月出版的竖排线装《襄阳县志》。

在《襄阳县志》"琐录"篇，很快就查到："廖平，襄阳人，兵部尚书。王之臣，襄阳人，钦天监监正。靖难出亡。"记载很简单，但足够印证廖平和王之臣，靖难时出亡这一事实。至于是否带着太子迁往汉中，迁往汉中何地，当时既然极力隐瞒，现在当然无从求证了。

王之臣

《明史·卷一百四十三·列传第三十一·程济（等）》一节中明确记载："河西佣，不知何许人也。建文四年冬，披葛衣行乞金城（今兰州）市中。已，至河西为佣于庄浪（今永登）鲁氏（鲁土司），取直买羊裘，而以故葛衣覆其上，破缕缕不肯弃，力作倦，辄自吟哦，或夜闻其泣声。久之，有京官至，识佣，欲与语，走南山避之，或问京官，佣何人，官亦不答。在庄浪数年，病且死，呼主人属曰：'我死勿殓。西北风起，火我，勿埋我骨。'鲁家从其言。"

早先，我看过一篇有关建文帝的杂文，文中说，明朝时候，有一位穿葛衣的南方人，乞讨到甘肃省永登县，在鲁土司衙门做佣人。病死后，无亲友埋葬，当地人怀疑他是建文帝的大臣。起先我不信。后来，看书多了，从地名上得到启发，我信了。因为甘肃永登附近有地名"永昌"，靖难之变后建文帝住过一段时间的云南保山在明朝也叫"永昌"。葛衣翁病逝永登，一定有故事。上面《明史》所记载的故事，许多人认为这是自称"葛衣翁"的赵天泰。我倒认为这位"河西佣"是钦天监监正王之臣，决定去永登一看究竟。

2015 年 9 月 18 日，我来到永登，找到县委办公室，一位姓火的主任说："管事的人下乡了，手头资料很少，鲁土司衙门正在为开发旅游作准备，那里资料比较齐全。"办公室老师接着说："土司府不在永登县城，在永登县的连城镇，从县城永窑街市场站，乘公交车，6 元钱到连城鲁土司衙门。"

我看了火主任提供的《永登县志》。《永登县志》提到的鲁土司衙门，就是永登县连城鲁土司府。据元史及土司家谱记载，这支连城土司，其祖上名叫脱欢，是成吉思汗第六子阔烈坚的玄孙，原先被封为安定王兼平章事，正二品。朱元璋于1368年攻打元大都北京，脱欢兵败，流落到黄河以西，率部于洪武三年（1370）降明。明朝廷封其为土司，他修建土司衙门，开始世袭。连城镇鲁土司衙门，坐北朝南，包括衙门、花苑、妙因寺3部分组成；是汉宫、藏寺混合式样的建筑群，雕梁画栋，园内古树苍劲，木质建筑群气势恢宏，鲁土司长官在衙门内办公，随带家眷在衙门里居住。

明成祖对鲁土司衙门倾注大量人力、物力、财力。据史料记载，曾为三世土司鲁贤，敕建海德寺。除此以外，还敕谕高僧班丹藏卜主持重新修建元朝留存的藏传佛教，就是萨迦派的显教寺。朱棣用毕生精力寻找建文帝，弄得人心惶惶，然而谁会料到，他花大力气打造的鲁土司衙门，却成了建文臣子藏身的好地方。历史很会开玩笑，在朱棣眼皮底下，建文帝的从亡大臣，钦天监监正王之臣，隐姓埋名，着衣葛招摇河西。鲁土司衙门竟然是庇帝护太子的建文朝臣安身之地。“葛衣翁”甚至受到当地百姓和官员的维护，以至后来有了“‘河西佣’取直买羊裘，而以故葛衣覆其上，破缕缕不肯弃”的记述，为后世称赞的忠臣。

这一段故事能流传于世，要归功于清朝的金人望。金人望，江苏淮阴人，清康熙四十二年（1703）由副榜任庄浪（甘肃省永登）监屯厅。在任19年，倡导书院，革除时弊，政绩卓著。死后，百姓惜之，尊为一贤。后人将其与葛衣先生、包节“二贤”合称为“三贤”。雍正年间人们在“二贤祠”（原为“葛衣先生祠”）旁，建楼三楹，取名：“三贤祠”。此祠后来毁于民国年间。

金人望任庄浪监屯厅期间，曾作诗《题葛衣先生祠壁》：“东郡先生善著词，两言心事许相知。地连绝塞秋风里，人对空山暮雨时。四海无家徒踟蹰，重泉何处可栖迟。料逢故主吞声拜，尚挂当年葛一丝。”

这是一段极其珍贵的历史文献。《题葛衣先生祠壁》是迄今为止我看到的有关建文帝及其大臣流亡于国内的最早记载。

永登县现存3个版本的传说，讲述葛衣先生佣鲁家、病死鲁家的事情。为何永登地方官、永登百姓，对一位衣衫褴褛的佣人，给予这么多关注？甚至于为他建祠？葛衣先生心怀故主，葛衣破烂而不肯弃；有京官来，葛衣先生似与之相识，逃至南山躲避，人问京官：葛衣翁何人？京官不答。这下大家都知道葛衣先生不是一般的下人了。甘肃永登人民并不知道他是谁，只因其傲骨气质与众不同、破衣缕缕不肯弃而关注他。

我比对各位大臣动向，认为此人极有可能是襄阳人、钦天监监正王之臣，他着葛衣招摇永登，庇帝护太子。

我整理建文帝出亡后与王之臣的相关往来情况如下：

永乐二年（1404）九月，建文帝到浙江，与11位大臣同聚天台、雁荡山，王之臣、廖平两位襄阳人都来了。临别时相约，第二年在襄阳廖平家，建文帝要与大臣再相会。

永乐三年（1405），建文帝、程济、杨应能、叶希贤回云南时绕道，先到襄阳王之臣家，后到襄阳廖平家，住了一段时间，再往西行。

永乐四年（1406），建文帝、程济他们在云南永昌白龙山上居住，极不安全，为破危局，建文帝派冯灌赴襄阳告诉大家：“聚会取消，再不要往来奔波。”其实，建文帝应该是怕人来人往引起永乐帝注意，当时太子在襄阳。另外，冯灌带来密令，这密令是什么？我推测，就是派王之臣西行去甘肃永昌。追究原因，永乐四年，永乐帝的侦捕者已经注意到云南永昌，白龙寺经常被扰，如果建文帝的行踪暴露，那么皇太子朱文奎的生命安全也将受到威胁。万不得已时，建文帝派王之臣背井离乡，去河西走廊的永昌附近，身着葛衣招摇过市，其目的是扰乱官兵注意力，放弃对云南永昌和湖北襄阳两地的追查。

永乐六年（1408）夏，白龙庵被焚毁。建文帝一行重游江南，居廖平家两年。未有材料提襄阳王之臣家。

永乐七年（1409）五月，建文帝至襄阳廖平家。廖平家已迁，帝还滇。至此，建文帝再也没有去过襄阳。如果王之臣还在襄阳，那么永乐六年、永乐七年都应该提到王之臣家。

甘肃永登、永昌距离很近，王之臣故意在那里穿葛衣示人，又一生不肯告诉他人自己姓甚名谁，做到了真真假假、似是而非。一方面，能够把官兵对襄阳的注意力转移；另一方面，让官兵觉得云南永昌的信息有误。

如果真是这样，那么王之臣最后病死永登，我认为建文帝有过失。因为，永乐八年（1410）白龙庵多次遭破坏，君臣待不下去了，忍痛放弃永昌这一避难所，流浪一年后，去浪穹大喜庵居住，再也没回云南永昌。太子朱文奎，于永乐七年（1409）离开襄阳去了汉中。建文帝没有派人去甘肃寻找王之臣，告诉他“云南永昌已经放弃，太子已经离开襄阳”。二品大员，就这么寂寞一生，客死在异地他乡，甚至没人记住病逝时间，可叹！

在前文提到的《明人传记资料索引》一书第22页，对王之臣是这样记载的：“王之臣，襄阳人，建文时为钦天监监正。京师破，被葛衣出走，帝尝一至其家，事露，之臣弃家走金城，行乞市中，后依河西庄浪鲁家为佣，故或名河西佣。数年病欲死，呼主人谢曰：‘我死勿殓我棺，俟西北风起即火我，扬我灰，毋埋我骨。’鲁家竟从其言。”这里直接说“河西佣”就是王之臣。与我的推论一致。

赵天泰

我有少量外地县志资料，其中是这么说的："赵天泰，明三原人，建文初以明经授翰林院编修。京师破，从帝出亡。时葛衣，因自号'葛衣翁'，又号'天肖子'。""'靖难初'亡臣共定：吴成学、蔡运、冯灌、赵天泰、梁田玉、史仲彬，为致衣食者也。赵天泰从访帝，老死蜀中。"有关赵天泰的资料就这些，扑朔迷离，很有限。

因赵天泰自号"葛衣翁"，兰州永登县志误认来甘肃佣工鲁土司衙门的是赵天泰，关于这一点，我上文已论述，应该是王之臣。

而陕西省西乡左溪峡建文帝大臣墓葬，当地说是程济墓，应该是错认了，因二人都是翰林编修。西乡左溪峡建文帝大臣墓葬，绝对不是翰林编修程济的墓，倒很可能是翰林编修赵天泰的墓。

2015年9月21日，我特意从兰州赶到陕西省三原县，却不能从三原县方志办编写的《三原县志》中查到翰林编修赵天泰的信息资料。三原县方志办的老师，也帮忙从电脑上查找，连赵天泰的名字都没有。后来，我发现这本《三原县志》除了没有赵天泰的个人资料外，还缺少"建文"年号的大事记。没想到，翰林编修赵天泰，在家乡陕西省三原县，也遭遇到曾被历史学家称之为"革除"的命运。

"葛衣翁"赵天泰，很有可能受建文帝的派遣，到陕西省西乡，隐于太子朱文奎身边，近身守护、教导课业，死后就近葬于西乡左溪峡。这说得通，但只是我的推测，需要大量事实来佐证，留待后来者研究。

吴成学

吴成学，浙江人，翰林修撰。与叶希贤为僚友，一同出亡，号雪庵和尚。靖难初，亡臣共定：吴成学、蔡运、冯濯、赵天泰、梁田玉、史仲彬，致衣食者也。

《松阳县志》记载："永乐初年，逾壮矣，始落发为僧，溯江而上，抵重庆，间大竹近系邻水之善庆里。"

《廖平传》载："竟与会稽山中吴成学变姓为僧，号雪庵，属重庆善庆里之观音庵。秘迹以死。"

《明人传记资料索引》记述吴成学："浙江人，建文时官翰林修撰，靖难后隐姓名为僧，号雪庵。初会建文帝于吴江，后走重庆，造庵于松柏滩，招徒居之。帝曾留止庵中弥岁，题曰观音庵。成学亦尝走滇谒帝。后秘迹以终。"

关系到吴成学的史料，不但稀少而且很乱。有些地方志，把叶希贤与雪庵混为一谈，但是建文帝从亡大臣中自称"雪庵"的是吴成学，他也是浙江松阳人，与叶希贤为同僚，上文叶希贤一节已提及，不再赘述。经梳理合并，吴成学从亡后的行踪是：

靖难初，翰林修撰吴成学会建文帝于吴江史仲彬家，后去会稽山，在会稽山与兵部侍郎廖平相遇，隐姓名为僧，号"雪庵"。先于建文帝一行至重庆，造庵于松柏滩，招徒居之，建文帝曾在吴成学所造庵中居住。

我们看一看建文帝一行在四川邻水停留的时间：永乐三年（1405）建文帝等人在返途云南时，到四川邻水，中书舍人郭节、侍中黄直在大竹（邻水）迎接，建文帝与叶希贤、杨应能、程济等居善庆里。雪庵造庵于松柏滩，帝曾留止庵中弥岁。永乐四年（1406）三月，建文帝一行西行入滇。

由此可见，建文帝是永乐三年至永乐四年，在吴成学造的庵中过春节的。吴成学于松柏滩造庵题名曰"观音庵"。至于后来的行迹，重庆《长寿县志》记载："邻水县界白龙山下有松柏滩，永乐靖难初雪庵和尚遁迹于此，死留墓于无粮寺。”

长寿县城民间流传说：长寿县万顺镇有建文从亡大臣“雪庵和尚”墓，在大洪湖西，万顺场场北22里。

我见到有民间史料是这样形容雪庵和尚的：“吾师形硕而颀，指柔而白且秀，落笔则星流电激，绀云迭出。见者咸讶为异人。”“翰林修撰吴成学，为奉衣食往来萧寺。而今乃灭其迹。有巴国蔡先生云：雪庵齿弥高。至正统年间，建文帝迎入西内，成学乃去寺，侨居茂州，改姓为顺，置室家焉。年逾百岁而终。”

吴成学是否活了上百岁，是否在建文帝回京城后改姓还俗，尚未被证实。资料列明，期待历史爱好者研究探讨。

郭节

《明人传记资料索引》第498页记载：“郭节，连州人，建文时为中书舍人。”但是，我不知道是什么地方的连州。四川省筠连县明朝时称连州，广东省清远有连州市。有文章说，郭节在甘肃渭源建寺庙、当和尚，种下五色竹子，死后葬在秀峰山上；在五竹镇的郭家湾村有郭节后代，聚族而居，人丁兴旺，郭氏世代有为僧者，等等说法。我决定前去调查。

建文帝出亡多年，衣、食、钱、物都由从亡大臣们供奉。方便时，建文帝也会去看他的大臣。四川省筠连县地处滇、渝、蜀之间，是交通要道，如果有从亡大臣的家在这里，应该方便些，因此，第一站我去四川省筠连县。

2015年6月12日，到筠连县方志办，这里的史料也证明，筠连是筠州与连州合并后的地名，我没找错地方。但在筠连县的两种文献中都查不到“郭节”这个人。按常理来说，朝廷命官或者科考高中的，都是地方官和老百姓的荣耀，会习惯性地载入“地方志”。我得出结论：郭节不是四川人。

2015年11月1日，到广东省连州市政府大院，地方志办公室黄老师借给我《连州志》，里面也没有找到郭节的名字，这使我很失望，也很迷茫，再到哪里去找呢？

外省方志有记载：“郭节，明连州人。建文朝官中书舍人，变姓名以挟卜筮书给衣食，与宋和走四方，风雨晦明，颇能预测。称雪翁，后期，与泽州人翰林检讨程亨相伴，同行于湖、湘间，未知后事。”

第二天，我又到广东韶关，韶关市史志办公室在市委大楼6楼，我借阅到《广东历代方志集成》韶州府郡一二卷合订本，内有《康熙十年连州志》《康熙四十九年连州志》《乾隆连州志》三部书，只看目录，没有查到建文帝与从亡大臣的史料。

早先，我曾得到一份资料，传说“渭源城南13公里，在316国道路边的秀峰岩，明朝大臣郭节，随建文帝避难来这里，种下五彩竹，将秀峰岩‘兰若寺’改名为‘五竹寺’，郭节自称‘五竹僧’，有后人留渭源，有肃王庇护……”传说令我很动心，有必要去趟甘肃省渭源县的秀峰岩考察。

2016年6月30日，我抵达甘肃陇西火车站，渭源县城不通火车，要转乘汽车。陇西火车站附近有两个汽车站，一个是长途车站，专发省外和省内比较偏远城镇的汽车；另一个叫陇西汽车站，发往渭源县的班车就在陇西汽车站乘坐。班车穿过渭源县城，终点站在城西，在县城街下车，拐个弯，过灞陵桥就能看见县政府。

在渭源县志办借阅到一本《渭源史话》，在“名胜古迹”栏目212页，有名为《郭节与五竹寺》的文章，转引于《创修渭源县志》。县志办王老师为我联系上渭源图书馆的负责老师，临行，王老师又送给我一本《渭源史话》，内容很丰富。从县政府大院出来，向右直走，就到渭源图书馆。我借阅到一本泛黄的《创修渭源县志》第四册，这本书是民国十五年夏六月，平凉新陇书社石印版的，书纸黄得沉稳，在第 21 页“五竹寺说”有载：“古于山口东麓之侧建兰若，一自明亡臣郭节挂锡后，采南山色泽不同竹五种移植禅院，因自号曰‘五竹僧’，此‘五竹’之所由来也……夫郭节者，明靖难之兵，随建文出亡之臣也，建文于夏六月庚申十三日未时，由癸门出亡时愿护驾者二十二人，节其一也。”

出图书馆后，到发往五竹的专线车站，这时已经坐了满满一车人，25 分钟即到五竹村路口。这片山区非常美，有大河款款流淌，水宽滩大，山林秀美。

五竹村路口，是一条简易的土路，村民步行到公路上，才能乘车进城。平时行人很少，我站了一会儿，没等到路人，想找人问问：去五竹寺的路往哪里走？郭和尚坟在哪里？想起资料说，五竹村的居民是郭节的后代，我往民宅深处走去。

敲开一户人家的门，我兴冲冲地问主人家：“请问，郭姓是哪一

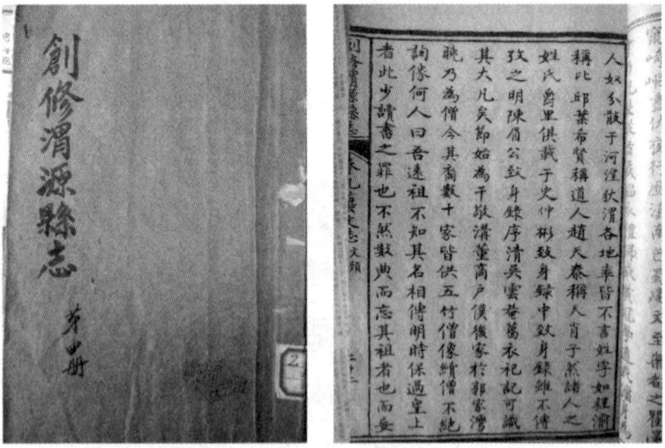

《创修渭源县志》第四册载郭节挂锡一事

家?”回答说这里没有姓郭的。我又问：“郭节的坟在哪里?”这倒有人知道，都说：“不在村里，在山上。”后来，村民请来一位老者，并告诉我：“他是郭节的后代。”

郭老先生瘦瘦的，身体不太好，他说：“郭节坟被山上姓周的人剖平晾粮食了，我腿痛不能带你去。”临别，又说：“从村口上山2公里就是。”知道这么多，我已经很满足了，谢别郭先生，向他指的方向走去。山指的是秀峰山，当地人叫它五竹山。秀峰山原名青雀山，山形合围如环，东靠天井幽峪，西面有一段秦长城，南部连接露骨山，北邻渭源县城，方圆数十里险峰耸立，山势巍峨壮观，山门很是气派。现在新修有双车道公路，就是316国道渭源段。

为防车辆打滑，秀峰山段修搓板路，确保机动车行驶安全。步行上山本来就辛苦，走在搓板路上脚很疼。每走一段路，就要转身面向山下站一会儿，看看山景，接着再走。就这样不知走了多久，终于看见高高矗立于山上的五竹寺了。

有文献记载说，原先秀峰山上就有一座寺庙，寺庙的壁画，还是唐朝人吴道子所画，毁于明末兵乱。清同治年间，本邑武举人李锦标主持重修，依其旧式凿洞窟，从洞底部穿檩架而成，横栏悬柱，明椽亮瓦，虚底单檐长廊，一连四五十楹。为全县所独有。寺庙几经毁坏，21世纪初期，当地乡民募捐资金，依旧貌修缮，又建了崖畔悬柱长廊、

五竹寺

五竹寺禅院内

秀峰山山门外

彩绘佛像，五竹寺香火又兴旺起来。

这里与我见过别的庙宇大不相同，殿堂不用燃灯照明，禅院视野开阔，真有“再上层楼，可穷千里目”的感觉。

寺庙规格一目了然，风貌绝佳。但想找连州人郭节的坟墓，并不容易。先找当值师傅，他说：“不知道郭节坟。”五竹寺的和尚不知道五竹僧的坟？我茫然四顾，五竹寺孤零零一禅院，位于群山之中，附近没有住家，沟沟壑壑的，从哪里着手找呢？正一筹莫展时，有位年轻画师路过，正巧听见我在找郭节坟，他说：“我知道郭和尚坟。”我赶紧对他说：“能不能耽误一会儿？指下路？”他没回话，带我跨出寺庙大门，下了台阶才开口，说：“等一下！”不一会儿，他骑来摩托车，说带我去找。小伙子没有选择步行，我立刻明白，“郭和尚坟”离五竹寺不近。

小伙子叫宋琦，最近在五竹寺院内的墙上作壁画。刚才我在寺庙内外溜达，看见他的画了，功底很深，我还以为出自老年画家笔下呢。他载着我翻山越岭，遇见沟沟坎坎，还要下车走段路。走了很久，他才说：“郭和尚坟早些年被人平了，我只知道大方向，要找人问问详细地点。”他时不时停下车，自己跑下山坡去找人打听，回来上车，带着我继续找。

功夫不负有心人，总算问到了，小宋老师一边爬坡，一边高兴地向我大声嚷嚷：“郭和尚坟在黑鹰沟4队！”他骑车带我重上一座山，坡陡到骑不成车了，才靠边停下。他带路，我们一前一后，走到一户人家房子旁边的空地上，我俩一问一答说郭节坟时，两位村民听见声音，从自家地里走出来，好奇地打量着两个陌生人。当他们明白我是外地人，是来找郭节坟的时候，并没有抵触情绪，反倒主动当向导，说他姓周，并给我指出已被平的“郭和尚坟”的位置，他说：“那是没主的坟，边上早就塌了两个坑。”我故意说：“这不一定是郭和尚的坟，有人说郭和尚的后人住在五竹村，后人还不少呢，自家的祖坟塌了，咋会不修哇？”一听我这么说话，他们有点生气了，不承认山下姓郭的是郭和尚的后代，他们的理论根据很简单，因为“和尚没婆娘”。他姓周，是不是村口乡民说的周姓？我不敢问。周师傅指认的地方，地面明显塌陷，大片土是外来的。我认为他们没有说谎。因为永乐十五年（1417），是郭节的弟子了空和尚去云南洱源给建文帝报的丧。并不是郭节的家人。如果郭节有后人，应该是由后人去报丧。

周先生说，起先郭和尚在祁家庙乡，在一户姓董的有钱人家做帮工，后来才到秀峰山庙里当住持。我也看到有文献是这么记载的：“节为干敬沟董商户仆，后家于郭家湾，晚为僧。”我问他们：“那些竹子呢？有五种颜色的？”两人都说没有，还说他们这里不种竹子，只有两株杨树是郭节种的，在山顶上，并指给我看。我顺着他们所指的方向望去，确实有两株参天大树。

离开后，我放慢脚步，再仔细看一遍《五竹寺简介》《重修五竹寺山门碑记》，碑记中有段文字记载说：“山之名相传者，缘明之郭节。节为明建文帝中书舍人，永乐靖难兵起，建文帝逊位出逃，留迹渭源，后赴青海瞿昙寺为僧。节归五竹寺，亦为僧，移南山筱竹，竹分五彩。郭节面竹如君，以终生。”

对名胜古迹感兴趣的人，下山后还可以顺路去渭河源景区，“渭河源”三个字，据说是左宗棠的字。此处有鼎鼎大名的“灞陵古桥”。

回程的时候，我想，郭节这位外来和尚，把“兰若寺”改名为“五竹寺”，自己取名“五竹僧”，很是蹊跷，一定有他更深的用意。竹子有没有五种颜色另说，我觉得，并不是种了五种竹子这么简单。仔细分析，“五竹僧”其实在说：“我是郭节。”他把“吾”演变成“五”，“竹”代表“节”，郭节身处逃亡之境，只能以和尚身份活动于世，想出用隐晦的寺名、人名来暗示自己的身份，一点也不奇怪。尤其是从亡大臣失散的情况下，郭节便可以用这个名字，在这个叫“五竹寺”的庙里，向外呐喊：“吾是节也!”

史料记载，建文帝逊位后，从亡大臣除杨应能、叶希贤、程济与建文帝朝夕相处，其余分散在全国各地，他们各自有办法联络同僚，如：刑部司务冯漼，在重庆夔州以大题壁诗的方法，找到了中书舍人黄直；杨应能、叶希贤在云南省邓川街市咏诗，联系上了程济与建文帝；钦天监监正王之臣，终其一生穿葛衣，甘肃永登人称其“葛衣先生”；翰林编修赵天泰，也穿葛衣不弃，自称“葛衣翁”（这种联络暗号让永登人分不清楚葛衣翁是王之臣还是赵天泰，同时迷惑永乐帝的官兵侦缉）；中书舍人郭节从广东连州流亡至甘肃渭源，何尝不想得到亲人的信息？何尝不想得到同僚的问候，何尝不想再聚首？他使用“五竹僧”作为联络暗号，未尝不可。

《创修渭源县志》中说郭节在渭源挂锡并葬于此地，根据我今天实地所见所闻，应该能确认了。但是，传说郭节与建文帝流亡渭源秀峰山寺庙，后来建文帝又去了青海省乐都的瞿昙寺，这必须纠正一下：

靖难之变建文帝出亡有史料记载、作者已核实的遗迹来推断：他逃出南京后，去过溧阳、吴江、镇江、六合、襄阳、奉节、公安、武汉、昆明、大理、武定、洱源、鹤庆、保山、广通、重庆、龙兴、邻水、达州、平昌、通江、西乡、南郑、街子、峨眉、资中、富顺、长顺、贵阳、凯里、凤山镇、清镇、平坝、桂林、宜州、横县、衡阳、涟源、天台、温岭、宁波、杭州、绍兴、定海、普陀山、兰溪、杞县等。但是建文帝应该没有到过甘肃和青海。

与郭节来渭源的应该另有其人，很有可能是山西省晋城泽州人、翰林检讨程亨。程亨曾访建文帝于重庆。我在四川自贡富顺县看到的清乾隆四十二年段玉裁编修的《富顺县志》记载："杨应能、程济、叶希贤三者至滇，史仲彬、雪庵和尚、郭节与程亨、焦云也至滇而去。"这段史料，明确指出程亨与郭节有来往。

程亨

程亨，山西省晋城县泽州人，建文朝官至翰林检讨。靖难兵入金川门，众臣逃出南京城，聚在神龙观，明确今后各自的角色，自行离散自谋生计的大臣中有程亨。他与工部右侍郎张昺是亲戚，张昺在建文元年（1399）与北平都司张信、谢贵一同被建文帝密诏，做建文帝废燕王的内应。不料被张信出卖，朱棣先发制人，杀了张昺和谢贵，起兵夺位。"靖难之变"后，张昺族人被诛，程亨家人也都被祸及。程亨只身一人，出亡后先随郭节去连州，还与郭节一起到过云南保山。

2015 年 9 月 23 日，我从陕西省大荔县出发，先到韩城，韩城没有直达晋城的汽车，于是买票到河津，河津是山西省的县城，从河津开往长治的汽车会途经晋城。

到晋城泽州区，在史料里查不到程亨的身世、归宿，当地人似乎也根本不知道他的事。在《晋城县志》二十四卷"人物"篇章中，没有程亨，有布政使张昺及湖广布政司参议杨砥的记载。泽州区政府地方志办公室官方网站上，有位名叫“陈亨”的，也是明朝人，但所处时间较晚，确定不是同一个人。我估计，因为翰林检讨程亨的时代正好遭永乐帝“革除”建文历史时期，《泽州县志》被“革除”内容的时间长达 15 年，所以没有他的记录。

建文元年（1399），燕王朱棣的儿子朱高煦，依仗父亲的权势，擅自捕杀官府吏臣，建文帝很气愤，斥责朱高煦藐视朝廷，并调派官军，陈兵北平附近的开平诸镇，严密监视、枕戈待旦。燕王觉察不妙，上疏称恙，装疯卖傻，瞒过了建文帝的耳目——都司谢贵。同时，燕王紧锣密鼓，私制武器、招兵买马、搜罗天下奇士、偷印宝钞，为篡位做准备。后来，燕王府的长史葛诚，向谢贵密报说：“朱棣不疯。”建文帝下令封锁燕王府，并密令朱棣身边的都司谢贵、布政使张昺为内应，准备捉拿燕王。一切准备就绪，建文帝令北平府守臣、都司张信捉拿燕王。建文帝做梦也想不到，张信早已背信弃义，且深受朱棣信任。张信得令，第一时间去燕王府，泄密给朱棣。朱棣得报，无片刻犹豫，先杀了张昺、谢贵等几位朝廷命官。就这样，燕王不费吹灰之力，打着“靖难”大旗起兵南下，四年就攻下南京。朱棣登基不久，就诛杀张昺的家族，翰林检讨程亨与张昺是亲戚，程亨家也遭株连，被杀几十口人。程亨因在金川门破当日已随建文帝出逃，所以幸免于难。

后来，史料有记载的是：杨应能、程济、叶希贤三者至滇，史仲彬、雪庵和尚、郭节与程亨、焦云也至滇而去。可以肯定程亨常与郭节往来，曾访建文帝于重庆、云南。

永乐八年（1410）春三月，建文帝返云南，道遇严震，是夜严震自缢于亭。帝回白龙山，有戒心，不能出山觅膳，适史仲彬、程亨、郭节访至，这年时局很乱。建文帝说：“不可久留，今后再勿来。”

自此以后，再无程亨的消息。

我查到的史料记载，每次都提到翰林检讨程亨与中书舍人郭节在一起活动。在渭源图书馆内查找资料，只查到郭节。我不禁联想到，渭源县秀峰山《五竹禅寺碑》的碑文，把另一个人误认为是建文帝，并指向青海省“瞿昙寺”。因此，有必要去青海，落实那个人是谁。

2016 年 7 月 2 日，我从兰州乘火车至西宁，两天后，抵达乐都地方志办公室，想从《乐都县志》中寻找瞿昙寺的具体资料。

瞿昙寺位于青海省西宁市以东的乐都区境内。形式很特别，它是汉式宫殿风格的藏传佛教寺院，这是明王朝为了统治藏民、安稳天下而建的。明朝学习元朝，用元世祖忽必烈的办法，管理青海。从明太祖朱元璋洪武初年开始，由朝廷出资，藏佛三罗喇叭修建，竣工于洪武二十五年（1392），洪武二十六年（1393）朱元璋以佛祖释迦牟尼的姓氏，赐名“瞿昙寺”。此后，在永乐、洪熙、宣德各朝扩建，才有了现在的规模。

乐都县地方志编纂委员会编的《乐都县志》，是 2012 年 12 月出版的，县志里没有关于建文帝和程亨的记载，只介绍瞿昙寺在瞿昙镇新联村，占地面积约 300 平方米。瞿昙寺与乐都之间有班车来往，起点站叫“碾伯”，车票是“碾伯到曲坛”，两地间 23 公里，半小时即到。

一到终点站停车场，就看见河对岸山脚下苍凉的木建筑群落，那就是瞿昙寺。瞿昙寺很大，我先去售票窗口找人请教，售票员是位藏族同胞，我说：“我想找一块‘皇帝万万岁’的碑。”他没听明白。我想到，程亨要在瞿昙寺当过和尚，一定埋在附近。于是，我提出第二个问题：“明朝有个僧人叫程亨，他埋在哪里？”这么一问，他听懂了一半，连忙说：“有呢！有呢！就在最里头的大殿里。”又说，“吃罢饭在殿里找我！”

我很高兴，先进寺院自己找找看。寺院依山而建，有浓郁的地方色彩，大木结构和全木装修是甘肃地方手法。总体布局是长方形，由殿堂、碑亭、钟鼓楼组成三进三出的庭院，明代宫庭与藏寺混合式。寺院内的隆国殿、宝光殿等，大多数建筑雕梁画栋，古朴典雅；肃立在大西北的干风烈焰之中，更显雄浑苍劲。迎面看见“瞿昙寺”3个大字，红底描金，这是明太祖朱元璋于洪武二十六年，赐给新建寺庙的匾额。后来就用作寺庙名至今。

刚才那位藏族售票员说在最里头的大殿里，我就先走到了最里头的大殿“隆国殿”。我从斜廓走上去，一眼就看见大殿中央的“皇帝万万岁”碑。这块碑由楠木制作，通高24米，宽1米，厚约0.3米，木碑的底座是长方形砖结构，底座高0.7米，厚0.72米。上书“皇帝万万岁”汉、藏、梵文三行，碑的背面是阴刻的“大明宣德二年二月初九日御用监工孟继、尚义、陈亨、袁琦立”字样。此时此刻，我弄清楚了两件事：第一，“皇帝万万岁”碑，不是给建文帝立的，而是为明成祖朱棣的孙子朱瞻基立的，朱瞻基的年号是“宣德”；第二，立“皇帝万万岁”碑的是陈亨，与我正在寻找的程亨，不是同一人。

禅院内有两个碑亭，一左一右，分别建在庭院中轴线两侧，非常气派。“左碑亭”里的大碑，阴阳两面，分别用汉、藏两种文字镌刻，字体端庄典雅，立于明洪熙元年（1425），碑文由明仁宗朱高炽钦撰，阐述明朝提倡扶持佛教和主持创建瞿昙寺的原因及经过。另一碑亭在中轴线另一侧，在最显著的位置有一块“右碑亭”简介，文字说：“此碑立于明宣宗二年（1428），宣宗皇帝撰文，叙述明太祖、太宗、仁宗皇帝分别肇建、扩建瞿昙寺的经过。”可以看出，明宣宗朱瞻基撰文的碑亭记里，明太祖朱元璋之后，明成祖朱棣排在第二位，明仁宗朱高炽排在第三位，排在第四位的是明宣宗朱瞻基自己，人为地忽略了建文帝朱允炆。从各方面来看，这样一个寺庙，建文帝是不会来藏身的。至于是不是程亨，未找到证据。

定海梁氏

洪熙元年（1425）春正月，建文帝与程济从宁波渡过崎头洋去定海。他们登上舟山岛屿后，在定海隆教寺，与庙里几位和尚在一起住了几天，隆教寺离梁家不足一里，建文帝与程济不敢去龙头村探望抚慰梁氏遗孤。只能渡过莲花洋，登上普陀山，面海，在潮音洞旁边的尼姑庵前，烧香焚纸，祭祀从亡大臣，二人痛哭不已。

民间传说，靖难初起，梁氏大臣们逃回舟山，舟山土地贫瘠，无田耕作，勉强做了船夫，读书人力不从心，有的坠海而死，有的投海自杀。

梁田玉：浙江定海干览镇龙头街人，建文朝刑部郎中。素以忠义闻。靖难兵至，金陵失陷，梁田玉与众亡臣从地道遁，后来分配各自角色，吴成学、蔡运、冯濯、赵天泰、梁田玉、史仲彬，为致衣食者。史料记载："与御史叶希贤，祝发为僧，同时十八人。从地道逃遁出。梁良玉、梁良用皆梁田玉之族也，建文帝为僧往来萧寺，梁田玉时奉衣食至萧寺，后不知所终。"另有记载："刑部郎中梁田玉、翰林修撰吴成学，两人为奉衣食，出入往来萧寺，梁田玉后不知所终。"

梁良用：定海人，梁田玉族人，与梁田玉同仕于朝。有史料记载说："梁良用：明，定海人，中书舍人。靖难兵抵南京金川门，谷王朱橞打开金川门，李景隆不战自降，金陵失陷。梁良用与建文帝及程济出西华门，梁良用易服鼓舷而行，抵南门，舍舟给建文帝逃生，自赴朱雀桥投水死，时建文四年六月十三日。"

梁良玉：定海人，梁田玉族人，建文朝中书舍人。燕兵入京，诀妻子，同朝臣从地道出，易姓名，逾岭至海南，寓市肆，鬻书以老。

有史料记载："挟微赀踰岭至海南，寓市肆间，以鬻书为业，遂死焉。"另有资料记载："永乐十四年（1416）夏，中书舍人梁良玉海南鬻书以老死。"梁良玉是从亡大臣中，往南行走最远的一位。传说，是翰林编修程济，安排梁良玉去海南、郑洽到福建的，接着就是永乐帝派郑和下西洋寻找建文帝。2018 年，作者曾去海南省三亚、崖州、临高、儋州、东方、昌江等古时候的海港地区，寻找梁良玉踪迹，无果。但是，在昌江黎族自治县昌化镇，找到治平寺遗址。

梁中节：定海人，梁田玉族人，建文朝中书舍人，好读《老子》《太玄经》。靖难兵入京，弃官为道士。又有史料记载："少好读《老子》《太玄经》，靖难后弃官与郭良同出京为道士，入山隐居。"又有民间资料记载："梁中节俱道士服。""梁中节与郭良，壬午六月皆出亡为道士。会于湖北省公安，夜宿佛寺，建文君亦宿焉，时改为黄冠。"

郭良：定海人，建文朝中书舍人。靖难之变，壬午六月，郭良与梁中节，皆出亡为道士。仅有的资料，是说于公安一佛寺中遇到黄冠老者（前文讨论过，黄冠应是出亡大臣刘伸），相对哭泣，作诗留名于纸上而去。从亡后的具体生平难找，尚未查到。

牛景先

牛景先：湖南沅洲（芷江）人，建文朝御史。史料记载："金川门开，易服宵遁，卒于杭州僧寺。已而穷治齐、黄党，籍其家。"

2015 年，我曾前去安徽、湖南一带寻迹建文帝及从亡大臣的出生地、流亡地。为辨真伪，还去了湖南省娄底市涟源藏君洞，前文均已提及。2015 年 10 月 26 日，我早早来到芷江县志办公室，借阅他们的县志，男老师给我找来一本清乾隆二十三年《沅洲府志》的复印件，这是一本繁体竖排的石印本，书内扉页上贴着一块小纸片，纸片上的圆印章是“湖南省芷江侗族自治县县志编纂委员会办公室”，左下角的长方形印章，是“芷江县志办藏书”，非常珍贵。我在比较接近的目录里都细细查过，很遗憾！没有牛景先这个人名。

有史料记载，牛景先与齐泰、黄子澄同仕于建文朝，齐泰是建文帝很依赖的人，由兵部侍郎升任兵部尚书，兼理军事，太常卿黄子澄掌理国政。两人力荐撤藩，被燕王朱棣作为借口，打着“靖难”大旗，起兵反叛，最后篡位称帝。燕王朱棣首先杀了齐泰与黄子澄，同时把反对他的其他大臣也除了。由于城破时牛景先跟着建文帝逃跑了，燕王朱棣“穷治齐、黄党”，永乐初年，牛景先被诛族。

全族被诛这么大的事情，他家乡的地方志没有记载，这是我没想到的。办公室老师把翻到一页的《沅洲府志》递给我，说：“当地有传说，牛景先的家被屠族时，他的第五子侥幸逃脱。”

地方志办的老师提示说：“这本书上的牛玉，就是牛景先第五子的后人。”再看，书上只记载了一小段，字数很少，说：“牛玉，陕西凉州人，行武。康熙六十一年任镇沅洲。”《沅洲府志》“协镇沅洲”篇，确实载有康熙、雍正、乾隆年间，几位任芷江协镇的外地官员，有牛玉，但没对牛玉作介绍。

《明史纪事本末》卷十七“建文逊国”篇及现存牛景先史料，汇总、摘编于下：

建文四年（1402）金川门失守，梁良用与建文帝及程济出西华门，梁良用觅一舟送建文帝、程济逃奔市郊，梁自赴朱雀河死。已薄暮，杨应能、叶希贤等13人同至。帝曰：“此处暂不可久，况郊坛所在，明旦必行，何所之？”第二天微明，镇抚牛景先与徐府宾辅史仲彬步行至河桥边，谋一艇，取道溧阳，八日，始至吴江黄溪史仲彬家。八月十六日，约定明年湖北襄阳廖平家聚，众亡臣在史仲彬家分手，建文帝同杨应能、叶希贤两比丘，程济一道人同行。余臣俱星散(其中有牛景先)。

永乐元年（1403）牛景先如期到湖北襄阳廖平家，为赴吴江之约，及期，冯灌从云南来，告以帝寓云南之永嘉寺，亦甚安妥，明年游天台，今后无烦往来。史仲彬、牛景先、冯灌、廖平相对大恸而归。

永乐二年（1404）八九月份，有 11 位从亡大臣与建文帝聚史仲彬家，又聚浙江天台、雁荡一带，徘徊 39 天。御史牛景先没来。据传，这一年牛景先病逝于杭州寺庙中，具体寺庙名称与时间不清楚。

2016 年 4 月 6 日，我还曾到兰州市政府地方史志办，借阅《武威县志》，想找名叫牛玉的人。但是，《武威县志》里没有牛玉的名字。因为没有史料印证，到底是不是牛景先的后裔，所以我不能确定。

金焦

2015 年 10 月 14 日，我从安庆市乘大巴车去池州，先去市政府，问池州方志办的地址，换了 3 次公交车，才到贵池区政府。方志办公室主任查老师很热情，我说："想找一些建文朝从亡大臣金焦的史料。"他说："这个名字没印象。"并帮我找来《嘉靖池州府志》第三册，因为没有第一册，看不到目录，查起来很费事，这是本没标点符号的老书，我仔细看了两遍，没有金焦的名字。倒有位叫黄观的建文朝臣，是朱棣最不喜欢的人之一，这本书，却对黄观充满敬慕之意，重复记载。

资料记载："黄观，字澜伯，一字尚宾，西保人，父入赘在城许氏，遂从舅姓，名许观，补邑贡生，治书经。洪武二十三年（1390）庚午，中乡试，明年辛未，连登会元、状元。始任翰林迁尚宝寺，寻

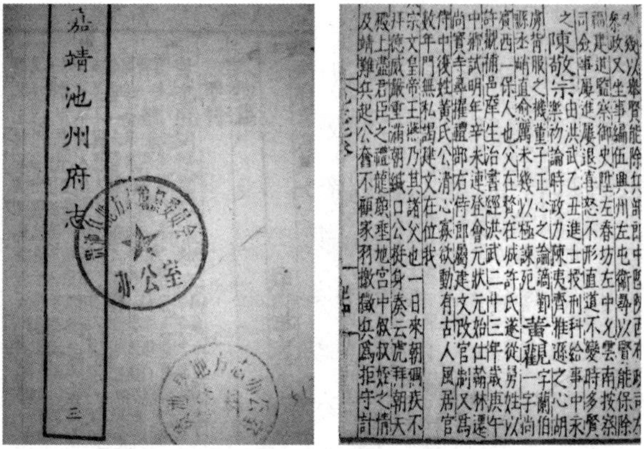

《嘉靖池州府志》载黄观，无金焦

擢礼部右侍郎，属建文改官制，又为侍中。后姓黄氏。公清心寡欲，动有古人风，居官数年，门无私谒。建文在位，燕王乃其叔父也，一日朝，称疾不拜，德威严重，满朝缄口。公挺身奏云：'虎拜朝天，殿上尽君臣之礼，龙颜垂地，宫中叙叔侄之情。'致朱棣怀恨于心。建文四年，燕王以讨伐齐泰、黄子澄为名，靖难兵起。公奋不顾家羽，撒征兵为拒守计。时北方告急，援兵不至，遂亲诣上游诸郡募之。回至安庆，舟次李阳河，闻报者曰：上出奔过池，建德群臣奉新帝即位，今三日矣。公自分大事已去，辄东向再拜，仰天号哭，于罗刹矶湍急处，绐舟人，奋棹佯为见风投水，舟人急以钩挽之，仅得珠系棕帽焉。妻夫人翁氏携二女及家属十余人，尽投于京城南濠中。"

池州文献中，黄观的资料多而详细，就是找不到金焦的名字，感觉怪怪的，查老师在网上也没查到金焦。但是在《浪穹县志》《富顺县志》《杞县人物大典》《名人传记资料索引》等几份重要文献中，都明确载有刑部侍郎金焦。怎么在他家乡反而不提起这位忠臣？

安徽地方志丛书《贵池县志》里也只有黄观，无金焦。两本书的记法略微不同，摘出来整合如下，供分析：

黄观（1361—1402），字澜伯，一字尚宾，贵池县上渍溪人，其父入赘许家，原从许姓。洪武二十三年（1390），黄观以贡生进入太学，同年八月，在南京乡试中举人。洪武二十四年（1391）三月，在南京应会试中会元，是年，黄观参加朱元璋亲发策问的殿试，他在殿试策论中，力主巩固边防："屯兵塞上，且耕且守，来则拒之，去则防之，则可中国无忧，边境无虞。"深得朱元璋嘉许，以进士第一，赐进士及第（状元）。黄观自幼勤奋，治学严谨，注重时论，不尚浮文，他从秀才到状元，经过六次考试（县考、府考、院考、乡试、会试、殿试），均获第一名，时人对他有："三元天下有，六首世间无"的赞誉。殿试后，黄观任翰林院修撰，洪武二十九年（1396）升任礼部右侍郎（正二品）。是年，经朝廷批准，黄观由许姓改回黄姓。

建文元年（1399），改官制，黄观为右侍中，参与重要国事奏议。与方孝孺等同被建文帝依仗。是时，燕王态度傲慢，入朝不拜，群臣畏其权势，缄口不言，独黄观曰："虎拜朝天，殿上行君臣礼，龙颜垂地，宫中叙叔侄之情。"致朱棣不悦、怀恨在心。

建文四年（1402），燕王以讨伐齐泰、黄子澄为名，靖难兵起，建文帝没有做好防御的准备，节节败退，右侍中黄观在长江上游，督促各地驰援。他不顾家羽，撤征兵为拒守计，时，北方告急，援兵不至。遂亲诣上游诸郡募之。当船行至安庆下游的罗刹矶，舟次李阳河时，闻报者曰：上出奔过池，建德群臣奉新帝即位，燕王即位今三日矣。黄观认为建文帝已死，"辄东向再拜，仰天号哭，于罗刹矶湍急处，给舟人，奋棹佯为见风投水，舟人急以钩挽之，仅得珠系棕帽焉。"朱棣篡权后，公布文职奸臣名单，黄观名列第六。朱棣除了诛黄氏九族外，黄观的亲朋受监禁、谪戍者达 100 余人。

综合贵池各种版本的文献，当时黄观跳水自杀，有人赶来施救，却活不见人，死不见尸。黄观真的淹死了吗？我觉得未必。如果黄观假装投江自尽，或投江未死，改名换姓，入从亡大臣之列，就说得通了。

我查阅贵池县地方志时发现：贵池人民很诚实，不畏永乐帝朱棣的强势，竟敢把皇帝公布出示的文职奸臣，名列第六名的右侍中黄观，用大量篇幅记载，对黄观的家庭出身、学历、官职变迁、姓氏变化，都有详细的记载。而对同为贵池人的建文朝刑部侍郎金焦，却不作记录，只字未提，这很蹊跷。建文帝从亡大臣，易姓名出亡者有之，右侍中黄观就是易姓名从亡的吧？一连串的问号，思绪万千，突然想到，“黄”与“金”两个字，常常联用；而“观”又作“看”、“瞧”。黄观跳水自杀，“瞧”字无目，正是“焦”字！

这么看来，建文帝从亡大臣、贵池人金焦，应该就是贵池人黄观。不知是否正确？先这么理解，今且记一笔。现在用金焦的名字，接着讲他在“靖难之变”以后的故事。

《明人传記资料索引》中记载：“金焦，贵池人，建文时官刑部侍郎，京师陷，从亡于二十二人列，后数观于帝。同王资往河南，卒于祥符。”

王资与金焦似乎很熟悉？究其原因，南京吃紧时，黄观不顾家羽，撤征兵拒守；与此同时，王资在安徽参加保卫战，后又赶回京城护驾。原来他二人都是参加过“京城保卫战”之臣呀！

《浪穹县志略》中记载：

“永乐二年（1404）九月，师游浙江天台。冯滙、金焦、宋和会于天台石梁间，宋和先去。

永乐六年（1408），师在白龙山，金焦、郭节、黄直来。

宣德元年（1426），明宣宗朱瞻基立，师在鹤庆，使程济往河南视王资、金焦，未至，王资、金焦卒。”

清乾隆四十三年修撰的《富顺县志》记载："杨应能、程济、叶希贤三者至滇，史仲彬、雪庵和尚郭节与程亨、焦云也至滇……"

《杞县人物大典》第63页人物王资篇中说："建文四年（1402）燕兵一路凯歌，犯京师至金川门。同出诸臣：史仲彬、郭节、冯漼、廖平、金焦、黄直、梁良玉、王资，自秦水道出。到了八月，王资易道士服。再往后，王资与金焦到祥符。再后，王资隐居金华玉山，号称'玉山樵者'，麻衣戴笠终身不易。后归河南省，与金焦病死祥符。"

蔡运

蔡运，江西赣州南康人，字来仪，洪武二十一年（1388）由贡任宾州知州，后升四川参政。找蔡运的史料，有两个地方必须去，江西省赣州市、广西壮族自治区宾阳县。

2015年11月3日，我从赣州火车站，乘公交车到南康区政府。在赣州市南康区地方志办公室，借阅到明嘉靖三十四年编撰、清乾隆十八年重印的《南康县志》，其中记载说："蔡运……知宾州，有善政。逊国后论死，百姓怜而思之。事载《明史》，可云正气塞苍冥矣。昔提学佥事邵锐祀黄太常子澄于分宜，其记曰：惟我成祖，俪美汤武；惟我诸彦，庶几夷齐。今于蔡参政公亦云。邑建大节祠在县学东，春秋仲月致祭。丙戌（1406）兵焚。康熙中，知县申毓来复其祠于原所，崇祀乡贤，事载省府志（又祀省会大节祠，详见通志艺文）。"

蔡运的资料也很少，虽为京外命官，"靖难之变"时他也在从亡大臣之列，并且是给建文帝致衣食者之一，这是靖难初大家订立的规矩，未知何因？后来，致衣食者只剩史仲彬、冯漼、黄直（黄直是后来加入的）三个人，不知蔡运何故不再担任供给衣食的任务？

永乐二年（1404）九月，建文帝君臣游浙江天台、雁荡山时，算上史仲彬共有11位大臣聚会，江西省两位大臣都来了；抚州临川人宋和先到，他只见到冯漼、刘伸、金焦，有事先走了；赣州南康人蔡运与大家在一起，十一月底才分手。后来再无音讯。蔡运只在浙江天台聚会时露过一次脸。是不是年龄偏大，不方便出行？还是有什么别的原因？

建文帝后期不辞劳苦去过江西，也风尘仆仆到过广西，是想找他吗？建文帝流亡时期的大本营在云南洱源，他喜欢去有旧臣到过的地方，除了能暂缓衣食之忧外，大家说说话，疏解心中烦闷是主要原因。建文帝三次南行的时间有记载：

宣德六年（1431）二月，建文帝离开云南，历蜀、秦、楚、吴、赣，重游天台等地，在赤城度岁。后返鹤庆。建文帝与程济去过江西，他们是否试探着去江西一带找宋和与蔡运？宋和是江西抚州临川人，蔡运是江西赣州南康人。

宣德十年（1435）正月，建文帝离浪穹，往粤西，从行进路线上看，是从云南经贵州至广西的：入贵阳市、都匀市、独山县，进入广西省的南丹县，直抵桂北的宜山县（庆远府、宜州）。建文帝游庆远时勒石“泣血”二字。（我未能核实的内容是：“南走至武宣，游武宣时驻锡该县仙人山的仙岩寺，遗刻三首诗于仙人山的岩洞内。”）从武宣南下横州，卓锡城南寿佛寺十余年。建文帝与程济去过的庆远、武宣、横州，都在广西境内。庆远有方孝孺的从兄在，史料记载：“方孝複，宁海人，方克勤（孝孺之父）从子，洪武间坐事谪戍庆远卫。”而武宣、横州不知有谁？

正统三年（1438），建文帝与程济在浪穹大喜庵时，建文帝的弟子应知逃跑了，建文帝怕浪穹住地暴露，非常着急，立刻与程济焚毁大喜庵，铲平杨、叶二忠之墓，二人急行入粤西，居广西横州山寺（南宁横县）。又到广西来了。蔡运曾任广西宾州（南宁宾阳县）知州，建文帝是否能在广西一带见到蔡运？得到蔡运的帮助了吗？没有这方面的资料。

赣州市南康区地方志办公室的明嘉靖三十四年《南康县志》重印件里，记载着：“蔡运，南康人，罢归复起知宾州。”

蔡运到底是“四川参政，罢归复起知宾州”，还是“由贡任宾州知州，后升四川参政，罢归复起知宾州。”两种史料记载，不知哪个准确？

2015 年 10 月 27 日，我曾坐火车到柳州，转乘汽车去宾阳县，到宾阳地方志办公室，得到方志编纂办公室唐老师的帮助，很顺利就查到宾州知州蔡运的文献资料。内容与赣州南康记载的同出一辙，可相互印证，无另外收获。

宋和

宋和，江西抚州临川人，建文朝中书舍人。从亡后，“与雪翁郭节各变姓名，挟卜筮书走四方，风雨晦明，颇能预测”。为建文帝君臣供给衣食。宋和时称“云门僧”“稽山主人”，也称“槎主”。

江西赣州与江西抚州之间不通火车，我从赣州到抚州临川，绕道而行，花了两天时间。2015 年 11 月 5 日，抵达临川区政府，这里管理很严，仅提供身份证不能进，后来有教育局的朋友帮忙，才得以顺利找到地方志办公室。可是，无论是官方网站，还是临川区地方志办公室的文献，都没有关于宋和的史料。

据我掌握的一点资料，江西临川人宋和，逃亡初期的同伴是连州人郭节，郭节后来又与泽州人程亨在一起，再后来，郭节在甘肃渭源秀峰山寺庙做住持，自名“五竹僧”，给庙起名“五竹寺”。至于中书舍人宋和，最后去了哪里？无人知晓。

我除了临川，还在江西新干、浙江金华、浙江丽水、浙江临海、海南崖州，诸多地方找过宋和的史料。都没有找到。

周恕

有资料说，随建文帝出亡的大臣中，有一名叫周恕的太监，据传是和州人（查到是安徽省和县历阳镇）。周恕的身世、功过、归宿，外地资料没有记载，所以，很有必要去和县实地考察。

2015 年 10 月 12 日，我乘坐火车到达安徽巢湖火车站，转乘从巢湖开往和县的大巴车，约一个半小时，到达和县。顺利地找到和县地方志办公室，出示身份证，告诉办公室老师说：“老师，我想查建文帝的从亡太监周恕，你们有他的历史文献吗？”负责老师一面说：“大概没有记载，没印象。”一面找来一本《和州县志》。

我先从新修志里查找，没有。这时，负责老师找出一本清朱大绅修、高照纂写，和州地方志办公室整理出版的光绪版《直隶和州志》。这本书是安徽历代方志丛书中的一册，内容很丰富、详细，可是，依旧没有查到太监周恕这个人。大概周恕的名气不够大，没人为他写传。

过了很长时间，我才查到一些资料：还有一位名叫何州的人，他与周恕一起，二人想跟随建文帝一起逃亡，被建文帝劝阻。周恕是海州（今江苏省连云港）人，建文朝的太监，与何州常以忠义相助，建文元年（1399）初，燕王朱棣的世子朱高煦，擅杀吏臣。后来，朱高煦来京朝觐时，周恕奏请建文帝扣下朱高煦，建文帝不许，朱高煦只被建文帝斥责了一顿，就放回北京。后来，燕兵叛起，建文帝后悔当初没有听进周恕的话。“靖难之变”时，周恕与何州想要随建文帝一起出亡随侍，建文帝命他们各自散去。他们二人各变姓名，逃往湖、湘间。后来，何州不知去向，周恕病逝于重庆奉节萧寺。（前部分内容来自《明人传记资料索引》325页，结尾部分内容来自地方志。）

郑洽

郑洽（1343—1422），浦江人，洪武二十五年（1392）中进士，赐翰林待诏，随建文帝出亡。先后化名郑三合、郑岐，隐居濂坑村、郑岐村，永乐二十年（1422），卒于福建省宁德郑岐山，葬于福建省福州蕉城上金贝南山之麓后壑坑。

2015年3月16日，我动身去浦江县找郑洽的史料。最方便的是从杭州汽车南站出发，乘坐高速大巴，2小时到浦江县。转乘公交车，在县委附近下车。浦江县委党史办保存有历史资料，但是借阅到的资料上没有建文帝的信息。党史办赵老师从电脑上给我下载了一段《郑洽简历》，说：“郑洽是浦江郑义门，郑氏第八世孙，于明太祖朱元璋洪武二十五年（1392）中进士。翰林院待诏。随建文帝出亡，病死在福建省宁德县郑岐村。”

浙江兰溪市灵洞乡有传说，“浦江人郑洽与建文帝一起到过兰溪”。因郑洽为重要线索，我才来的浦江，但是，郑洽竟然没有被载入地方志史册，是因追随建文帝而在历史上受制吗？

浦江县郑宅镇的郑义门，现在已经被开发为旅游景点。党史办赵老师给我指路，在县委附近的东山路口等车。不久，来了一辆从浦江西站开往郑家坞的公交车，约40分钟后，在“郑氏牌坊站”下车。

郑氏牌坊站附近，没有针对性的宣传材料，需要去镇政府找史料。我找到郑宅镇镇政府文化站，小王老师问清楚事由，说：“请等一下，我去给你找个明白人来。”不一会儿，她回来，兴冲冲地说：“联系到一位84岁高龄的郑老先生，他是郑氏后人。”

老先生吃完饭来到镇文化站，我与他并排坐在办公室的长椅上谈话。他很精神，看不出有84岁。老先生给我讲：“靖难之后，建文帝先到史仲彬家，当年八月十五来到浦江，住在郑义门，第二年（永乐元年）正月十五，建文帝观灯时暴露身份，被人告官。锦衣卫来郑义门查捕，建文帝在郑氏家族的帮助下逃走。”郑老先生有许多建文帝在郑宅镇的故事，说郑宅村口口相传了600多年，建文帝在浦江县郑宅镇已经被神化了，老先生手头没有文字资料。

他还说：“当地旅游地图有介绍，郑宅镇还有建文井，你去看看！”道谢后，我离开文化站，直奔“江南第一家郑义门”。在古宅对面，买到了两本由王道亨主编、福建宁德建文帝研究编委会出版的《建文帝研究论文集》。然后，跨入“江南第一家郑义门”大院，在古建筑群里转悠。走廊有郑义门的宣传挂画，我仔细看了两遍，没有讲到建文帝与郑洽之间的故事。很幸运，最后在墙边比较低的地方刻成长条行文章的最后一行，有一点儿关于郑洽的记载，好像是新加的，这就是今天唯一的收获。拍下几张郑氏在明朝做官的人物宣传画照片，包括他们的官衔、政绩，作为参考资料留用。

后来，我仔细读了这两本《建文帝研究论文集》，内容有重复、有矛盾。书中说建文帝在浦江住的时间，有住了旬日、数月、七个月三种说法。统一的说法就是后来由郑洽带着建文帝从浦江出发，开始逃亡，经温州入闽。论文集还说：“根据福建省宁德一古墓分析，建文帝卒宁德，葬于上金贝。”这与我在云、贵、川看到的地方志等文献所记载建文帝流亡的方向相去甚远，记在这里仅供研究者参考。

前文多次提到的《明史纪事本末》及其他史料均表明建文帝起初与大臣们商议逃往何地，有大臣建议去郑洽家，建文帝不同意，因为郑洽家是巨族，且忠孝可居……后来史仲彬家来了船，因此逃去了吴江黄溪史仲彬家。离开史仲彬家后，建文帝、程济、杨应能、叶希贤从京口渡江，再从六合陆路到襄阳，入昆明找沐晟，未见到去郑洽家的记载。

永乐二年（1404）九月，君臣多人在天台山聚会，在天台、雁荡一带徘徊 39 天，十一月底在天台分手。郑洽没去。此后他是否见过建文帝，也不得而知。

附录

为方便读者进行研究分析，本人根据这些年查找所掌握的资料，将书中 26 位从亡大臣的信息整理列表如下：

姓名	官职	家乡	埋葬地/卒地
程济	翰林编修	陕西大荔	浙江兰溪
叶希贤	监察御史	浙江松阳	云南洱源
杨应能	吴王教授	河南开封	云南洱源
王资	指挥从偏将	河南开封	河南祥符
刘伸	镇抚	河南开封	浙江天台山
王良	浙江按察使	河南开封	江苏南京
史仲彬	徐府宾辅	江苏吴江	江苏吴江
冯漼	刑部司务	浙江黄岩	奉节萧寺
黄直	侍中	江苏武进	奉节萧寺
廖平	兵部侍郎	湖北襄阳	不详
王之臣	钦天监监正	湖北襄阳	甘肃永登

续　表

姓名	官职	家乡	埋葬地/卒地
赵天泰	翰林编修	陕西三原	西乡左溪峡
吴成学	翰林修撰	浙江（?）	不详
郭节	中书舍人	（?）连州	甘肃渭源
程亨	翰林检讨	山西晋城	不详
梁田玉	刑部郎中	浙江定海	不详
梁良用	中书舍人	浙江定海	江苏南京
梁良玉	中书舍人	浙江定海	海南
梁中节	中书舍人	浙江定海	不详
郭良	中书舍人	浙江定海	不详
牛景先	御史	湖南沅州	浙江杭州
金焦	刑部侍郎	安徽贵池	河南祥符
蔡运	四川参政	江西南康	江西南康
宋和	中书舍人	江西临川	不详
周恕	太监	江苏海州	奉节萧寺
郑洽	翰林待诏	浙江浦江	福建宁德

为收集材料、实地查证，本人走访了许多地方。现将近几年所走的路线整理如下，出发地为成都或宁波，主要交通工具为火车、长途汽车、公交车，换乘地点、主要目的地均列明于下图，供历史研究者及旅游爱好者参考：

2014 年 4 月 14 日—2014 年 4 月 27 日：

成都东站→桂林→广西 龙胜梯田→湖南通道县→湖南靖江县→湖南洪江市→湖南怀化市→贵州福泉 天削芙蓉石刻→贵阳→昆明

贵阳→贵州惠水县→白云山

→贵州平坝县←高峰山

贵州平坝县↘天龙屯堡↗高峰山

→贵州修文县

昆明→云南禄劝→云南元谋（武定狮子山正续禅寺）

2014 年 6 月 2 日—2014 年 6 月 4 日：

成都东站→达州→平昌县→和尚坟→望京寺→平昌县志办

2014 年 6 月 8 日—2014 年 6 月 18 日：

成都龙泉驿区→广安→华蓥市→高登山→邻水县 善庆里→重庆北站→龙兴镇 龙藏宫→渝北区方志办→磁器口 龙隐禅院→沙坪坝史志→巴南区史志 建文峰→重庆菜园坝站→贵阳→清镇→灵永寺

清镇↘华盖洞

贵阳→昆明→大理市→洱源牛街 眠龙洞→洱源茈碧湖镇 潜龙庵→洱源县志办→邓川→鹤庆市 方志办→丽江市→楚雄州志→牟定县志 莲城寺→广通县 寂照庵

2014年12月2日—2014年12月4日：

宁波市→金华市→兰溪县→白坑村→皇回禅寺→程济墓

2015年3月17日—2015年3月18日：

宁波市→杭州市→浦江县志办→郑家坞（郑洽）

2015年4月14日—2015年4月15日：

成都龙泉驿区→崇州市→街子古镇→凤栖山古寺→街子古镇 瑞龙桥

2015年6月1日—2015年6月4日：

成都龙泉驿区→资阳（王良）→自贡→富顺 千佛寺→安溪镇 金田寺→宜宾→什邡 蓥华寺→彭山区县志办（明皇陵）

2015 年 6 月 10 日—2015 年 6 月 12 日：

成都东站 → 宜宾市 → 筠连县（郭节）

宜宾市 ↘ 泊溪镇 隆兴寺

2015 年 6 月 15 日—2015 年 6 月 19 日：

成都东站 → 万州县志 → 云阳县志（冯灌 黄直）→ 奉节县志（冯灌 黄直 萧寺）→ 襄阳县志（廖平 王之臣）→ 汉中（太子朱文奎）→ 广元市 → 青川县 明十四陵 → 江油 藏王寨

2015 年 7 月 9 日—2015 年 7 月 9 日：

成都东站 → 岳池县（程济）

2015 年 7 月 13 日—2015 年 7 月 15 日：

成都东站 → 乐山市 → 马边县 → 牛王寺 → 眉山市

2015 年 9 月 14 日—2015 年 9 月 27 日：

宁波市 → 上海市 → 兰州市 → 咸阳南站 → 陕西省三原县（赵天泰）→ 大荔市朝邑区（程济）→ 韩城市 → 河津县 → 晋城市泽州镇（程亨）→ 河南省开封市 → 开封市祥符区（王良）→ 杞县（杨应能 刘伸 王资）

兰州市 ↙ 永登县 ← 连城镇（王之臣）

2015 年 10 月 10 日—2015 年 11 月 5 日：

宁波市 → 巢湖市 → 和县（周怒） → 合肥市 → 绩溪县（程济） → 泾阳县 → 青阳县 → 安庆市 → 武汉市（让氏） → 湘潭市 → 南岳景区 → 衡阳市（何氏） → 涟源市 → 益阳市会龙山 → 怀化市 → 芷江（牛景先）

安庆市 ↗ 池州市（金焦）

涟源市 ↗ 湄江镇 藏君洞

怀化市 ↓ ↓ ↓ 柳州市 ↓ 宾阳县（蔡运） → 河池市宜州区 泣血石 → 贵港市 → 玉林市 → 肇庆市 → 连州市（郭节） → 韶关市（郭节） → 赣州市南康区（蔡运） → 新干县（王资） → 抚州市（宋和） → 临川区（宋和） → 金华市（王资） → 丽水市（宋和） → 临海市

贵港市 ↗ 横县横州镇 → 应天禅寺

玉林市 ↖ 陆川县 → 云良村 水月岩

2015 年 11 月 17 日—2015 年 11 月 19 日：

宁波市 → 台州市 → 黄岩区（冯灌） → 天台县 → 临海市 → 丽水市 → 松阳县（叶希贤 吴成学） → 金华市（王资）

天台县 ↗ 天台国庆寺（刘伸） → 天台赤城山 紫云洞 度岁碑

2016 年 3 月 1 日—2016 年 3 月 5 日：

宁波市 → 宿州东 → 灵璧县（王资） → 凤阳县（朱文圭） → 蚌埠市 → 苏州市 ↗ 吴江区（史仲彬）

苏州市 → 常州市（黄直）

苏州市 ↘ 南京市 → 六合区（茅屋）

2016 年 3 月 16 日—2016 年 3 月 16 日：

宁波北站 → 定海汽车站 → 定海县志 → 隆教寺 → 半升洞码头 → 普陀山 → 潮音洞 → 舟山客运总站

2016 年 4 月 3 日—2016 年 4 月 9 日：

宁波市 → 兰州市（牛玉） → 略阳县 → 汉中市 → 南郑县 → 西乡县志办 → 镇巴县 → 四川省万源市 → 达州市 → 通江县志办 → 通江县南寺

2016 年 6 月 28 日—2016 年 7 月 4 日：

渭源县 ↗ 兰州市 → 西宁市 → 乐都区县志办 → 瞿云寺

宁波市 → 上海市 → 甘肃省陇西县 → 渭源县 → 渭源县志办 → 渭源图书馆 → 五竹寺 → 黑鹰沟 4 队 郭节坟 → 五竹镇

2017 年 2 月 20 日—2017 年 3 月 2 日：

宁波市→湛江西→海口市→海南儋州东坡书院→临高县志办→海南大学旅游学院图书馆→澄迈区→三亚市→三亚市史志办→崖州区县志办

后记

建文帝失位后的踪迹之谜，本人几经周折，多方查找，得到以下单位及地方志办公室老师的无私援助和大力支持，特此感谢：

云南省德宏民族出版社方萍先生

云南省洱源县地方志办公室副编审杨国培先生

贵州省惠水县档案史志局地方志股黄惠金先生

四川省自贡市富顺县地方志办公室缪勇先生、文明亮先生

四川省岳池县委史志办主编刘明富先生

甘肃省兰州市甘肃文化出版主编原彦平先生

河南省开封市杞县县志办公室主编高洪亮先生

河南省开封市祥符区方志办公室主任于有海先生

浙江省台州市地方志办公室陶毓老师

浙江省台州市黄岩县图书馆老师

浙江省松阳县志办公室陆宝良先生

浙江省金华市地方志办公室主任袁朝明先生

浙江省浦江县党史办公室赵老师

浙江省丽水市地方志办公室老师

浙江省临海市地方志办公室老师

浙江省兰溪市地方志办公室老师
浙江省宁波市市档案馆老师
浙江省宁波市镇海区委党史办公室老师
浙江省舟山市定海区史志办公室老师
浙江省舟山市定海区原史志办公室何雷书先生
江苏省苏州市吴江图书馆老师
江苏省常州市图书馆牛隽老师
江苏省常州市武进区图书馆万叶树先生
江西省赣州市南康区地方志办公室老师
江西省抚州市临川区地方志办公室老师
江西省新干县地方志办公室老师
安徽省和县地方志办公室老师
安徽省绩溪县档案局地方志办公室余老师
安徽省池州市贵池区地方志编纂委员会主任查加赋先生
安徽省灵璧县委党史研究室主任王伟先生
安徽省凤阳县党史地方志办公室股长宋延云先生、海红老师
安徽省凤阳县图书馆老师
湖北省襄阳市政府史志办公室老师
湖北省荆州市公安县地方志办公室老师
重庆市渝北区政府地方志办公室主任李光涓先生
重庆市长寿区政府地方志办公室老师
重庆市巴南区政府地方志办公室老师
重庆市沙坪坝区政府地方志办公室老师
重庆市万州区党工委地方志办公室老师
重庆市奉节县政府地方志编纂委员会老师
重庆市云阳县政府地方志编纂委员会老师
四川省华蓥市委党史办公室老师

四川省邻水市委史志办公室老师
四川省平昌县政府史志办公室方友发先生
四川省通江县委党史研究室熊洁老师
四川省通江县地方志办公室向老师
四川省眉山市彭山区党史地方志办许德苹老师
四川省青川县政府地方志办公室柳仁义老师、倪维新老师
四川省什邡市党史市志办公室高清松老师
四川省江油市政府地方志办公室谢老师
四川省资阳市雁江区政府地方志办公室主任詹刚先生
四川省资中县地方志办公室隆良平先生、罗金文先生
四川省宜宾市宜宾县政府地方志办公室邓锐老师
四川省筠连县地方志办公室张老师
四川省马边彝族自治县档案馆史志办公室黄家玉老师
四川省崇州市委党史办公室老师
四川省崇州市市档案馆老师
陕西省汉中市政府地方志办公室黄小静老师
陕西省汉中市南郑区机关工作委员会邬清安老师
陕西省西乡县党史研究室主任李贵强先生
陕西省西乡县党史研究办公室申先生、屈先生
广东省韶关市委党史地方志办公室老师
广东省连州市政府地方志办公室老师
广东省江门市新会区政府地方志办公室老师
广东省雷州市党史市志研究室主任辛珍宝先生
广东省廉江市政府地方志办公室老师
广西宾阳县政府地方志编纂办公室唐瑞龙先生
广西宜州县博物馆办公室罗炜艳老师
广西合浦县政府地方志办公室老师

广西北海市政府地方志办公室老师
甘肃省兰州市永登县政府县志办公室火老师
甘肃省渭源县政府县志办公室王枝正老师
甘肃省渭源县县图书馆徐翔老师
青海省海东市乐都区地方志办公室陈华民老师
云南省楚雄彝族自治州政府地方志办公室老师
云南省楚雄彝族自治州牟定县政府地方志办公室老师
云南省洱源县牛街乡人民政府原李书记（现县土地局）
云南省洱源县牛街乡人民政府李灿环先生
云南省鹤庆市政府地方志办公室老师
云南省保山市委史志委陈树龙先生
贵州省清镇市政协学习与文史资料委员会主任程老师
贵州省安顺市平坝区档案局全体老师
海南省三亚市政府地方志办公室老师
海南省三亚市崖州区历史文化名镇管理委员会办公室老师
海南省临高县县档案局地方志办公室老师
海南省儋州市政府地方志办公室老师
海南省昌江黎族自治县地方志办公室老师
海南省东方市委史志办公室符清文先生

同时，还要感谢以下人士的鼓励和援助：
新疆大学电子系吴宗尧教授
中国科学院成都分院高级职员崔建中先生
中国石油吐哈油田王洁先生
浙江省宁波市电视台记者宋耀东先生
浙江省宁波大学人文学院张如安教授
中国石化宁波镇海炼化人教处俞明钢先生

中国石化宁波镇海炼化公司教培中心楼端瑞先生
中国石化宁波镇海炼化检安公司陈前先生
安徽省合肥市皖新传媒李旭先生
中国石化中原油田工程建设总公司惠正斌先生
四川省平昌县望京小学白中禹先生
四川省平昌县望京乡王能才先生
四川省平昌县望京乡 8 社张春安先生
四川省平昌县望京乡石街村何兆仁先生、何祥维先生
四川省通江县诺水村 5 组农机二厂赵平文先生
陕西省汉中市南郑区文联主编吴元贵先生
湖南省衡阳县文联原创主席何歌劲先生
云南省洱源县茈碧湖镇小新村王滇生先生
云南省洱源县牛街乡太平村赵荣生先生
浙江省兰溪市白坑村 1 组徐秋生先生、赵益平先生
浙江省兰溪市白坑村皇回禅寺释师傅
贵州省贵阳市清镇市灵永寺释师傅
甘肃省渭源县五竹村画师宋琦先生
甘肃省渭源县五竹村黑鹰沟 4 队周宝成先生
青海省海东市乐都区瞿昙寺洛桑扎西先生

本书历时五年写成。然历史遗案，线索细碎，有诸多不确切之处，各地史料内容亦不完全统一，摘录时，本人不敢妄改，有相互矛盾之处，望诸位读者指正为怀。

惠桂林

二〇一九年夏

图书在版编目（CIP）数据

寻迹探史：大明建文帝遗踪线路考察/恵桂林著
. --上海：东方出版中心，2019.11
ISBN 978-7-5473-1547-7

Ⅰ.①寻… Ⅱ.①恵… Ⅲ.①游记—作品集—中国—当代 Ⅳ.①I267.4

中国版本图书馆CIP数据核字（2019）第216876号

寻迹探史

著　　者　恵桂林
策　　划　刘佩英
责任编辑　陈嘉梦
封面设计　钟　颖

出版发行　东方出版中心
地　　址　上海市仙霞路345号
邮政编码　200336
电　　话　021-62417400
印 刷 者　昆山市亭林印刷有限责任公司

开　　本　890mm×1240mm　1/32
印　　张　8.125
字　　数　199千字
版　　次　2019年11月第1版
印　　次　2019年11月第1次印刷
定　　价　49.00元

版权所有　侵权必究
如图书有印装质量问题，请寄回本社出版部调换或电话021-62597596联系。

2023